新媒體內容生產與編輯

楊嫚 主編

崧燁文化

新媒體內容生產與編輯
目錄

目錄

內容簡介

序

前言

第一章 新媒體內容生產與編輯概述

第一節 新媒體發展現狀 16
一、新媒體成為重要的輿論場域 16
二、新媒體報導從邊緣到主流 16

第二節 媒體融合背景下的新聞內容生產與編輯 16
一、傳統媒體面臨新媒體的挑戰 17
二、媒介融合背景下新聞內容生產與編輯面臨的機遇 18
三、新媒體內容生產與編輯的特點 20

第三節 新媒體內容生產與編輯對從業人員的素養要求 22
一、從業人員必須能熟練地操作和運用新媒體工具 22
二、從業人員要具備良好的新聞業務技能 23
三、從業人員要緊跟時代潮流，及時調整自身的知識結構 23
四、從業人員要具備強烈的競爭意識 24
五、從業人員應具備更高的道德意識和責任感 24

第二章 網路新聞採訪

第一節 網路新聞採訪及其功能 28
一、什麼是網路新聞採訪 28
二、網路新聞採訪的功能 29

第二節 網路新聞採訪工具 30
一、電子郵件採訪 31
二、網路即時通訊工具採訪 32

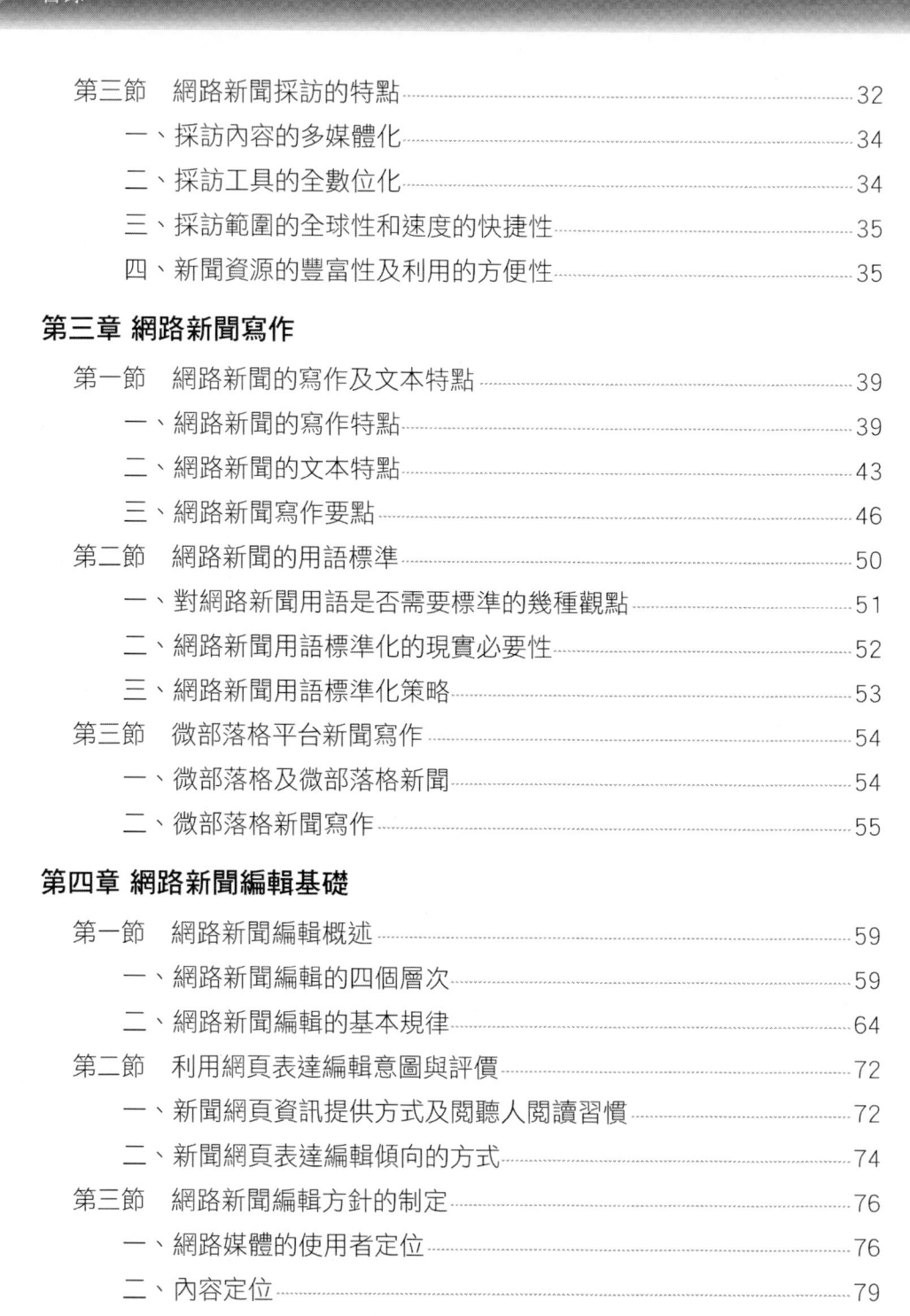

第三節　網路新聞採訪的特點 ……………………………………… 32
　　　一、採訪內容的多媒體化 …………………………………………… 34
　　　二、採訪工具的全數位化 …………………………………………… 34
　　　三、採訪範圍的全球性和速度的快捷性 …………………………… 35
　　　四、新聞資源的豐富性及利用的方便性 …………………………… 35

第三章 網路新聞寫作

　　第一節　網路新聞的寫作及文本特點 ……………………………… 39
　　　一、網路新聞的寫作特點 …………………………………………… 39
　　　二、網路新聞的文本特點 …………………………………………… 43
　　　三、網路新聞寫作要點 ……………………………………………… 46
　　第二節　網路新聞的用語標準 ……………………………………… 50
　　　一、對網路新聞用語是否需要標準的幾種觀點 …………………… 51
　　　二、網路新聞用語標準化的現實必要性 …………………………… 52
　　　三、網路新聞用語標準化策略 ……………………………………… 53
　　第三節　微部落格平台新聞寫作 …………………………………… 54
　　　一、微部落格及微部落格新聞 ……………………………………… 54
　　　二、微部落格新聞寫作 ……………………………………………… 55

第四章 網路新聞編輯基礎

　　第一節　網路新聞編輯概述 ………………………………………… 59
　　　一、網路新聞編輯的四個層次 ……………………………………… 59
　　　二、網路新聞編輯的基本規律 ……………………………………… 64
　　第二節　利用網頁表達編輯意圖與評價 …………………………… 72
　　　一、新聞網頁資訊提供方式及閱聽人閱讀習慣 …………………… 72
　　　二、新聞網頁表達編輯傾向的方式 ………………………………… 74
　　第三節　網路新聞編輯方針的制定 ………………………………… 76
　　　一、網路媒體的使用者定位 ………………………………………… 76
　　　二、內容定位 ………………………………………………………… 79

第四節　網路新聞的選擇和修改 80
　　　一、選擇、鑑審稿件的標準 80
　　　二、對網路新聞真實性的判斷 81
　　　三、對網路新聞資訊來源微觀層面的鑑別和篩選 83
　　　四、網路新聞稿件的修改和梳理 86
　　第五節　網路新聞報導的策劃與組織 87
　　　一、新聞報導策劃的分類 87
　　　二、對新聞資源的重組 88

第五章　網路新聞標題製作

　　第一節　網路新聞標題概述 93
　　第二節　網路新聞標題的功能與構成要素 94
　　　一、網路新聞標題的功能 95
　　　二、網路新聞標題的構成要素 95
　　　三、網路新聞標題的特點 99
　　第三節　網路新聞標題的用語及句式結構 102
　　　一、網路新聞標題的用語要求 102
　　　二、網路新聞標題的句法結構 103
　　第四節　網路新聞標題的製作與技巧 106
　　　一、常用的網路新聞標題的製作方法與技巧 106
　　　二、在網路新聞標題製作方面，應當注意的要點 110
　　　三、網路新聞標題常見錯誤 112

第六章　網路新聞專題製作

　　第一節　網路新聞專題概述 118
　　　一、網路新聞專題的作用 119
　　　二、網路新聞專題的分類 121
　　　三、網路新聞專題的發展 125
　　第二節　重大新聞事件與網路新聞專題 127

第三節　網路新聞專題的策劃 130
　一、網路新聞專題策劃的必要性 130
　二、網路新聞專題策劃中的不足 131
　三、網路新聞專題中的資訊整合 133
　四、網路新聞專題的策劃思路 136

第七章 圖片、串流媒體及 Flash 新聞編輯

第一節　網路圖片新聞 144
　一、圖片如何適應網路傳播 144
　二、如何在網路傳播中有效運用圖片新聞 145
　三、網路圖片新聞傳播的制約因素 148
　四、網路圖片專題 149

第二節　圖表新聞 151
　一、圖表與數據新聞視覺化 152
　二、數據新聞的產生過程 155
　三、在圖表新聞中運用數據的注意事項 156
　四、圖表新聞的議題選擇與製作 157
　五、圖表新聞的內容呈現方式 158

第三節　串流媒體新聞 161
　一、串流媒體技術簡介 161
　二、串流媒體新聞策劃及編輯流程 163

第四節　Flash 新聞 165
　一、Flash 技術與 Flash 新聞的特點 165
　二、Flash 技術在網路新聞中的應用 167
　三、網路新聞利用 Flash 技術的資訊處理 168

第八章 網路新聞評論

第一節　網路新聞評論概述 172
　一、網路新聞評論的含義 172

二、網路新聞評論的分類 172
　　三、網路新聞評論的特點 173
　　四、與傳統新聞評論的聯繫與區別 176
　　五、網路新聞評論的功能 178
　第二節　網路新聞評論寫作 181
　　一、網路新聞評論寫作的選題與立論 181
　　二、網路新聞評論的寫作特點 184
　第三節　網路新聞評論與輿論引導 186
　　一、網路新聞評論引導輿論的現實需求 186
　　二、網路新聞評論引導的方法 186
　　三、打造出網路新聞評論的多種樣式 190

第九章 自媒體與部落格新聞、Podcasting 新聞

　第一節　自媒體概述 194
　　一、Web2.0 與自媒體 195
　　二、自媒體的特點 196
　　三、新一代網際網路技術對網路新聞的影響 198
　第二節　部落格新聞 202
　　一、部落格概述 202
　　二、部落格新聞的發展 203
　　三、部落格新聞的特點 204
　　四、部落格的新聞化 207
　　五、部落格新聞網站──以《哈芬登郵報》為例 210
　第三節　Podcasting 新聞 214
　　一、Podcasting 發展 214
　　二、個人 Podcasting 新聞的內容來源 215
　　三、個人 Podcasting 新聞存在的問題 216
　　四、國外傳統媒體的 Podcasting 新聞實踐 218

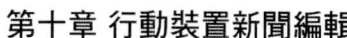

第十章 行動裝置新聞編輯

第一節 網際網路發展現狀 223
一、移動網際網路發展 223
二、行動使用者閱讀行為特徵 224

第二節 行動新媒體及其新聞編輯 225
一、行動新媒體的特點及其發展現狀 225
二、發展行動新媒體的現實意義 225
三、行動新媒體的圖文選擇及編輯策略 226

第三節 手機新聞用戶端 230
一、手機新聞用戶端發展基礎 230
二、當前行動新聞用戶端的使用現狀以及市場情況 ... 231
三、行動新聞用戶端的經營機制 232
四、紙媒的行動端發展 234

第四節 行動短影片新聞 241
一、行動短影片 241
二、行動短影片新聞 242

第五節 平板電腦新聞編輯 244
一、平板電板發展 244
二、平板電腦的應用 245
三、平板電腦與紙媒融合 248
四、平板電腦新聞的編輯——以報紙媒體 iPad App 為例 ... 257

後記

內容簡介

　　本書關注新媒體內容層面的生產與編輯，以新媒體新聞的採、寫、編、譯為主線，突出重點、有取有捨，選取最新鮮的案例，同時力求文字簡潔，內容濃縮，易於理解與操作。內容涉及網路新聞採訪、網路新聞寫作、網路新聞標題製作、網路新聞專題製作、網路新聞評論、行動裝置新聞編輯等。本書可作為大專院校新聞傳播專業學生的教材，亦可作為業內人士的參考用書。

序

　　傳播技術的發展將我們帶到了一個眾語喧譁、瞬息萬變的新媒體時代。在這裡，人們都在放聲疾呼，也都被這個由傳播技術構建的全新世界所迷醉。然而，伴隨著新媒體時代的到來，思想觀念、生活方式乃至行為舉措的急遽改變，也常常讓人們有些不知所措和無所適從。新媒體到底是什麼？新媒體時代到來又意味著什麼？人們如何正確處理好與新媒體的關係？這些問題看似簡單，卻又真真切切地擺在人們面前，需要我們去面對，去解決。因此，理解新媒體在當下顯得尤為重要。

　　人類社會發展的每一階段都會有一些新型的媒體出現，它們都會給人們的社會生活帶來巨大的改變。這種改變在今天這個新媒體時代表現得尤其明顯：閱聽人這一角色轉變成了「網友」或「使用者」，成了傳播的主動參與者，而非此前的被動資訊接受者；傳播過程不再是單向的，而是雙向互動的；傳播模式的核心在於數位化和互動性。這一系列改變的背後是網路技術、數位技術和無線行動通訊技術的發展，並由此衍生出多種新媒體形態——以網路媒體、互動性電視媒體、行動媒體為代表的新興媒體和以樓宇電視、車載移動電視等為代表的戶外新型媒體。

　　從技術層面上看，新媒體是用網路技術、數位技術和無線行動通訊技術搭建起來，進行資訊傳遞與接收的資訊交流平台，包括固定終端與行動裝置。它具備以新技術為載體、以互動性為核心、以平台化為特色、以人性化為導向等基本特徵。從傳播層面看，新媒體從四個方面改變著傳統媒體固有的傳播定位與流程，即傳播參與者由過去的閱聽人成了網友，傳播內容由過去的組織生產成了使用者生產，傳播過程由過去的一對多傳播成了病毒式擴散傳播，傳播效果由過去能預期目標成了無法預估的未知數。這種改變從某種程度上可以說是顛覆性的，傳統的「5W」、「魔彈理論」和「閱聽人」等經典理論已經成為明日黃花。從營運層面看，在新媒體技術構築的營運平台之上，進行各類新媒體的經營活動，包括網路媒體經營、手機媒體經營、數位電視與戶外新媒體經營和企業的新媒體行銷。這就在很大程度上打破了報刊、

廣播和電視等傳統媒體過分倚重廣告的單一經營模式，實現了盈利模式的多元化。從管理層面看，新媒體管理主要從三個方面著手，即新媒體的政府規制、新媒體倫理和新媒體使用者的媒介素養。這樣，政府規制對新媒體形成一種外在規範，新媒體倫理從內在方面對從業者形成約束，而媒介素養則對新媒體使用者提出要求。

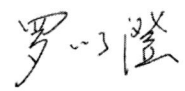

前言

　　關於新媒體，從概念到特徵，有很多說法，也有各種各樣的表述。我們認為，新媒體是指採用網路技術、數位技術和無線行動通訊技術進行資訊傳遞與接收的資訊交流平台，包括固定終端與行動裝置。它具備以下基本特徵——以新技術為載體，以互動性為核心，以平台化為特色，以人性化為導向。

　　以新技術為載體，是指新媒體的應用與營運以新技術為基礎。網路技術、數位技術、無線行動通訊技術的發明與普及，不僅為新媒體的誕生提供了技術支持，同時也為新媒體的運作提供了資訊載體，使得資訊能以超時空、多媒體、高保真的形式傳播出去。可以說，新媒體的所有特徵，都是建立在新技術提供的技術可能性的基礎之上。

　　雙向互動是新媒體的本質特徵。傳統媒體一個很大的弊端在於資訊的單向流動，而新媒體的出現突破了這一侷限。它從根本上改變了資訊傳播的模式，也從根本上改變了傳播者與受傳播者之間的關係。傳播參與者在一個相對平等的地位進行資訊交流，媒體以往的告知功能變成如今的溝通功能。這種溝通不僅體現在媒體與使用者之間，還體現在使用者與使用者之間。可以說，新媒體的這一特徵，不僅對傳統媒體，而且對整個社會都將產生深遠的影響。

　　新媒體搭建起一個綜合性資訊平台，傳統媒體與新媒體在這個平台之上逐漸走向融合。新媒體的出現並不會導致傳統媒體的消亡，二者會相互補充、共同發展。而新媒體以其包容性的技術優勢，接納與匯聚了傳統媒體的媒介屬性。報刊、廣播、電視等傳統媒體只有在適應新媒體環境、與新媒體的新技術形式相互滲透之後，才能獲得二次發展。如今數位化報紙、網路廣播、手機電視等融合性媒體如雨後春筍般出現便是明證。而新媒體脫胎於舊的媒介形態的特徵，為新舊媒體的相互融合提供了可能。

　　人性化是所有媒介的發展方向：口語媒介轉瞬即逝、不易儲存，於是有了文字媒介；文字媒介無法大規模複製，於是出現了印刷媒介；印刷媒介難

以克服時空的障礙，電子媒介便應運而生。可以說，每一種新型媒介的出現，必然是對以前媒介功能的補充與完善。新技術是其出現的基礎，而人性化導向意味著技術圍繞人們的需求而展開。新媒體的出現，滿足了人們渴望發聲、渴望分享的需求；滿足了人們渴望交流、渴望互動的需求；滿足了人們渴望以一個更快更便捷的方式，獲取與傳播更多的個性化資訊的需求。而在不遠的將來，新媒體將帶來真正的去中介化——人們在經歷了部落社會的無中介、脫部落社會的中介化之後，正在迎來人與人之間交流的去中介化。屆時，人們將歡欣鼓舞地迎接一個所有人都與其他人緊密相連的「地球村」時代。

周茂君
於武昌珞珈山

第一章 新媒體內容生產與編輯概述

【知識目標】

    1. 新媒體內容生產與編輯的特點

    2. 新媒體內容生產與編輯人員的素養要求

【能力目標】

    1. 瞭解新媒體內容產業發展的現狀

    2. 認識傳統媒體在新媒體環境下面臨的挑戰與機遇

【案例導入】

    數位技術、網路技術和通訊技術介入媒體的構成當中，創造出諸多被稱之為新媒體的媒體形態。這些具有發現或突破意義的新媒體一登場，緊接著掀起各種漫無邊際的猜想如洪水泛濫般湧過來，不少人宣稱：一個媒體新時代正在誕生，一場媒體革命正在進行。

    2005年春，英國政府發表了《皇家憲章審查綠皮書》。綠皮書重新規定了BBC（英國廣播公司）的責任與義務，並新增了一項宗旨，就是帶動英國廣播電視業數位化，成為數位時代的業界領導者。

    2006年，英國BBC投入總額高達460萬英鎊的資金，建設新聞平台，增加其互動性和優先語種的影片新聞報導，保持其在可攜帶、可點播的數位新媒體時代的領先地位。這些高品質的影片新聞報導可被下載，或者以串流媒體形式被點播。BBC還投入約250萬英鎊用以加強市場行銷，向聽眾和網路新聞使用者推薦現有的廣播服務和新成立的BBC阿拉伯語電影頻道。

    對於新聞媒體來說，內容永遠是根本，是決定其生存與發展的關鍵所在。媒體融合的趨勢給新媒體內容的生產與編輯帶來了挑戰，同時也給新媒體從業人員的素養提出了新要求。

第一節　新媒體發展現狀

一、新媒體成為重要的輿論場域

新媒體為網友參與話題討論、發表意見觀點、點評新聞事件提供了極大的方便，無論是部落格、SNS還是微型部落格，都以使用者貢獻內容、高度互動參與為基本特質，因而網友實時在線上轉發、分享、評論成為可能，實時報導也有了發布的空間和舞台。

越來越多的普通公民成為新聞記者和社會評論家。他們以令人驚嘆的速度建立起討論平台。網路媒體一方面充分展現網友意願、情緒和社會訴求，為網友的高度參與、深度監督搭建平台，進而彰顯出網路輿論的監督力量，另一方面也在極力引導網路輿論，建立網路輿情預警、監測系統，及時發現網路輿論動向，適時運用網路輿論調控手段和方法，為網際網路營造一個健康、良性的發展環境。

二、新媒體報導從邊緣到主流

新媒體快速、大量、互動、多媒體的傳播優勢已經成為網友瀏覽新聞的第一選擇，也成為資訊言論的集散地和社會輿論的放大器，新媒體從邊緣到成為主流角色已不再被質疑。它在人們的社會生活、文化生活、經濟生活以及政治生活中發揮著越來越大的作用，它的影響力與日俱增。

第二節　媒體融合背景下的新聞內容生產與編輯

數位化為傳媒業自身帶來了什麼？目前，我們至少可以看清楚這樣一些事實：它徹底衝破了傳統媒介一向防守的介質壁壘，一種媒體大融合的趨勢正在呈現。近幾年來，隨著科學技術的快速發展，數位技術、網路技術和通訊技術介入媒體的構成當中，創造出諸多被稱之為新媒體的媒體形態。在此背景下，傳統媒體正經歷著挑戰。在媒體融合背景下，新聞內容生產與編輯工作也正發生著重大變化。

一、傳統媒體面臨新媒體的挑戰

傳統媒體即我們平常所說的報刊、廣播、電視，它們是以傳統的大眾傳播方式，以社會上一般大眾為對象而進行大規模的資訊生產和傳播的媒介組織。

在傳統的媒介形態下，報刊、廣播、電視牢牢占據著壟斷地位，掌握著話語權，控制著新聞資訊的選擇加工和製作，它們在資訊傳遞的過程中有著不同於新媒體的諸多特點。

報刊屬於紙質媒體，易於保存，並且攜帶方便，可以隨時隨地進行閱讀。報紙的出版週期短，因此報紙所能承載的資訊總量也很可觀。期刊不同，出版週期稍長，有週刊、旬刊、季刊、年刊等，但是期刊的內容新穎，資訊量大，能夠反映學術界的最新動向和研究成果。不過報刊的互動性較差，基本上屬於單向傳遞，此外，報刊主要以文字為其特定的傳播符號，需要閱聽人有一定的教育程度，且傳遞資訊的形式較單一，不能輕易引起閱聽人的愉悅感。

廣播和電視的出現則打破了報刊形式單一的缺陷，它們屬於串流媒體，運用電子技術傳送聲音和圖像，傳播速度快，時效性強。廣播是以聲音符號進行傳播，提供聽覺形象，感染力強，常使閱聽人有身臨其境之感；電視更是傳統媒體中的佼佼者，不僅傳遞聲音符號，還傳遞影像符號，視聽兼備、聲情並茂。然而，廣播和電視也有其不可避免的缺陷，如節目播出後便轉瞬即逝，選擇性和保留性較差。正因為如此，新媒體備受青睞便不足為奇了。

1990年代，網際網路問世並且迅速崛起，傳統媒體面臨著前所未有的衝擊和挑戰。

受到衝擊最大的是報紙。它們的讀者慢慢變少，發行量也日漸萎縮，隨之而來的就是廣告收益大幅度下滑，而報紙最大的經濟收益就是廣告。因此有些報紙為了獲得更高的發行量以吸引更多的廣告客戶，對報紙進行了大刀闊斧的改革，如增加版面，盡可能多地傳遞新聞資訊，甚至不惜免費發放。可即便是這樣，報紙的營運也遭遇了困境，面臨著生存危機。

第一，傳統報業面臨著收入不佳、發行量持續下滑的嚴峻形勢。近年來，《洛杉磯時報》、《華爾街日報》等美國報業巨頭，都曾為節約成本而進行過裁員。

第二，閱聽人分流加快，讀報時間縮短。報紙消費者的選擇正變得更加自主和多元。過去以辦報者為本位的辦報模式（辦報者辦什麼樣的報紙，讀者就看什麼樣的報紙）正在轉變為以閱聽人為本位的模式，閱聽人的選擇對報業發展的影響越來越大。

第三，內容與營運模式的同質化帶來的可替代性與微利化趨勢。內容層次是千報一面，經營模式沒有太大差異。

其次是廣播。過去，廣播廣告營業額曾連續保持高幅度的增長，甚至出現了20%以上的年增長率，增幅位居四大傳統媒體之首。但現今已經很少有聽眾願意為了一個新聞資訊而守在廣播面前，目前廣發送展最好的當數交通廣播。

最後是電視。相對於報紙雜誌，電視的效益要好很多，至少目前電視媒體是一種普及率最高的傳播媒介。但隨著新媒體的出現，尤其是網路媒體和手機電視的出現，很多閱聽人已經不願意守在電視機旁等著收看自己心儀的電視節目，他們更願意去網路上尋找資源。因為電視節目有時間的限制，網路媒體則沒有這些缺點，隨時隨地都可以找到自己想看的電視節目。

二、媒介融合背景下新聞內容生產與編輯面臨的機遇

早在提出「媒介融合」這個概念之前，媒介融合就已經開始了，現如今，媒介融合已經成為一個無所不在的社會現象，「它能夠帶來利潤，帶來優質的新聞業務，並且能夠降低成本，從而為實施融合的新聞機構帶來競爭優勢」。媒介融合作為新聞傳播業發展的趨勢，必然成為業界研究的理論熱點之一。

新媒體的快速崛起，打破了傳統媒體一統天下的局面，傳統媒體遇到了前所未有的生存危機，閱聽人減少，發行量萎縮，經濟收益下滑。在這種新的媒介環境下，傳統媒體不得不重新定位自己的角色，尋求轉型之路。而新

媒體以其快捷方便、資訊量多、不受時間地點限制、閱聽人門檻低等優勢迅速吸引了大眾的眼球。但是傳統媒體依然具有一定的品牌效應，在人力資源上亦有相當優勢。因此，二者的融合顯得迫在眉睫，它們的融合不僅可以實現優勢互補、取長補短，還可以優化資源配置，使傳播效果達到最大化。

對傳統媒體來說，新媒體既是挑戰，也是機遇。傳統媒體，尤其是傳統報業正在失去輿論引導力和控制力。傳統媒體必須積極「擁抱」新媒體。這就不只是簡單擁有新媒體技術，也不只是單純擁有一個官方帳號就行了，「擁抱新媒體」至少包括以下三個層次。

1. 發展新媒體。傳統媒體透過發展新媒體可拓展其原有資訊服務業務。如報紙，可以透過網路提供音頻、影片服務，並且還可以涉及其他非媒體行業，如電商等產業。

2. 利用新媒體。藉助新媒體創新傳統媒體的報導內容和報導形式，使傳統媒體與新媒體形成互動。透過對新技術的應用，不斷改造傳統媒體的產品形態，形成產品創新的機遇，比如透過新技術對傳統的平面媒體內容進行二次演繹，從而為讀者帶來不同的體驗。

3. 盈利新媒體。發展新媒體，需要投入大量的人力物力，但不意味著僅僅是單純的投入，還要講究回報。如果只講投入，不講回報，發展新媒體就會成為傳統媒體的包袱。因此，當務之急是如何創造新媒體的盈利模式。

推動媒體融合發展，就必須堅持傳統媒體和新興媒體優勢互補、一體發展，堅持以先進技術為支撐、內容建設為根本。在媒體融合過程中，新聞內容的生產與編輯工作要注意以下幾個方面。

1. 要發揮傳統媒體在新聞傳播中的權威性。傳統媒體要發揮自身的優勢，做好新聞後續報導，對新聞事件進行詳細、權威、負責任的解讀。

2. 要發揮新媒體在新聞傳播中的及時性與互動性優勢。資訊發布及時，閱聽人廣泛參與是新媒體在資訊傳播過程中的一個很重要的特點，也是傳統媒體無法比擬的一個優勢。因為新媒體擁有遍布全世界的網友和網路終端，可以即時獲取第一手資料，及時發布。因此，傳統媒體應利用自己的權威性，

積極和新媒體相結合，發揮新媒體的及時性和互動性，更快更真實地將資訊傳遞給億萬閱聽人，推進全社會新聞事業的發展。

3. 要注意網路民意收集與新聞素材加工。在這個多元化的時代，每天接觸的資訊成千上萬，面對浩如煙海的資訊如何篩選，這就需要網路編輯具備一定的新聞基本功。一是要按照新聞規律辦事，掌握相關的方針政策；二是在這個基礎上，對各類新聞資訊進行整合、優化、再創作，這樣發布出去的新聞才能達到最佳傳播效果。

4. 要積極發揮輿論引導作用，化解社會矛盾，構建和諧社會。傳統媒體和新媒體的融合為的是取長補短、發揮優勢，取得傳播效果的最大化。而媒體又是一種輿論工具，因此，堅持正確的輿論導向，積極引導民眾輿論，凝聚社會力量，化解社會危機，是傳播媒介不可推卸的責任，也是每一個媒體人不可推卸的責任。

三、新媒體內容生產與編輯的特點

在學術領域，新媒體的概念一直處在不斷變化之中。1967年，美國哥倫比亞廣播電視網技術研究所所長戈爾德·馬克在一份商品計劃書中第一次提到了「新媒體」一詞。1969年，美國傳播政策總統特別委員會主席羅斯托在向尼克森總統提交的報告中又多次提到了「新媒體」一詞。從此，「新媒體」開始在美國流行並很快擴散到全世界。然而，「新媒體」這一概念極具彈性。1970年代，傳播學界熱烈討論「新媒體」，那時的「新媒體」指的是剛興起不久的電視；1990年代，有「第四媒體」之稱的網際網路一出現，電視就成了「傳統媒體」。在20世紀末，由電話線連成的網際網路作為傳播媒介的最高形式出現，它在傳播形式上幾乎囊括了以往和當時所有的傳播方式。

目前世界上關於新媒體的定義尚沒有定論，專家們也是各執一詞。美國的新媒體藝術家維奇·曼諾（Lev Manovich）認為，新媒體將不再是任何一種特殊意義的媒體，而不過是與傳統媒體形式相關的一組數位資訊，但這些資訊可以根據需要以相應的媒體形式展現出來。美國《Online》雜誌對新媒體的定義：「所有人對所有人進行的傳播。」這一解說頗受推崇。他們認為

新媒體主要體現在前所未有的互動性上。中國清華大學教授熊澄宇認為，新媒體或稱數位媒體、網路媒體，是建立在電腦資訊處理技術和網際網路基礎之上，發揮傳播功能的媒介總和。它既有報紙、電視、電台等傳統媒體的功能，又有互動、即時、延展和融合的新特徵。網際網路使用者既是資訊的接收者，又是資訊的提供者和發布者。包括數位化、網際網路、發布平台、編輯製作系統、資訊集成界面、傳播管道和接收終端等要素的網路媒體，已經不僅屬於大眾媒介的範疇，還是全方位、立體化的融合大眾傳播。組織傳播和人際傳播方式，則以有別於傳統媒體的功能來影響我們的社會生活。

「新媒體是一種既超越了電視媒體的廣度，又超過了印刷媒體的深度的媒體，而且由於其高度的互動性、個性化和感知方式的多樣性，使它具備了從前任何媒體都不具備的力度。」

不管人們如何定義新媒體，有一點是確定的，那就是相對於舊的媒介形態，新媒介的形態是不斷變化和延伸的，在現階段，其核心是用數位式資訊符號傳播技術去實現新媒體的特性。可以從技術和傳播角度來劃分新媒體，包括擁有數位化、大容量、超時空、超媒體、易檢索的技術特性和擁有即時性、互動性、去中心化、個性化、族群化和碎片化的傳播特性。新媒體內容的生產與編輯是建立在新媒體基礎之上的，它們具有以下基本特徵。

（一）建立在數位技術和網路技術的基礎上

新媒體內容主要是以電腦資訊處理技術為基礎，以網際網路、衛星網路、行動通訊等作為運作平台的媒體資訊。如果說傳統媒體是工業社會的產物，那麼新媒體就是資訊社會的產物。

（二）在呈現方式上是多媒體

新媒體內容往往以聲音、文字、圖形、影像等複合形式呈現，具有很高的科技含量，可以進行寬媒體、跨時空的資訊傳播，具有傳統媒體無法比擬的互動性。

（三）具有全天候和全涵蓋的特徵

閱聽人接收新媒體資訊，大多不受時間、地點場所的制約，閱聽人可以隨時透過新媒體在電子訊號涵蓋的地方接受地球上任何一個角落的資訊。為了滿足閱聽人的需求，新媒體內容的生產與編輯活動必須是 24 小時不間斷的。

（四）呈現出媒介融合的趨勢

新媒體內容的生產與編輯的典型特徵是在數位化基礎上去實現各種媒介形態的融合和創新。新媒體的邊界處在不斷變化的過程中，很多稱謂相互重疊，包括網路媒體：入口網站、論壇、部落格等；數位媒體：互動電視、網路電視等；無線行動媒體：手機電視、手機新聞等。並且，新舊媒體之間融合趨勢明顯，傳統媒體可以藉助新的數位技術轉變成新媒體，比如傳統的報紙、廣播、電視可以升級為數位報紙、數位廣播和數位電視。

第三節　新媒體內容生產與編輯對從業人員的素養要求

加強和改進網際網路的宣傳，提高網際網路新聞傳播影響力，培養和擁有一批高素養的網路新聞媒體從業人員十分重要。網路新聞工作從業人員除了具備所有的新聞業務基礎之外，還應具備以下一些素養。

一、從業人員必須能熟練地操作和運用新媒體工具

新媒體內容傳播的物理基礎是高新科技，其功能的開發運用也要依靠高新科技。新媒體內容的表現形式將逐步由靜態「圖文」轉向動態「影片」，現階段越來越多的媒體將新聞資訊編寫由簡單的「文字加圖片」形式發展成為集影片、錄音、文字以及大量相關資訊連結的立體報導形式。今後新聞採訪中還會更多地運用影片採訪等手段，實現遠距離的「面對面採訪」。這些新媒體記者都是複合型的多媒體記者，他們可以寫新聞、攝影、拍照、操作數位錄音機和攝影機，以及製作網頁等。如沒有一定的科技水準，在網路傳播上很難有突出的成就。這一點不用過多解釋，就是要求新聞工作者不但要

會用，而且能熟練地使用網路這一現代化資訊工具，做到快速採寫、編輯，及時發布。

二、從業人員要具備良好的新聞業務技能

　　網路新聞從業者除了掌握現代化傳播技能以外，掌握傳統新聞採編業務技能也是必備的基本功。網路新聞從業者首先必須具備扎實的傳統新聞業務技能，即採訪、寫作、編輯、錄音、拍照等。網路新聞從業者必須具備新聞專業知識。新聞專業知識是新聞業務能力的指示牌和儲備庫，新聞報導內容的選擇及所占比重、在頁面空間或節目時段中所排列的位置，乃至專欄設置和首頁新聞頻道的編排等，無不依賴於新聞從業者精深的專業知識的指導。其次，從業人員還要具備新聞敏感性，能快速發現新聞線索，判斷新聞價值，並對其進行適當處理。此外，網路新聞從業者在精通專業知識的基礎上，還應通曉廣博的人文社科知識。

三、從業人員要緊跟時代潮流，及時調整自身的知識結構

　　網際網路的出現，從政治、法律、文化等方面給廣大閱聽人的學習、生活方式帶來了巨大變化。新媒體的出現和普及，使資訊控制變得幾乎不可能。未來隨著資訊技術的發展，傳統媒體將受到更大的挑戰。網路新聞的稿件來源非常豐富，一部分來自傳統媒體及記者採寫和刊載的新聞報導，一部分來自網上的各種渠道（如 BBS、部落格、微部落格等），還有一部分來自網站記者的原創作品。鑒於此，新聞工作者應引導閱聽人怎樣從網路媒體上獲取需要的資訊、如何識別錯誤的言論、如何確立正確的輿論方向。這樣，即使突發事件爆發時各種消息蜂擁而來，我們也能正確識別，並能獨立做出判斷。網路新聞傳播打破了原來的地域與行業的限制，直接面向全球，新聞工作者的思維方式要調整，知識結構要調整，視野要調整，新聞的價值標準也要調整。

四、從業人員要具備強烈的競爭意識

　　網路的發展對新聞工作者的素養提出了更高要求。網路給新聞工作者帶來了極大的便利，記者可以藉助網路與採訪對象在電腦上交談，可以連接有關資料庫查詢相關內容，可以在遠離辦公室的任何地方以很快的速度發回新聞與照片……總之，透過網路，新聞工作者的工作效率大有提高。科技的發展為新聞工作者帶來了很大的便利，但這並不意味著新聞工作者可以比以往輕鬆。隨著網路媒體的快速發展，競爭將空前激烈。這競爭既包括資訊量與資訊可靠度的競爭，也包括人員素養的競爭。誰的行為敏感性強，誰的速度快，誰就能在競爭中站穩腳跟。新聞工作者只有不斷學習電腦、網路知識，加強網路觀念，不斷提高自身的整體素養，善於利用各種軟硬體設備，才能開創出一片新天地。此外，新聞從業人員還必須注意充分發揮網際網路的優勢，調動新的經濟手段，在獲取資訊資源時，既要看到多媒體的排他性，又要看到其相互依賴性，不能一味謀求壓倒其他媒體稱王稱霸，而應在互相依存、互相配合中使自身競爭力得到充分發揮和提高。

五、從業人員應具備更高的道德意識和責任感

　　這種道德意識已不只限於傳統的職業道德範疇，而是指新聞工作者本人在資訊傳播中，必須具有強烈的道德心，對發出的每條消息負責。網路新聞，不管稿件來自何種渠道，都需要經過反覆認真選擇，去偽存真、去蕪存菁。同時，專業新聞工作者還要積極利用自己的資料發現並譴責不道德的資訊傳播現象，以保證資訊傳播的有效性和純潔度。專業新聞工作者還要具備良好的形象及個性化的思維方式，這樣才能更易被接受和信任，從而增強傳播效果。記者一定要有專業意識，在努力增強責任感的同時，養成一絲不苟、精益求精的工作作風，盡可能減少和杜絕稿件中差錯的發生。總之，網路記者應重視整體道德修養的提高，樹立良好的整體職業形象，以順利完成資訊時代新聞傳播者角色的轉換。

【知識回顧】

對於新聞媒體來說，內容永遠是根本，是決定其生存與發展的關鍵所在。推動媒體融合發展，在強調技術引領和驅動的同時，必須始終堅持「內容為王」，把內容建設擺在十分突出的位置，以內容優勢贏得發展優勢。在媒介融合的大趨勢下，新聞內容的生產與編輯工作面臨著機遇與挑戰。與傳統媒體相比起來，新媒體內容的生產與編輯有其基本特徵，主要表現在呈現方式、生產流程以及融合趨勢等方面上。這需要從業人員適應新媒體時代閱聽人的需求，根據新聞內容的生產、編輯與傳播的特徵及時調節工作流程。這對從業人員的素養也提出了更高要求，不僅要能熟練地操作和運用新媒體工具，還需要具備良好的新聞業務技能，同時要緊跟時代潮流，及時調整自身的知識結構，具備強烈的競爭意識。更為重要的是，在新媒體環境下，從業人員還要具備更高的道德意識和責任感，嚴格把關，防範虛假、低劣新聞內容產生。

【思考題】

1. 如何理解當前媒體融合的發展現狀？
2. 你認為傳統媒體在新聞生產與編輯方面應如何應對新媒體的挑戰？

新媒體內容生產與編輯
第二章 網路新聞採訪

第二章 網路新聞採訪

【知識目標】

　　1. 網路新聞採訪的功能與常用工具

　　2. 網路採訪的優勢與不足

【能力目標】

　　1. 掌握網路採訪的常用工具

　　2. 充分認知網路採訪的優勢與不足，並能靈活應用

【案例導入】

　　網路的出現使新聞記者大受其益，比如外出採訪成稿後可以透過電子郵件、聊天軟體將稿件迅速傳回，這種傳輸方式方便、快捷、安全，而且互動性強，費用低。隨著網路的普及，記者在更多時候足不出戶即可透過網路完成特定採訪，即所謂網路採訪。

　　在媒體競爭日益激烈的環境下，網路新聞資源越來越受到傳統媒體的重視，越來越多的都市類紙質媒體開始利用網路，即以網路為平台，推出了「新聞部落格」、「網路留言板」等企劃，以此開拓新聞資源。可以說，在資訊時代，誰更好地掌握了網路新聞資源和網路採訪，誰就在新聞資源的開拓上更深入。

　　2000年底，一家報紙透過網路聯繫到薩馬蘭奇的助手，表達了想採訪薩馬蘭奇的意向，得到同意後，便成功採訪到了薩馬蘭奇。記者熊蕾曾利用電子郵件在一週之內採訪了美國、英國、日本、瑞士、加拿大等國的10位科學家。在採訪過程中，有的採訪對象當天就回了信，由此次採訪而寫成的報導後來被刊登在美國的《科學》雜誌上。從這一點來講，網路採訪的速度和採訪範圍是傳統新聞採訪難以企及的。2007年，《貴州都市報》專刊中心的

記者透過電子郵件、MSN等形式採訪到了多位知名教授和作家，從而寫出了很多影響較大的文化專訪。

第一節　網路新聞採訪及其功能

　　傳統新聞採訪主要有電話採訪、面對面採訪等方式，而網路的出現則賦予了新聞採訪新的形式，記者足不出戶，就能完成所有新聞採訪。在媒體競爭日趨白熱化的今天，熟練掌握網路採訪，開拓新聞資源對媒體從業者來說極其重要。深入瞭解什麼是網路新聞採訪及其功能，有利於記者靈活利用網路採訪開展業務活動。

一、什麼是網路新聞採訪

　　網路新聞採訪，顧名思義，就是借用網路進行採訪。它仍屬於採訪方式的範疇。所以，要恰當界定網路採訪，首先要準確地把握採訪的含義。所謂採訪，是指「新聞記者為採集新聞而進行的調查研究和訪問活動，是新聞記者獲取事實、捕捉資訊的主要手段」。獲取資訊是採訪的出發點和歸宿。根據採訪的特點，網路新聞採訪也有廣義和狹義之分。廣義的網路新聞採訪是指新聞記者為了擷取新聞素材，運用網路技術和網路手段，獲取一切相關資訊的活動和過程。它強調的是網路新聞採訪的資訊收集功能。與廣義的網路新聞採訪不同，狹義的網路採訪是指新聞記者在無法親臨現場，也不能用或不宜用電話採訪時，藉助網際網路路，透過電子郵件、聊天室、電子公布欄、新聞組、網路調查等工具，與確定或不確定的採訪對象進行數位化交流，以獲取相關資訊，彌補傳統採訪方式的不足所進行的活動。它突出強調的是網路新聞採訪的條件性和輔助性功能。

　　新聞採訪是新聞工作者為了收集新聞素材而進行的具有特殊性質的調查研究活動，是新聞業務中最基本的一個環節。新聞採訪實際上是一個系統工程，一般分為採訪前期、採訪中期和採訪後期三個階段。在這三個階段中，記者都可以充分利用網路資源和工具來幫助自己完成採訪活動。

第一節　網路新聞採訪及其功能

　　網路的出現使新聞記者大受其益，比如外出採訪成稿後可以透過電子郵件、聊天軟體將稿件迅速傳回，這種傳輸方式方便、快捷、安全，而且互動性強，費用低。而隨著網路的普及，記者在更多時候足不出戶即可透過網路完成特定採訪，即所謂網路採訪。在採訪前期準備工作階段，可以透過網路獲取有價值的新聞線索，可以透過網路查詢被採訪對象的背景材料和相關資料，對採訪對象進行初步瞭解。在採訪中期，可利用網路上提供的電子郵件服務與被採訪對象聯繫，確定採訪時間、地點及主題，甚至可以明確採訪的問題。利用電子郵件或即時通訊工具直接實施採訪活動，比較適合採訪遠距離對象和日程安排很緊的人，這樣可以大大提高工作效率。在採訪後期，可透過網路工具確認某些採訪細節，還可以透過網路驗證採訪得到的材料，以及利用網路積累採訪資料。

二、網路新聞採訪的功能

　　網路新聞採訪豐富了採訪方式，它具有以下四種功能。

（一）利用網路獲取新聞線索

　　網際網路是一個巨大的資訊來源，在部落格、論壇、微部落格等平台上時常有網友發布目擊見聞以及他們的經歷感受，其中有的本身就可以構成有價值的新聞線索；在網上，還可以讀到某一領域或專業的最新研究成果，從而瞭解到某一社會生活方面的變化；瀏覽各個網站，一般也會看到一些新鮮有趣的新聞，記者也可由此獲得所需的線索，跟蹤報導；再則，讀者給編輯部和作者發來的電子郵件中也往往有許多有價值的新聞線索。這些資訊都可以啟發一個有敏銳「新聞嗅覺」、善於思考的記者去發現新聞線索。

（二）利用網際網路獲取背景資料

　　網際網路是一個巨大的資料庫，因而在採訪活動中，可以預先從網上獲得採訪對象的有關背景材料，以便能在面對面的採訪中，知己知彼，提高採訪效率，獲得採訪的成功。對於那些有要事在身，沒有多少時間來接受採訪的採訪對象，記者更應在事前做好充分的準備，掌握的背景資料越多，會越有利於採訪，也有利於提出最恰當、最有價值的問題。

詳實的背景資料，應當包括採訪對象的姓名、職務、主要經歷、成果貢獻或者其他值得注意的材料，以及與採訪主題相關的背景資料。最好在採訪前，能獲得其他媒體近期和過去一段時間對採訪對象的相關報導，避免問一些人云亦云的問題。透過搜尋引擎來查詢，很容易獲得「相關新聞報導」的資料。現在有許多搜尋網站，如 Yahoo、Google 等，可以在上面搜尋到需要的資訊。

（三）利用網際網路實施採訪活動

根據新聞記者與被採訪者的關係，網際網路上採訪常見的類型有：電子郵件採訪、聊天室採訪或 BBS 採訪、即時通訊採訪、影片會議採訪等。這些採訪手段各有其特點，所適用的場合也各不相同。只有正確認識每種手段的長處與短處，才能更好地發揮每一種手段的潛能。

（四）利用網際網路整理新聞資料

在採訪結束後，可以利用網際網路提供的功能服務和資訊資源整理已有的相關資料。比如，採訪某位名人後，可以把收集到的網際網路上的資料保存起來；同時，為了今後的查找，可以把有關網頁在電腦中收藏起來；還有必要將被採訪對象的電子郵件地址保存在電腦的電子郵件通訊錄裡。當然，這一切都可以用傳統方式來完成，在筆記本中記錄有關資料，或將資料影印存檔。如果記者認為有必要，也可以給被採訪對象透過電子郵件寄去所發表的稿件，以表示尊重。如果是在聊天室或論壇上獲得的材料和資訊，也有必要在進一步確證後，經過整理保存在文件夾中。總之，整理資料是個細緻的工作，但是這個工作做得細緻會有助於在以後的工作中節省大量的時間和精力。採訪結束後，還可以透過網際網路對採訪獲得的相關資料進行核實。

第二節　網路新聞採訪工具

當前，網路採訪的工具很多，但最常用的網路新聞採訪工具無非是以下兩種。

一、電子郵件採訪

對於記者來說,網際網路最大的貢獻就是提供了電子郵件這個採訪工具。透過電子郵件進行採訪,記者可以較順利接觸到閱聽人感興趣的任何一位客體,包括名人甚至國家元首,只要他在網際網路上開闢了網頁,設立了電子信箱。

利用電子郵件的功能,可以實現異地書面採訪,這已是許多記者常用的採訪手段。當然利用電子郵件採訪有一個基本條件就是,記者與被採訪對象都能充分駕馭這一工具,並有良好的使用習慣,比如及時回覆、必要抄送、附件等。使用電子郵件的好處在於,一是乾淨俐落,提幾個問題,就回答幾個問題,電子郵件來往免去了車馬勞頓、端茶送水的煩瑣;二是利用率高,寫稿時可以直接引用,要比口述心記來得精確、完整,整個採訪效率較高。但利用電子郵件採訪也有不利之處,那就是沒有面對面交流那樣直接和複雜多變,不容易撞擊出思想的火花,並且也不能觀察現場的狀況以及受訪者的反應等。

電子郵件採訪有很多優點,主要有:電子郵件採訪能夠節省費用,提高效率。發送一封電子郵件只需要零點幾秒,由此產生的上網費用幾乎可以忽略不計。採訪成本的降低使昔日媒體間的實力差別得以淡化,一家地方性媒體也可以透過電子郵件進行跨國採訪。再加上電子郵件具備附件和群發功能,既可以發送文字資訊,又可以傳送圖片、聲音等多媒體文件。電子郵件的延時回覆功能避免了採訪者和採訪對象生活在不同時區帶來的不便。採訪對象可以在自己方便的時候認真閱讀記者提出的問題,在無人干擾的情況下從容作答。電子郵件的這種不要求即時互動的交流方式給對方留下了足夠的思考時間和空間,使回答更為理性、嚴謹、條理清楚。

很多事物的優點從另一方面看就是缺點。電子郵件採訪的這種延時互動也帶來了一些問題。比如回覆的機率比較低,尤其是採訪名人,很可能泥牛入海。回覆時間的充足和雙方不能及時反駁和互動也使採訪對象可能根據自己的需要對資訊進行加工、解釋,造成遠離事件真相。

用電子郵件採訪要注意幾點。首先，有一個好的標題，在標題中清楚點明採訪主旨，吸引對方點擊閱讀。如果沒有標題或者只是簡單的「你好」之類，很可能被對方當作垃圾郵件看也不看進行刪除。其次，提出問題前，要先對自己和所在的媒體進行簡短的介紹，說明採訪原因，使對方瞭解採訪的重要性以及對他個人或者公司的影響，吸引對方接受你的採訪。再次，問題要簡明扼要，切中要害。能夠從背景資料上得到的資訊就不要再問，重點是提一些必須由他本人回答的問題。最後，透過其他渠道核實資訊的安全性，也就是說要確保你採訪的是採訪對象本人，而不是其他人或者是駭客。

二、網路即時通訊工具採訪

這種採訪方式包括運用 Skype、網站簡訊等網路即時通訊工具進行的採訪。除了節省費用、提高效率等網路採訪共有的優點外，這些通訊工具的優點主要是互動性強、私密度高，比較適合進行聊天式的採訪，可以深入地探討一些問題。比如情感類的題材就比較適合運用這種方式採訪。缺點是談話可能比較隨便，過後要進行的整理工作較多，另外有可能因為技術原因（如斷線、當機等）造成談話中斷，影響採訪的氣氛和連續性。這種採訪結果的真實性也需要進一步的核實，要透過其他渠道確認發過來的資訊的確是你的採訪對象本人發過來的資訊。對於那些不需要確認採訪對象具體社會身分的情況（比如像安頓的《絕對隱私》那樣的採訪），需要透過談話的綜合資訊來把握對方的真誠度。

當下，即時通訊工具絕大多數都提供了影片互動功能，我們也可以藉助它進行網路影片採訪。

第三節　網路新聞採訪的特點

科技的發展時刻推動著採訪方式的進步。網路採訪是高科技與採訪方式聯姻的產物。與傳統的採訪方式相比，網路技術的先進性使其具有更多優勢。

網路新聞採訪是網路新聞的基礎工作，它有著不同於其他媒體採訪的個性。網路新聞的採訪不但包括傳統媒體採訪的方法，如文字採訪（如報紙採

訪）、錄音採訪（如廣播採訪）和圖像採訪（如靜態的新聞攝影採訪和動態的電視採訪）等，還包括充分利用網路這個跨越時空的虛擬現實空間，按照新聞傳播的需要進行新聞素材收集和調查研究活動。

網路新聞採訪是網路新聞傳播實務的主要研究內容之一，是從事網路新聞傳播實務的起步環節，它主要以國際網際網路（Internet）作為新聞素材採集的環境，用搜尋、採訪、下載和編輯加工等方式採集素材及相關資料。網路新聞採訪直接從傳統新聞採訪和電腦輔助新聞學發展而來，其主要研究內容包括如何利用網路所提供的虛擬空間尋找採訪線索，如何利用網路資源、資料庫收集和核查數據，如何利用電子郵件、BBS、新聞組、郵件列表、網路電話和聊天工具、視覺化互動式設備等進行遠程的、全球性、實時性的全數式新聞採集和新聞調查研究等活動，亦包括利用數位化的硬體設備和技術在現實空間中所進行的新聞素材採集和調查活動。

網路新聞採訪主要是由網路記者完成的，網路記者有廣義和狹義之分。廣義的網路記者包括全體網友。網路新聞的傳播管道相當多，有萬維網、新聞組、郵件列表、BBS 和網路尋呼或其複合使用等，這就決定了其發布者（即首發者）、轉發者可以是任何機構也可以是任何個人。這就不可避免地出現大批上網的個人使用者成為業餘甚至專職新聞記者。從這一點上看，李希光教授的界定是有一定依據的。狹義的網路新聞記者是指網路傳播媒體中所有從事新聞實務的專業人員。這一定義與傳統的廣義記者定義有很大不同，網路記者應是一種身兼數職（採寫拍攝、編輯、播音、主持人、發布等）的多媒體數位記者，而廣義的網路記者則大都未經過特定的專業訓練，其採訪活動往往是偶爾為之。

狹義的網路記者一般具有較高的理論水準和深厚的新聞學、傳播學專業知識和各種知識的底蘊，以及高超的新聞採寫能力、良好的職業道德和熟練的網路傳播技術及操作能力等。這類記者針對一些重大的新聞事件和連續性的新聞事件進行網路採訪，在保證新聞真實性的基礎上，運用與新聞內容相符的體裁和簡練的語言，採集和傳播新聞。一般的個體網路新聞記者根本無

法完成，必須依靠那些物力、財力雄厚的新聞網，尤其是一批富有採寫經驗和採寫實力的記者編輯團隊。

一些新聞業務功底扎實的傳統記者開始向網路記者轉型，專職網路記者的數量也開始有所增加。網路記者是用數位技術武裝起來的新型記者，網路採訪是新聞記者在現實和虛擬的兩個截然不同的空間中所進行的採訪。由網路採訪所得的新聞素材製作的新聞，是在網路空間中進行和完成傳播的。這就決定了網路新聞採訪與傳統新聞採訪既有相通之外，也有其獨特的個性。網路新聞採訪的特點表現在以下四方面。

一、採訪內容的多媒體化

網路新聞採訪以多媒體新聞素材為採訪對象，其採訪的素材涵蓋和融合了傳統媒介新聞採集的內容，既有靜態的文字和圖片的採訪，又包括聲音和動態影片的採集和攝錄，是一種多媒體的全方位採集新聞素材的活動。在這一新的採訪模式下，傳統記者明確分工的特點將逐漸走向模糊乃至消失，每個記者將成為集文字記者、攝影記者和錄音錄影記者於一身的網路記者。

二、採訪工具的全數位化

網路新聞採訪所採用的採訪工具主要是全數位化的電腦網路，以及可以與網路相通的一系列全數位化的新聞採訪和傳輸工具。這些數位化工具主要包括硬體和軟體兩個部分，硬體主要有：筆記型電腦、數位錄音機和攝影設備、數位相機、大容量的攜帶式儲存設備、數據機、PC 電話和 IP 電話，以及可與電腦網路連為一體的衛星電視等。此外，還有可以用來瀏覽網頁和收發電子郵件的 WAP（Wireless Application Protocol 一種專為行動應用而設計的小型瀏覽器協議）和掌上電腦 PPC（Palm Personal Computer）等。運用這一整套功能強大且齊全的數位化網路新聞採訪工具，可以快捷而高品質地完成新聞採訪任務。在這些工具的幫助下，記者有時足不出戶，就可以採集所需的新聞素材。另外，網路記者所使用的數位採訪設備也在不斷升級，採訪裝備包括成套的先進採訪設備，有攝影鏡頭、戴在眼睛上的微型顯示器、掛在手臂上的微型鍵盤、麥克風、掛在腰間的微顯示器、數位影像傳輸設備

和電池等，利用這套異常輕便的設備，不僅可以採集一般的文字和圖像新聞，還可獨立完成現場直播。

三、採訪範圍的全球性和速度的快捷性

因為網路具有全球性，因而網路中的採訪範圍也具有全球性的特點。對於一些不能、不適於或因距離太遠而無法進行現場採訪或調查的新聞事件，記者就可透過網際網路在辦公室或家中進行全國性或全球性的實時採訪，如透過電子郵件、新聞組和郵件列表等進行異步的文字採訪，透過語言信箱、網路電話等進行口頭採訪，透過即時通訊工具進行視覺化的面對面採訪等。另外，在網路中所進行的採訪是一種實時性的快速採訪，有時因距離相隔等原因，傳統採訪需要數天或數月才能完成甚至無法完成的採訪工作，在網路中僅需數秒或幾分鐘就可以完成。

四、新聞資源的豐富性及利用的方便性

網路及其資料庫和光碟是可供新聞工作者開掘利用的巨大資訊資料庫。網上有大量文獻可供查詢。掌握了網路檢索的記者和編輯，實際上就等於擁有了一座世界最大的流動圖書館。運用某些功能強大的搜尋工具（如搜尋引擎等），記者就可在這一數位化圖書館中方便地檢索到某一題材的背景資料，快速獲得所要的新聞資源，就可對數據進行更深入發掘。在資訊時代，電腦和網路等資源對於新聞報導的作用至關重要，它使記者看得更遠、聽得更清、想得更深、寫得更多。

從傳統的角度講，新聞獲取的途徑主要有：透過大的政策決議及重大政治活動、政府官員講話獲取；透過記者耳聞目睹獲取；透過廣大閱聽人、親友的提供和與他們的接觸獲取。這只是獲取新聞線索的幾種方式，但它們都強調記者主動出擊、主動接觸社會，強調記者的感覺能力。而在網路時代，記者無論是獲取資訊還是傳播資訊，都面對著浩瀚無際的新聞資源，此時，記者一方面可以利用自己的社會關係實地採訪新聞、掌握新聞線索，一方面可以利用全新的線索，這樣就拓寬了記者獲取新聞的渠道，使記者的調查研

究從封閉走向開放。但科技給網路採訪帶來優勢的同時,也帶來了諸多的不利因素。

(一) 保障係數低

在現實採訪過程中,由於受各方面因素的影響,新聞記者無法接近新聞源或採訪對象的情形很多,這時就得充分發揮網路採訪的應急性和輔助性功能。然而,這些功能能否實現還取決於一定的前提條件,這主要有時間和內容兩個方面。在時間上,運用網路採訪時,新聞記者透過電子郵件、電子布欄等進行發問,與採訪對象回答具有異步性,即問與答往往不是連續進行的。這樣,採訪對象在是否回答與何時回答上就具有相當大的選擇權和自由度。這往往就會導致資訊不能及時獲取,時效性難以保障,即使原本有價值的新聞往往也會因此貶值或失去價值。在內容上,網路這個虛擬空間與現實世界一樣都充斥著各種資訊,豐富的資訊資源與大量的資訊垃圾並存。面對著這個龐大混雜的資訊群,新聞記者往往會無從下手、不知所措。檢索來的資訊往往也難以求證,從而使資訊的真偽處於不確定狀態,資訊的保真係數下降。

(二) 人情係數低

網路採訪實質上是一種數位化交流。採訪雙方面對的是冷漠的電腦而不是鮮活的個體。一串串枯燥的字碼代替了人們的聲色言語,交流雙方只能在「嗒、嗒」的敲擊聲中,一方提供資訊,一方接受資訊。傳統採訪中具有的人情味在這裡趨於低調化、枯竭化。這種缺乏人情味的採訪,不利於記者描寫採訪對象的特徵、神色以及現場的場景和氛圍,從長遠來看,也不利於記者進行穩定的消息來源網建設。Short 等人於 1976 年提出的社會在場理論認為,不同交流媒介會傳達不同水準的社會臨場感(Social Presence)──「其他交流者與我一起參與交流的(也即在場)一種感覺」。而社會臨場感取決於交流者是否能夠得到交流對象的視覺、聽覺甚至是觸覺的資訊。顯然,面對面交流的社會臨場感水準最高,而以電腦媒介交流方式最低。因而以電腦為媒介的交流「較少友好,較少感性,更少人性化,更多商業氣息」。 因

第三節　網路新聞採訪的特點

此，如果之前未能建立前期聯繫，那麼在網際網路上發起的採訪較不容易得到對方的響應。

（三）風險係數大

透過網路採訪獲取的資訊，內容具有龐雜性，品質具有不確定性。因而，新聞記者運用這些資訊時，可能造成兩種危險：報導失實危險和涉訟危險。網路中的資訊混雜，精華與糟粕並存。而且這些垃圾資訊更具隱蔽性，不易被察覺。新聞記者由於疏忽或被矇蔽，很可能將這些垃圾用到報導中去，導致新聞失實，影響媒體聲譽。長此以往，會引起閱聽人的反抗心理，使媒體產生「信任危機」。在崇尚法治的今天，人們的法律意識在不斷增強，懂得用法律武器維護自己的合法權益，包括網路領域。網際網路雖然能實現資訊資源共享，但這並不意味著任何資訊都可以隨意使用。在網路中，也存在著版權問題。如果記者稍有不慎，就可能引起版權糾紛，陷入新聞侵權官司中。另外，網路採訪中還涉及其他一些法律問題，尤其是隱私權問題。「高科技下無隱私」，憑藉高科技手段，非法侵入他人資料庫、盜用他人電子郵件等顯得輕而易舉。因而，網路上會出現一些「公開」了的隱私。這類資訊對新聞記者有巨大的誘惑，而且這種「公開」的外衣極易遮蔽採訪者的眼睛。與傳統的採訪方式相比，網路採訪造成侵犯他人隱私權的可能性更大、危險性更高，新聞記者很容易在不知不覺中失足、摔筋斗。

基於網路採訪存在諸多利弊，因而在實踐中，應注意以下幾方面的問題。首先，正確把握網路採訪的內涵。內涵就是尺度，只有把握準這個尺度，在實踐中才能遊刃有餘，運用自如。其次，正確處理好傳統採訪方式和網路採訪方式之間的關係。在採訪方式體系中，傳統採訪方式依然占主體地位，網路採訪方式不能取而代之。不可以因網路採訪的先進性而摒棄傳統採訪方式，也不可以因網路採訪存在諸多弊端而對之完全否定。第三，堅持多方驗證採訪資料的真實性。由於網路的介入，新聞記者與新聞來源之間增加了若干中間環節，因而記者得來的往往是第二、三手的材料。要保證材料的真實性，就必須加強對這些素材的驗證工作。在真實性得以保障的基礎上，增強時效性，防止走片面追求時效而棄真實於不顧的極端。

【知識回顧】

　　透過網路進行採訪已經成為一種常用的採訪手段，尤其適用於一些不能、不適於或因距離太遠而無法進行現場採訪或調查研究的新聞事件。記者不僅可以透過網路進行採訪，還可以利用網路上豐富的新聞資源為自己服務。運用某些功能強大的搜尋工具（如搜尋引擎等），記者可在這一數位化圖書館中方便地檢索到某一題材的背景資料，快速獲得所需的新聞資源。不過，值得注意的是，網路採訪在某種意義上來說還是具有侷限性的，它的地位還不能超越傳統採訪。作為新媒體記者，需要充分利用網路資源，努力提高網路採訪成功率，提高網路採訪真實性。

【思考題】

1. 在網路採訪中如何提高採訪成功率？
2. 如何處理傳統採訪與網路採訪之間的關係？
3. 郵件與即時通訊工具在採訪中各有何優勢？
4. 如何提高網路採訪所獲得資訊的真實性？

第三章 網路新聞寫作

【知識目標】

　　1. 網路新聞的寫作特點

　　2. 網路新聞的文本特點

【能力目標】

　　1. 掌握網路短消息的寫作技巧

　　2. 瞭解網路新聞多媒體與超文本寫作的特點

　　3. 掌握微部落格新聞寫作的基本要點。

第一節　網路新聞的寫作及文本特點

　　網路新聞是從傳統新聞發展而來，因此在寫作規律和寫作特點上與傳統新聞存在著差異，同時，隨著資訊技術的發展，人們的閱讀方式和習慣都發生了許多變化。所以，我們在研究網路新聞寫作的規律時，要充分認識到其寫作及文本特點，才能更好地探究網路新聞的發展規律。

一、網路新聞的寫作特點

　　網路新聞寫作的基礎是傳統的新聞學，但是網路新聞傳播的層次化、實時化、多媒體化等特點，在其新聞報導與寫作上有著相應的體現。因此，關於網路新聞的寫作，一方面要充分認識與利用傳統新聞寫作的規律，另一方面，又要研究其發展變化的新規律。網路新聞寫作的特點表現在以下幾方面。

（一）網路新聞寫作的層次化

　　網路資訊的組織與發布多是採用層次化的結構。這種特殊性，使得資訊作品也呈現出多級形式的特點。傳統媒體的資訊作品，在呈現方式上是單一層次的，報紙以空間為載體展示所有資訊，廣播電視以時間為載體展示所有資訊。但是，網路資訊作品，特別是透過網站來發布的作品，卻是層次化的。

網路新聞寫作即層次化寫作。而實現層次化作品的主要手段，就是利用超連結。網路新聞的發布過程是一個逐層遞進的過程，讀者通常是根據自己的需求，一層一層去索取新聞資訊。因此，「倒金字塔」結構在網路新聞寫作中不僅有印刷媒體常見的上下水準布局的平面結構關係，而且具有前後縱深布局的立體結構關係。

一篇網路新聞作品通常可以分解為下列層次。層次之一：標題；層次之二：內容提要；層次之三：新聞正文；層次之四：關鍵詞或背景連結；層次之五：相關文章或延伸性閱讀。

當然，不同新聞作品的層次劃分並不相同，每一層次所擔負的作用也不相同。但從總體上看，這種作品的多級性特質是存在的。

1. 標題

網路新聞作品要求每一級資訊的分工要明確，而第一級資訊——新聞標題，必須要滿足最基本的資訊獲知需求。在網路新聞傳播中，標題是引導讀者向深層資訊進入的第一航標。一個網路媒體要想吸引閱聽人向網站的深層內容進入，就必須強化「標題意識」，嚴守「準確、簡約、傳神」之法則，在標題的製作上下功夫，力爭讓新聞標題對閱聽人具有「不可擺脫」的吸引力。突出重點、強調新意、簡潔明快、描述準確和寓意深刻的標題會吸引、刺激、引導讀者點擊索取下一層新聞內容，而蹩腳的標題則會淪為深層新聞內容展示的直接障礙。

2. 內容提要

在網路新聞中，內容提要出現的頻率是很高的，特別是在一些國外的網站上。之所以要在新聞前加上內容提要，主要是為了滿足讀者對資訊量需求的差異：資訊量需求小的讀者可只看內容提要，而需求量大的讀者則可瀏覽全文。

3. 正文

網路新聞正文的寫作，與傳統媒體的新聞寫作基本上是一致的。但是網路新聞的正文應該特別注重文風的問題。具體來說，就是要求文章宜短、段落宜短、句子宜短，文字應該平實。

4. 相關連結

目前大多數新聞網站的「縱深連結」往往是對「相關新聞」、「背景資料」等外部相關資訊的連結，這就使得主體新聞缺乏縱深度和闊度。需要說明的是，造成這一缺陷的原因就目前看來不僅是網路新聞結構處理技術上的問題，更重要的是網路新聞從業者普遍缺乏對新聞進行深度開掘的意識。

在網路新聞的寫作中，記者和編輯要精確地判斷新聞價值的層次結構，按照讀者的關注度、需求度，對紛繁複雜的新聞要素進行立體化的劃分排列。不僅需要確定在一個頁面裡諸多新聞要素的組合排列關係，而且要確定在多層頁面中的組合排列關係。從事網路新聞工作需要建立分層表述的概念，特別是要建立起立體分層表述的意識。所謂分層表述是指在印刷媒體上組合重點的平面排列技術。

一則新聞表現為一個整體，讀者看到的是資訊的全部。而在網路媒體上，由於受頁面的限制，以及讀者閱讀習慣等因素的制約，需要把同樣的資訊拆分為獨立的個體，製作成多重的超連結頁面，因為讀者不可能把一個很長的頁面盡收眼底。立體分層表述要注意對新聞的重點因素進行精確的分解，以確定哪些內容需要在第一頁面呈現，哪些內容需要透過連結在第二、第三頁面呈現，從而保證每個頁面的內容具有相對獨立的完整性，並從一個側面更詳細、更深刻地解釋主體新聞。因為在網路上，讀者可以在他們選擇的頁面間自由移動，讀者不會在看過前一頁後再來索取這一頁面的內容，讀者也不會按照嚴格的邏輯順序去點各個連結。要讓他們看到一頁一頁的相對完整的有著內在聯繫的資訊群落，透過這些資訊群落深刻瞭解網路媒體所要傳達的整體資訊，就必須嚴格規範超連結頁面。

(二) 超文本結構寫作

在傳統的媒體中，文本或節目是以線性的結構傳達的。報紙上的文章由文字以固定順序形成，人們的閱讀也就只能按著這個固定順序進行。而在廣播電視節目中，這種線性表現得更為顯著。

但是，超連結打破了傳統新聞文本的線性結構。它帶來的影響至少表現在以下兩方面。

其一，用超連結可以對一些重要的人物、事件、背景或概念進行擴展，即可以用註釋的方式出現，也可以直接連結到相關網頁。這有助於讀者更直接接觸新聞深層背景，獲得豐富的相關資訊。雖然這樣做也會帶來一些副作用，但是它在發揮讀者的能動作用，擴展報導面，加強報導深度方面還是有著重要意義。

其二，透過超連結，使與新聞相關的資訊之間產生聯繫，使得網路新聞的文體不再是傳統媒體的線性結構，而是網狀結構與多維結構。

運用這種超文本寫作的要領有三：①把新聞素材劃分層次；②要著力寫好骨幹層次；③在骨幹新聞中凡涉及枝葉部分的「關鍵詞」，分別用超連結給出。

(三) 滾動式寫作

從網路新聞的類別來看，文字新聞是其基礎部分，大部分影片和音頻新聞往往是在文字的支援下再透過超連結技術來完成的。因此，在網路多媒體新聞中，文字的寫作是其重要而又基礎的部分。與傳統新聞寫作比較，網路原創新聞的寫作更強調即時滾動式寫作，它是一種超文本寫作和互動式寫作。

為滿足閱聽人快速獲取資訊的需求，網路新聞傳播應提高對突發新聞和重大新聞滾動式報導的組織。網路新聞寫作無「截稿時間」的概念，一切均為「現在進行時」——一種全方位跟蹤新聞事件發展、即時滾動式的寫作。

一篇網路新聞的寫作過程可描述為：

事件發生或得知的第一時間：發快訊

十多分鐘後：詳細報導，多篇報導，以超文本的方式展開

接下來：附上背景資料和相關報導

最後：對此事件的評論

　　這種寫作方式，為保證捕捉最新動態，以快訊為主，然後跟進比較詳細的報導，如果有需要再跟進述評。其中快訊很重要，是即時滾動式寫作中的主角。隨著新聞事件的每一步進展，快訊都要爭取與此同步發出。如果快訊能夠做到與新聞事件同步發出，而且發的頻率高、密度大，那麼就成為即時滾動式寫作的另一種形式，即文字現場直播了。「文字直播」是即時寫作（隨著新聞事件的進展，以最快的速度進行文字報導）發展到極致時出現的一種報導方式。它像電視一樣，在事件發生的同時，進行現場報導。只不過，它所採用的手段是文字而非影片或聲音。

二、網路新聞的文本特點

　　由於網路新聞的寫作特點，網路新聞具有以下的文本特點。

（一）動態生成與碎片化

　　在傳統新聞中，一個報紙版面或廣電新聞節目有各種各樣的新聞，往往各自獨立，互不相干；連續報導必須在不同的時間段以不同的文本樣式提供給閱聽人，客觀上從時間和空間兩個層面都割裂了新聞本身的內在聯繫，使動態的事件扭曲成靜態的畫面。這使得傳統媒體更加重視新聞作品本身內部的組織，強調要素的完整。然而在網路新聞中，時間和空間統一在一起，各種新聞與評論的不斷加入，使新聞沿著事件的發展而成為一個變化著的動態生成的過程。這顯示了網路環境的改變。如在 2014 年 7 月份澎湖空難的報導中，新聞網呈現了關於該事密集的滾動報導。許多新聞發布的間隔只有幾分鐘，甚至幾秒鐘。另一方面，新聞的篇幅也傾向短小，它的目的不在於全面報導，而在於強調將資訊以最快的速度進行發布。

　　伴隨著新聞的過程化，也出現了碎片化的特點。網路新聞在追蹤當前發生的事件時，往往以很短小的篇幅出現，它們只是一個短暫的片段，必須與

其他報導聯繫起來才稱得上有頭有尾。網路新聞「為追求時效性而進行頻繁的動態更新，容易形成新聞的『瞬時化』或『碎片化』：一些新聞在網站中轉瞬即逝，事後很難查證；一些新聞只能支離破碎地展示新聞事件的各個片段，很難全面深入地體現新聞事件的本質」。碎片化拆散了傳統新聞的完整性，代之以不完整性。這種不完整既是內容的不完整，也是深層意義架構的不完整。與傳統新聞相比，新聞文本碎片化造成了更多的文本間隔、差異和矛盾，使傳統新聞追求的意義統一性在一定程度上消解。這就削弱了新聞作者對文本的控制，使閱聽人在建立對事件的理解結構上有了更大的發言權。而且，如果侷限於孤立的新聞報導的視角，自然會得出對碎片化的消極評價；但如果從互文的新聞報導網路的角度看，反而會觀察到其豐富的一面。其實，碎片化的現象不僅存在於網路新聞，電視新聞頻道也一樣。但相對於電視的轉瞬即逝和線性剛力，網路新聞因其異步性和大量資訊，使得這些碎片可以長時間共存。

（二）開放性與互文性

與動態生成性相聯繫的是文本的開放性。開放性是網路傳播最基本的特徵，也是網路新聞編輯的基本規律。傳統的新聞結構往往關注於單篇新聞報導或單純的新聞報導，使得新聞專題成為相對封閉的文本。這與傳統新聞媒體的平面線性和容量侷限有關。超文本環境下的網路新聞藉助立體的網路結構和大容量儲存，具有更宏觀開放、更層次化的結構圖式，一篇新聞報導周圍集聚了大量相關新聞資訊。新聞的超文本網路化使各種新聞和資訊之間構成了互文參照的關係。互文性的基本內涵是，每一個文本都是其他文本的鏡子，每一文本都是對其他文本的吸收與轉化，它們相互參照，彼此牽連，形成一個潛力無限的開放網路，以此構成文本過去、現在、將來的巨大開放體系和文學符號學的演變過程。新聞是正在展開敘述的歷史，無數的新聞構成了歷史之流。新聞又以事實為依歸，對它的理解離不開各種歷史的意指和社會實踐。新聞文本內容從本質上就拒絕獨立，它只能是新聞（歷史）之流中的片段，在與其他各種文本的關係中找到自己的位置。在從提供新聞報導轉向提供新聞資訊服務的轉化中，新聞敘事中的互文性被大大加強。超連結的應用強化了新聞資訊之間的互文關係。網路提供了新聞報導與其他各種社會

資訊、歷史知識等在場與不在場的意指實踐的聯繫。在互文的網路環境中，文本總是處於開放的狀態，不斷有新的內容、新的意義參加進來，改變著原有文本的結構和意義。一個文本表層由多個加入其結構中去的文本來確定，一是導致了文本與文本之間邊界的模糊，文本從哪裡開始，到哪裡為止，往往是動態而不確定的；二是由此導致了文本意義在某種程度上的模糊，對新聞事件的意義闡釋具有了多樣性。

（三）閱聽人的文本生產與新聞意義的不確定性

在網路新聞時代裡，一個重要的新角色進入了資訊傳播領域，即那些閱讀、觀看、利用新聞資訊的人。由於參與資訊傳播的門檻幾乎不存在，被採訪對象如今有可能在報導中加入新的資訊，新聞報導表面上是個已經完成了的作品，實際上卻永遠沒有完成。

由於網路的互動特性，閱聽人取得了前所未有的主動權。網路閱聽人既是新聞的消費者，又是新聞的生產力。從消費角度來說，閱聽人對傳統媒介新聞的理解在很大程度上需要記憶來幫忙，而網路新聞大量資訊的共存則在相當程度上緩解了閱聽人的記憶負擔，有助於新聞資訊得到更自由全面的解讀。自由的解讀方式也帶來了自由的生產。從隱性角度看，閱聽人的每次閱讀經歷都是一個生產文本，賦予新聞以自己的意義的過程；從顯性角度看，閱聽人參與網路新聞生產的途徑越來越多。對照傳統新聞，網路新聞中閱聽人參與的特有方式主要有針對新聞的讀者評論（附屬評論或獨立評論）、對新聞的重組轉貼、自己發布新聞、互動參與新聞生產等。這些行動讓閱聽人有機會發出自己的聲音，體現了閱聽人自己的社會生存現實，同時又能融入新聞文本中去，成為開放式新聞的組成部分。

網路新聞的意義則在兩個層面上具有不確定性：一是文本邊界的模糊性帶來的，比如，新加入的滾動新聞可能改變以前所有新聞的意義；二是閱聽人參與新聞意義的建構過程，而每個閱聽人的前理解結構都是不同的，其再創造的方式也各不一樣；同時，閱聽人可以主動選擇新聞觀看次序與過程，造成新聞組合關係的不確定性──每個人都有自己的互文序列，由此影響新聞意義的建構。傳播者與接受者角色的模糊、閱聽人參與新聞生產，帶來的

必然是意見的勃興。與傳統媒體習慣將讀者意見束之高閣相反，現在的新聞網站非常重視這塊內容。這反映了從傳統媒體到網路媒體的轉變中權利的轉移。據國外調查，重視評論的網站往往能獲得高點擊率。

　　由此可見，在相當程度上，網路新聞已從傳統靜態的可讀文本轉向了動態互文的可寫文本。這說明，任何新聞作品都不是孤立的，而是在千絲萬縷的聯繫和關係中才能存在，一則新聞只是新聞地理的一個點，我們要在整體中透過無數的點看到地理的立體結構；二則新聞不是一組作品系列，而是動態生成的新聞流。憑藉自身的優勢，網路新聞在對深刻、全面與平衡的把握上是傳統媒體難以企及的。它同時也說明，在新聞意義的生產方面，必須把閱聽人放在更重要的地位。

三、網路新聞寫作要點

　　「生得快，死得早」是網上新聞的特點。網上新聞的時效特徵直接影響到記者的寫作風格。雖然大多數網站都能查詢到以前的新聞，但人們在網上看新聞都抱著「看完就完」的心態。為了更多更快地獲得閱聽人的注意力，我們在網路消息寫作中要注意以下幾點。

（一）倒金字塔寫作方式

　　它以事實的重要性程度或閱聽人關心程度依次遞減為次序，把最重要的寫在前面，然後將各個事實按其重要性程度依次寫下去，一段只寫一個事實，全部陳述事實，猶如倒置的金字塔或倒置的三角形，因而得名。它多用於事件性新聞。為了使讀者在盡可能短的時間內知曉新聞的內容要點，大多數網路新聞都採用倒金字塔的寫作模式，即充分重視新聞導言的作用，把最重要、最新鮮、最能吸引人的新聞事實放在最前面。其長處在於：可以快速寫作；不為結構苦思；可以快編快刪，刪去最後段落，不會影響全文；可以快速閱讀，不必從頭讀到尾；符合新聞「快」的特點等。其缺點在於缺少文采與個性。在製作網路消息時，首先要對重要新聞要素進行合理排列。要嚴格按照倒金字塔的結構安排新聞稿件，將最重要的新聞要素永遠置於最前面。無論是寫作一篇新聞還是處理其中的一個段落，都要遵從重要為先的原則。

(二) 短、精、易

在網上，人們很少逐字逐句閱讀，而是快速瀏覽。只有讓讀者在瀏覽時迅速抓住一篇新聞的主要內容產生興趣後，才有可能進一步深入閱讀。大多數網路讀者對內容是一掃而過，掃描式閱讀已經成為網路新聞閱讀的主要方式。在這種閱讀方式下，要想保證讀者能夠容易、清晰、準確地捕捉新聞的核心內容，在寫作上就要做到：一是將重要新聞因素用最清晰的文字描述出來；再就是要對重要新聞因素進行合理排列，例如，加粗、用特殊色彩等，也可以利用「列表」的方式將要點一一列出。

網路新聞傳播開闢了人類資訊傳播史上「掃描式」閱讀的時代。「掃描式」閱讀就是用較短的時間快速掃視文章，這種閱讀帶有極大的跳躍性和忽略性，如果新聞中沒有讀者認為值得留戀的關鍵詞或引人注意的細節，就難以抓住他們飛速運行的眼球。這就需要網路編輯根據閱聽人這一需求，有針對性地採寫「短、精、易」的新聞稿件。

1. 篇幅短小

雖然網路媒體的容量相比報紙、電視、廣播等要大很多，但是網路新聞宜短不宜長。由於電腦顯示器的光線對閱聽人的眼睛有一定刺激作用，閱讀時間過長，容易引起視覺疲勞。基於對網友的健康考慮，網路新聞也應該用盡可能少的文字傳達盡可能多的資訊。網路新聞篇幅宜短、導言宜短、段落宜短、句子宜短。有學者提出網路新聞以不超過 500 字為最佳，或以不超過一個螢幕的大小為標準。導言開門見山，精心提煉，以不超過兩句話為宜。一個段落一個中心，不宜將文字堆砌成大段，善用分段，每段兩三句話為宜。小標題既可提示本段主要內容，又可造成一個緩衝的作用。語言簡潔，文章短小精幹、一針見血，言詞客觀、平實，結構清晰，是網路新聞寫作的普遍標準。傳統的「倒金字塔」結構非常適宜於網路新聞寫作。因為這種新聞寫作方式將新聞、摘要和結論放在篇首，細節和背景資訊放在後面，使網頁更加便於瀏覽，同時也節約了讀者的時間，能夠更好地滿足讀者速食式「搜尋」的需要。

另外，網路記者還要善於把新聞事件拆開來寫，堅持一事一報，獨立成篇，堅決避免相關新聞的長篇羅列。如在專題會議或學術論壇上挖掘到了幾條新聞，那就一件事報一條新聞，切忌將幾件事寫成一條不分主次的綜合新聞。

2. 語言精練

語言精練簡潔，是對新聞寫作的共同要求，掃描式閱讀的網路新聞則更須突出這一特性。能用八十字說清楚就不用幾百字去解釋，疊加空話、套話既浪費記者編輯的時間，也浪費網友的時間。形容詞、感嘆詞、修飾詞等非直接敘述新聞事件的詞語也盡量少用。標題是一篇新聞稿件濃縮、提煉、概括的精華。據調查，很多網友每天就是透過看標題而不看正文來獲取資訊，重大新聞事件或精彩的標題才會吸引他們點擊連結進入正文。標題已經成為閱聽人識別新聞內容，判斷新聞價值的第一信號，成為閱聽人決定是否索取深層新聞資訊的第一選擇關口。閱聽人這一閱讀習慣就要求網路記者要用心思考，仔細推敲，精心提煉新聞標題。

網路新聞正文的撰寫要本著保證讀者容易、清晰、準確捕捉新聞的核心內容的基本原則，在寫作過程中首先要高度概括新聞事件最重要的部分，堅決剔除多餘的部分，剪掉枝葉，刪去華麗辭藻，做到言簡意賅，簡明扼要。

3. 通俗易懂

網路媒體的閱聽人上至老年人下至青少年，有受教育程度高的，有受教育程度低的。閱聽人的廣泛而不確定性就要求網路新聞必須做到通俗易懂。新聞語言要通俗，就要避免使用生僻字詞、公文語言和慎用文言文，選用熟語和慣用語，過於花稍和艱深晦澀的文字會讓人反感，沒有人會花時間仔細思索這些詞。同時，學會善用廣大人民群眾豐富、生動的口頭語言，把枯燥難懂的書面語言轉化成輕鬆自如的口頭語言，再現生活原貌，不僅使稿件通俗易懂，還會使其鮮活、增色幾分。

另外，網路新聞要慎用專業術語。在報導專業新聞時，在保持專業化的同時更要顧及通俗易懂，推敲適合於網路新聞的生動語言。對於稿件中必須

提及而又無法深入淺出做解釋的專業術語，不妨在文中或文尾以連結等形式加注背景資料，以供閱聽人閱讀新聞稿件。為了達到「短、易、精」的要求，我們在寫作網路新聞時，還需要特別注意以下幾點。

第一，讓關鍵詞語突出，明確地強調它們。注意強調一些攜帶著重要資訊的字詞，避免去強調整個句子或者是一個段落，因為掃描狀態中的眼睛一次只能掠取兩三個詞。

第二，注意用一個段落描述一個主要的內容，用另一個段落去描述另一個內容。因為讀者的注意力是跳躍的，很難在一個段落中同時注意到兩個重點。

第三，要注意用最重要的事實或者是觀察的結論作為這一頁新聞的開始，在處理文字較長的新聞時，應該為它寫一個簡短的概要。

第四，要高度簡潔地表述最為重要的事實，需要在網頁的第一視覺區域內完成對重要新聞的精準概括、描述和引導，切記將最重要的新聞要素置於最前面。

第五，網路新聞的導言寫作必須符合人們在網上閱讀的習慣。在這種閱讀方式下，要想保證讀者能夠容易、清晰、準確地捕捉新聞的核心內容，在寫作上就要將重要新聞因素用最清晰的文字方式描述出來，注重導言的重要性。

（三）導言和概要應便於檢索

搜尋引擎已經成為人們檢索網上資訊必須使用的重要工具，是擴大新聞傳播的影響範圍，增強新聞的再度利用率的重要條件。超過半數的網路使用者依賴於搜尋引擎去發現自己需要閱讀的網頁，當使用者從搜尋引擎上看到一個網頁的連結時，搜尋引擎上展示的對這個連結的簡要說明，應該能夠保證他們立刻準確瞭解這個網頁的內容，清晰判斷這個網頁與他們的需求之間有什麼樣的聯繫。因此，簡嚴的連結說明能夠使得新聞更容易被閱聽人檢索和查詢。為了使新聞資訊最本質的內容能夠在搜尋引擎上清晰地顯現，在新聞寫作上要注意以下兩個環節。

1. 為新聞製作清晰明確的標題

新聞標題往往最先被搜尋引擎捕捉，也是使用者識別和查找資訊的最初標識。新聞標題雖不直接關係新聞在搜尋引擎上呈現的面貌，但考慮到便於使用者透過搜尋引擎進行檢索，網路新聞標題需要有一個單獨一行的言簡意賅的文字標題；標題的第一個詞非常重要；新聞標題應具有獨特性；標題應該在完全瞭解文章的前後關係後製作；每一個獨立的網頁都必須用醒目的標題作為標識。在後面的章節，我們會專門講到網路新聞標題的製作。

2. 為新聞製作精彩的導言或概要

在搜尋引擎上，一則新聞最前端的數十個字往往作為這一新聞全部內容的簡明提示，使用者往往就是透過在搜尋引擎上呈現的這數十個字的描述去判斷這則新聞資訊，因此需要根據讀者的需求製作導言或概要。這需要注意：使用能夠引起人們注意的詞彙和簡潔的句式製作導言或概要，將其置於頁面的最前端，在這個概要上設計連結，將讀者引向報導的詳細內容；準確反映全文的內在聯繫及本質含義；注意事實，不要用誇張和浮華的語言。

第二節　網路新聞的用語標準

網路新聞與傳統新聞相比，儘管其已具有自己的特點，但由於多數網路新聞來源於傳統媒體，兩者的根本屬性依然沒有改變，主要表現在新聞的採寫手段、發布途徑、閱聽人對新聞在道德上的要求及評價標準等方面。這在很大程度上決定了網路新聞用語與傳統媒體新聞用語之間存在很多的共同點，因而傳統媒體新聞用語的一些不標準現象在網路上也可見一斑。再加上網路本身的技術特性，其不標準性主要體現在以下幾點。

從標題上來看，網路新聞的最大特點是非線性編輯，這種新聞表現方式使閱聽人最先看到的是新聞的標題，標題吸引人與否直接決定了其內容被訪問率的高低。故新聞標題的製作不僅要引起閱聽人的注意，還要可被用來對新聞資訊進行分類。而從眼下的情況看，為了引人注意，有些新聞標題有華

而不實之感、譁眾取寵之嫌；在選詞上欠考慮，標題用語不慎，可能使閱聽人對網路新聞產生不信任感，嚴重的可能導致資訊處理、檢索等環節紊亂。

從導言上來看，與傳統媒體新聞相比，網路新聞極少對導言有要求，或者有時根本就不用導言。究其原因，部分是由於對新聞原創性的追逐而忽略了對導言的製作。特別是有些商業網站上的滾動新聞，偶爾出現導言，但很不合格，有時導言比正文還長。尤其是對突發事件的報導，速度是達到了，但對導言用語的要求也被迫降低了。「永遠把最重要的事實放在導言中」這個新聞寫作要求在網路新聞中未能真正體現。

網路新聞報導偏長或偏短，文字品質良莠不齊也是一種普遍現象。篇幅太長，閱聽人會產生厭煩心理；太短，因未能滿足資訊需求而產生失望心理。所以，網路新聞用語必須緊湊簡潔，篇幅適中。這符合閱聽人上網看新聞是想盡快瞭解世界上的大事，而不是品味解讀一大塊文本的心理。此外，以快制勝的網路新聞，還經常發生文字錯漏百出、內容前後矛盾、令人誤解、非法抄襲等問題。這些都是迫切需要解決的問題。

一、對網路新聞用語是否需要標準的幾種觀點

網路新聞用語的諸多特徵和存在的問題已引起廣泛關注，關於網路新聞用語是否需要標準化，目前存在著以下幾種觀點。

第一，語言具有很強的社會性，它隨著時代的步伐前進，網路時代也不例外，網上新聞傳播用語不可避免地要和傳統媒體的發展過程一樣存在一些問題，出現一些不精確的用語。這些用語很可能會與現有的標準和觀念產生摩擦衝突，但經過一段時間後，新的標準自然會形成。有些用語雖然看上去有些奇怪、彆扭，但其表現力會比一般傳統媒體強得多，很能反映分眾化傳播時代傳受雙方的個性及對新時代的敏感度。至於網路用語是否能被閱聽人接受，還需要一定的時間去檢驗。就目前來講，編輯也可以一邊運用，一邊發表各種不同的看法，標準問題看來還有一段很長的路要走。

第二，語言樣式是環境的產物，出現新的網路環境，肯定會產生新的網路語言。網路平台賦予的虛擬、即時雙向交流特性，顯然不同於傳統媒體，

也不同於現實生活環境。如果我們承認生活中的書面語言和口頭語言，因使用環境不同而存在較大的差異是合理的，那麼網路語言的存在為什麼就沒有了合理性？網路社會的開放性和自由度導致了網路中出現的語言有便捷性、實時性、視覺顯著性等種種新特點，因而這裡的語言會躍出書面語言的規範。對於不準確、不文明的用語當然要進行控制。而對於某些極具網路特色的用語，只要是文明得體，不但不應禁止，還要鼓勵其發展。只有這樣，才能夠推動中文網路語言的發展，以此形成一個良好的、符合網路社群特定規律的語言環境。

第三，語言的發展性很強，不宜太強調標準。過分標準化，將扼殺人們的語言創新精神，使語言失去活力。應強調標準並允許創新，適應資訊時代求新求變，不斷突破陳規的束縛。對於網路新聞用語，當然最低的限度得包含正確、客觀和文明的資訊量，且易於理解，不會產生誤會。否然，創新就會失敗，更談不上什麼流傳和規範化。

二、網路新聞用語標準化的現實必要性

首先，因網路的快速高效而產生的負面影響在實務上有著最直接的表現，即未得到求證而草率發稿。為了掩飾疏漏，一些網路媒體不惜以「據報導」、「據有關部門瞭解」或「據政府高層人士指出」等為根據，其正確性與真實性值得懷疑；片面追求新聞互動性的個人化服務，造成不計其數的資訊垃圾充斥網路；閱聽人選擇性的擴大、自主地位的強化帶來新聞界「守門人」功能的逐漸喪失。再加上超媒體、超連結及分散式資料庫功能技術的發展，雖可節省資料搜尋時間，但也會使更新及錯誤更正變得困難，引發一些不必要的新聞誹謗、糾紛。

其次，從網友年齡結構來看，20-30 歲間的占總數的 60%，他們上網的主要目的是看新聞，而不是收發電子郵件。這個年齡階段的人群語言創新能力很強，對新事物的接受能力強，而對自身從道德和法律方面的約束力相對較不穩定，易受不良文化產品、文字等影響從而失去分辨能力。

再次，標準化可彌補自律機制的不足。自律的最大特色在於它不具備法律上的強制效果，而標準化的制度可限制某些新聞用語的功能，使之不至於產生歧義和誤解，而且標準化的教化功能還可潛移默化地淨化網路新聞環境。

三、網路新聞用語標準化策略

網路帶來了更自由的表達空間，短小精悍、風趣幽默的網路新詞逐漸被新聞媒體接受，在求新、求變中表達了廣大網友的共同心聲，很受讀者歡迎。但是制定網路新聞用語標準在當下網路環境下又實屬必要，我們應該透過多種方法、引導為主，尊重規律、主動創新，以提高超文本記者的專業新聞用語水準等策略來規範網路新聞用語，淨化網路環境。

（一）多種方法，引導為主

網路創造的環境是虛擬的，而傳播者是個體加個體不斷積聚而形成的一個真實群體，這個群體和其他的群體一樣存在個體差異，即每個傳播者都是基於自己的個性寫作，而個人的用語習慣不可能完全相同。但這並不意味著無法加以規範他們的新聞用語，只是從一個側面證明了新聞用詞的多樣性中還需有主導力量的存在。

（二）尊重規律，主動創新

網路語言和現實生活中的語言一樣，有其自身發展的規律。網路語言從產生至今與語言體系一樣經歷了產生、發展、更新的階段，它相對於現實生活中語言的演進而言，只是在時序上被大大壓縮了而已。這正是由網路技術的飛速發展和網路所具有的開放性和快捷的資訊傳輸速度所決定。也正是由於網路的這些特性，如果仍一成不變地沿用以往傳統媒體的報導，網路新聞將會從方式、內容、用語上都與網路的特性格格不入。

（三）提高超文本記者的專業新聞用語水準

提高專業水準是一個老話題。以往的提高，往往侷限於國家內的競爭，但由網路做媒介，它成為全球範圍的競爭。當務之急是培養網路時代的超文本記者，為網路新聞業建設累積豐富的人力資源。超文本記者至少要具備運

用多媒體、超文本進行新聞寫作報導的能力；具有較強的驗證、過濾資訊文字的能力；深入研究、深入報導的能力；同時也應具有與閱聽人平等交流的能力。這些能力的具備意味著「守門人」功能的發揮。「守門人」功能最基本的要素就體現在對新聞用語的運用上。用公正、客觀、正確、真實的新聞用語報導事件，超文本記者責無旁貸。這份責任感的培養就從提高新聞專業用語水準做起。

第三節　微部落格平台新聞寫作

當今是一個日新月異的時代，網路的發展帶來了新聞寫作文體的創新，網路新聞以其獨特的視角、風趣的語言、新鮮的閱讀快感深深吸引讀者。而隨著網路技術的進一步發展，微部落格作為全新的新聞傳播平台，進一步滿足了讀者更快、更準、更有趣地獲得第一手資訊需求，無論是新聞來源、新聞題材還是新聞寫作上，微部落格新聞都開創了嶄新的新聞形式。

一、微部落格及微部落格新聞

微部落格（Micro Blog），簡稱微博（Weibo），即一句話部落格，是一種透過關注機制分享簡短實時資訊的廣播式社交網路平台。微部落格是一個基於使用者關係進行資訊分享、傳播以及獲取的平台。使用者可以透過WEB、WAP等各種用戶端組建個人社區，以140字以內（包括標點符號）的文字數更新資訊，並實現即時分享。微部落格的關注機制分為可單向、可雙向兩種。微部落格作為一種分享和交流平台，更注重時效性和隨意性。微部落格更能表達出每時每刻的思想和最新動態，而部落格則更偏重於梳理自己在一段時間內的所見、所聞、所感。

微部落格平台具有多樣的資訊發布與傳播互動功能。以新浪微博為例，它是一個類似於Twitter和Facebook的混合體，並可上傳圖片和連結影片，實現即時分享。新浪微博可以直接在一條微博下面附加評論，也可以直接在一條微博裡面發送圖片。

第三節　微部落格平台新聞寫作

　　最早也是最著名的微部落格是美國 Twitter。2006 年 3 月，部落格技術先驅 blogger 創始人伊凡·威廉斯（Evan Williams）創建的新興公司 Obvious 推出了大型微部落格服務。2009 年 8 月中國入口網站新浪推出「新浪微博」內測版，成為中國入口網站中第一家提供微部落格服務的網站，微部落格正式進入中國上網主流人群視野。隨著微部落格在網友中的日益火熱，在微部落格中誕生的各種網路熱門用語也迅速走紅網路，微博效應逐漸形成。2013 年上半年，新浪微博註冊使用者達到 5.36 億，2012 年第三季度騰訊微博註冊使用者達到 5.07 億，微部落格成為中國網友上網的主要活動之一。

　　微部落格為傳統媒體的發展帶來了更多的機會，新舊媒介高度融合產生的聚合效應也為傳統媒體帶來了新的發展機遇。傳統媒體微博指傳統媒體在微部落格平台上以自身媒體的名稱註冊使用，從而傳播媒體內容和實施品牌宣傳的微部落格。傳統媒體開辦微部落格的熱潮，與新媒體的不斷更新和所帶來的衝擊密不可分，也是傳統媒體積極應對挑戰的有效策略。國外媒體機構如 CNN、BBC、英國天空電視台、《時代雜誌》和《紐約時報》等均是在 Twitter 上受到高度關注的媒體。目前 Twitter 在全球範圍的使用者已經超過了 5000 萬，而其中 50% 以上的使用者是媒體機構。

二、微部落格新聞寫作

　　與我們通常所指的網路新聞相比，微部落格新聞由於其傳播方式與結構的不同，也有其自身的文本特徵。

　　微部落格新聞寫作有如下一些特點：

　　1. 篇幅較小、要素齊全，盡可能滿足 5 個 W 要素，以使網路使用者快速瞭解新聞事件。

　　2. 時效性強、更新迅速，前一分鐘的新聞在下一分鐘可能就成為了歷史。

　　3. 多媒體的新聞報導形式可以運用文字、圖片、影片等形式，以超連結進行報導。這種運用多種媒體形式進行新聞報導的方式，不僅增強了新聞的吸引力，還能全面立體地展現新聞事件的全貌。此外，如果一則新聞，在微

部落格的字數限制之內無法實現報導完整，還可以利用附上超連結的形式，引導閱聽人進行進一步深入瀏覽。

4. 單篇微部落格新聞要求結構簡單、角度單一：只報導一個事件、一個情境、一個觀點。

微部落格新聞的寫作技巧要注意：

1. 第一時間迅速發稿，以文字、圖片、音影片等多媒體呈現；

2. 要素齊全、語言簡潔，對新聞事件進行高度概括和描述，用詞準確到位；

3. 標題精煉、字數不宜過多、資訊明確；

4. 選材典型、善用細節，表現新聞事實，刻畫新聞人物；

5. 善用「@」、表情符號、小圖標網路語言，以引起網友關注。

此外，微部落格平台十分適合突發事件的滾動發布。

微部落格平台上的新聞形式雖然與傳統新聞、網站新聞有所不同，但是對其新聞價值評判的基本標準並沒有改變。微部落格新聞發展的早期，為了最大限度地獲得關注度，新聞價值在一定程度上呈現出無理性狀態，娛樂化、炒作化傾向嚴重，總是有意無意地迎合閱聽人。隨著閱聽人和微部落格新聞在新聞價值及倫理道德判斷上逐漸走向成熟，傳統媒體判斷新聞價值的五個基本標準也成為衡量微部落格新聞的主流標準。

【知識回顧】

曾經擔任包括《華爾街日報》在內的100多家日報以及合眾國際社顧問的羅伯特·加寧在其著作《清晰寫作的技巧》中提出清晰寫作的十條原則：保持句子短小；寧可簡單而不是複雜；盡量使用熟悉的詞；不用多餘的詞；使用動作性強的動態動詞；按說話的方式寫作；使用讀者可以想像的詞語；與讀者的經歷聯繫起來；充分利用多樣的變化；透過寫作來表達而不是追求轟

動的效應。網路新聞寫作因其平台不同，而有其自身特徵。但是其對新聞價值的追求與傳統新聞寫作是一致的。

【思考題】

    1. 微部落格新聞寫作應遵循哪些基本規律？

    2. 網路新聞寫作與傳統報紙新聞寫作有何異同？

    3. 如何理解網路新聞文本的互文性？

    4. 你如何看待網路新聞用語的標準化要求？

第四章 網路新聞編輯基礎

【知識目標】

　　1. 網路新聞編輯的四個層次

　　2. 網路新聞編輯的基本規律

【能力目標】

　　1. 掌握編輯單篇網路新聞的技巧

　　2. 瞭解處理長消息的基本方法

第一節　網路新聞編輯概述

　　在這一章中我們將會談到有關網路新聞編輯的基本概念及內涵，稿件的選擇及修改，編輯方針的制定，新聞稿件的組織及策劃。關於標題的製作、網路專題的策劃等內容，我們將專門另立章節討論。

　　從過程的角度來講，網路新聞編輯就是對網路新聞所做的編輯工作，或曰編輯網路新聞的具體行為（過程）。和其他形式的新聞如報紙新聞、廣播電視新聞等的編輯一樣，網路新聞編輯所涉及的方面很多，如新聞策劃、報導組織、圖文編輯等。

一、網路新聞編輯的四個層次

　　網路新聞的處理，應做到參差有序。根據資訊處理的深度，我們可以將網路新聞編輯分為四個層次：轉載、編輯加工、聚合與解讀。

（一）轉載新聞

　　從網路新聞的發展過程來看，複製貼上新聞是最原始的一種方式。隨著網際網路的優勢突顯，傳統新聞媒體（包括報紙、雜誌、廣播電台、電視台、通訊社）為保住自己的地位紛紛進軍網路傳播領域，透過與網路「聯姻」，來獲取一種前所未有的「新聞網站」或「電子版」的新形態。世界上第一家

基於網際網路的電子報紙是美國加利福尼亞州的《聖荷西信使報》。雖只是將紙質報紙的內容悉數搬至網路，但從此開創了網上報紙的新紀元。但早期的新聞網站是傳統媒體報紙在網際網路上建立自己的網站，走的是複製貼上「自己」的道路，即將印刷版一字不改地拷貝到網上。除了版面的設計無法沿襲印刷報紙版面外，其內容上與母報沒有區別。而且貼出時間跟著印刷報紙走，甚至要落後於出報週期。這種新聞網站所造成的作用主要是擴大傳統媒體的讀者範圍，提高其知名度與國際影響力，而對網路技術要求較少，因而很多網站沒有網路新聞編輯或直接由傳統媒體編輯來承擔，執行著最簡單的複製新聞工作。實際上，直到現在，網路上的大量新聞幾乎仍是原文「轉移」。

複製新聞這種模式存在的問題也是顯而易見的。第一，它可能帶來知識產權方面的問題；第二，從新聞品質方面看，一旦進入資訊過剩的時代，這種簡單的新聞處理方式的問題就會立即顯露出來；第三，互相的複製帶來新聞的趨同傾向，因為不同新聞網站的識別度小，其刊載的內容都幾乎相同。

但是，不能因此而否定這種新聞處理方式的合理性。對於閱聽人來說，這種新聞處理的方式是有優點的。它可以使人們在進入任一綜合性網站或媒體網站後，就可較全面地獲知重要的新聞。從媒體網站來看，商業網站轉載它的新聞，也可以帶來一定的社會效益與經濟效益。

更重要的是，「複製貼上」帶來競爭，一種量與速度的競爭，沒有這種競爭，就不會有網路新聞的繁榮。複製新聞是搭建起整個網路這個大的新聞平台的基礎，每個新聞網站或頻道，都應該給它做添磚加瓦的工作。只有這樣，才能使整個網路與傳統媒體相比獲得自己基本的競爭力：及時、全面。

（二）編輯加工新聞

網路中的「編輯新聞」是對傳統媒體新聞編輯經驗的繼承與發揚，但是僅有「複製貼上」是不利於一個網站品牌的建立的。隨著網路的迅速發展，互相複製帶來的新聞趨同性逐漸被重視起來，網路編輯需要對轉載的新聞進行一定的選擇與修改。它包括傳統的改正錯別字、做標題，對新聞的真實性、權威性加以審核，對其中出現的事實性、政策性、知識性等錯誤加以糾正，

以及提高文字的準確性、可讀性，以保證新聞的品質；而且由於網路新聞發布的特殊性，對個別時效性要求特別高的新聞，也可在初步編輯之後即發布上網，此後再對其進行追加編輯，及時糾正錯誤；同時也包括技術工作的處理，以符合網路特性，便於網友閱讀。

做標題是編輯新聞的一個重要環節。在網路新聞中，標題具有特別顯著的導讀效用。因此，做好標題是爭取點擊率的重要手段。但是，不能片面地把做標題的意義放在「騙」點擊率上。網路的新聞閱讀是一種速食式閱讀，很多人只是透過掃描標題來獲得一些基本印象。因此，一般性新聞的標題，應該更多地以提示新聞事實為主，而不要故弄玄虛。一些新聞網站為了增加點擊率，修改標題往往會「掛羊頭賣狗肉」。

（三）聚合新聞

網路新聞是多媒體化與分散的。為了讓閱聽人對新聞事件或新聞人物獲得較為全面的新聞資訊，新聞編輯往往會對網路新聞進行聚合處理。如在新聞頁面上添加延伸閱讀（4-1）。

新媒體內容生產與編輯
第四章 網路新聞編輯基礎

昆明一公園越野車衝撞行人　致9人受傷2名傷勢危重

2014年07月24日15:49　　來源：人民網　　手机看新闻

打印　網摘　糾錯　商城　分享　推薦　人民微博　关　字号

人民網北京7月24日電　今日下午，昆明市公安局官方微博通報一起車輛衝撞行人案。據通報，2014年7月24日上午，昆明金殿公園西門前發生一起車輛衝撞行人案件，造成9名群眾不同程度受傷，犯罪嫌疑人被當場抓獲。

7月24日上午10時3分許，犯罪嫌疑人劉某某（男，30歲，昆明市盤龍區人）駕駛一輛銀灰色小型越野車在金殿公園西門突然衝向路邊行人。案件發生後，周邊群眾及現場保安人員見狀積極圍堵，兩名10路、47路公車駕駛員駕駛公車將撞人車輛堵停。公安機關接報後，迅速出警，在群眾協助下將劉某某抓獲。

經公安機關初步調查發現,劉某某有在其父親等家人帶領下到醫院精神科就診的記錄。另據劉某某供述，其駕車撞人是因為久病治療未愈，產生厭世情緒，報復社會。

目前，9名受傷人員已全部送醫院救治，其中，2名傷勢危重，4名受傷人員經治療後已出院，案件正進一步調查中。

人民日報客戶端 下載

> 延伸閱讀：
> * 深圳公交车下客遭超载泥头车追尾 11人受伤(图)
> * 长沙警方破获一起武装贩毒案 抓获犯罪嫌疑人22人
> * 三警察围堵一名毒驾犯罪嫌疑人 一侦查员右臂被划伤

圖4-1　網路新聞延伸閱讀

其中，專題是新聞聚合中的重要形式。專題的組織是變被動為主動，提高新聞競爭力的一個重要手段。目前的新聞網站還是以「複製型」、「編輯型」為主。從選題策劃及採訪報導方面看，新聞網站還是不成熟的。不過，其中，傳統新聞網站做得相對較好。這裡面雖有種種客觀條件的限制，但從長遠看，網路原創新聞必然會加強。因此，網路也會像傳統媒體一樣，越來越重視選題策劃，並以強有力的採訪力量來實施新聞報導。

從專題上看，一般新聞網站或頻道在重大新聞事件上是很容易達成共識，各家也都會推出自己的新聞專題。在這種情況下，專題的競爭，常常不是題

材上的競爭，而是組織方式的競爭，特別是在專欄設計上。一些細微的差距，可以體現出不同網站的功力。例如，同是美國軍事打擊阿富汗的專題，一般網站是籠統的「各方反應」專欄，而有網站卻推出了「經濟衝擊」，使專欄的指向性更強，更容易引起人們的關注。

（四）解讀新聞

在資訊過載的時代，人們的要求是要得到有用的資訊，得到「關於資訊的資訊」。「關於資訊的資訊」在網路中有兩種含義，一是指在哪裡能得到某個資訊，這個工作通常可以使用某些工具如搜尋引擎、資料庫等來完成；二是指對於當前資訊的分析與解釋，我們這裡所說的「解讀新聞」，無疑指的就是這一含義。「解讀新聞」即對新聞事件或其中某些環節的來龍去脈、前因後果進行深度剖析，釋疑解惑。

資訊時代的媒體競爭，在很大意義上不僅僅是新聞題材的競爭，更是新聞挖掘方式與深度的競爭。媒體不僅要告訴人們發生了些什麼，還要告訴人們它為什麼會發生，這件事與那件事之間有什麼聯繫。許多看來不相關的事，其實背後都是有關聯的。媒體要做的，不是讓讀者自己去費力尋找那些聯繫，因為對他們來說，資訊消費只是業餘生活中的一部分，他們不可能全天候地跟蹤世界的發展與變化，並且還能對這些變化做出合理的解釋。這樣一種跟蹤與解讀的工作，應該由媒體來完成。目前一些正在崛起的媒體，也正是在「解讀新聞」上動了腦筋、下了功夫。

在網路新聞中，實現解讀新聞的途徑，主要可以從以下幾個方面展開：在評論中解讀新聞、依據多篇新聞內的邏輯性組織新聞，從而達到深入解讀新聞的目的；數據新聞是組織新聞資訊的新手段，在資訊匱乏時，我們所做的大部分努力都是資訊的尋覓和蒐集，而當資訊充足時，對資訊的處理就顯得更為重要。通常我們對資訊的處理分為這麼兩個層面：

1. 透過分析，理出頭緒，從源源不斷的資訊流中構建出輪廓。

2. 將重要和相關的資訊傳達給閱聽人。和自然科學相類似，數據新聞揭示的方法和結果的呈現是能透過複製得到證實的。

二、網路新聞編輯的基本規律

從人類認識宏觀事物的發展規律看，任何一門學科的研究都是從具體到抽象、從特殊到一般。對編輯學研究來說，如果沒有對各種特殊形態編輯活動的研究，就難以提煉出一般編輯活動的本質和規律。所以，加強對網路新聞編輯活動的研究，有助於完善編輯學的學科體系，促進編輯學的整體發展。網路新聞編輯活動是一種客觀存在的、按其自身規律發生和發展著的社會文化現象，是社會文化活動中一個不可缺少的重要組成部分。網路新聞編輯學是應用科學，它所闡述的理論不僅是用以解釋網路新聞編輯活動的種種現象，更重要的是用以指導實踐、推動實踐。這樣，網路新聞編輯學才能被社會所接受，才能不斷地發展。

在網路新聞編輯實踐的過程中，必然遵循網路新聞編輯活動的內在規律。網路新聞編輯規律主要表現為以下幾點。

（一）傳播時效與價值優化相統一的規律

這是從編輯價值角度考察的。在編輯活動中，隨時都有價值判斷和選擇取捨的態度問題。編者在長期的價值判斷、價值選擇活動中，形成一種相對穩定的編輯價值觀，用以判斷稿件和人的行為的好壞、美醜、善惡、得失等。在不同編輯價值觀的指導下，編者對編輯活動會有不同的價值追求，對稿件也會有不同的評價和取捨態度。編輯價值觀的基本要素主要有以下幾方面。

1. 編輯主體的角色認定。即編輯主體對自己的社會角色、社會責任有明確的認識，並以此作為進行各種價值選擇的根本出發點。

2. 編輯主體的社會規範意識。即對經濟、政治、法律、道德、藝術和日常生活等方面的社會規範進行選擇，並自覺地遵守執行所接受的社會規範。

3. 編輯本位的價值選擇。當現實生活中的多種價值（如文化價值、經濟價值、休閒娛樂價值等）不可兼得時，選擇最重要的本位價值，並以此作為判斷、取捨稿件的首要標準。

編者選擇、優化作者的作品時，必然包含對作品的價值判斷和價值取向。讀者（閱聽人）接受這些作品時，也會接受編者對作品的價值判斷和價值取

向，使編者和讀者（閱聽人）在價值判斷、價值取向方面取得認同。文化價值是編輯的本位價值。

在網路時代，傳統的新聞價值體系發生了變更，尤其是即時性與全時化之間的關係處理。網路時代的全時化趨向與當代新聞業自身的發展規律密切相關，更重要的是，由於其理念的形成基於網路媒介獨特的介質屬性，因此，它為網路新聞的業務運作，尤其是採寫與編輯的作業形態指明了新的方向。從傳統新聞學意義上說，即時性是對新聞報導追蹤新聞事實的速率的度量，新聞通常被人們視之為對最近發生的事實的報導。儘管電子媒介已經把近代傳統媒介發布新聞的定時性有效地拓展為即時性，使得時效性的概念比一個世紀以前要先進得多，但在網路時代，要求網路新聞編輯的編輯價值觀要與時俱進顯得更為重要。全時化的編輯趨勢要求網路媒體每天 24 小時不間斷推出新聞產品，且新聞文本必須有完整的歷史向度，還要對特定的新聞事件的後續進程保持恆久的興趣；而時效性則要求網路新聞本身內涵具有影響力和適當的時間跨度。編輯活動既要準確判斷原型作品本身的時效，及時有針對性地進行選擇，還要保證在經過一個編輯過程後能保持作品的影響力，並在閱聽人最需要的時候公之於眾。編輯活動有若干環節，是一個過程，需要一定的運行時間，所以稱之為編輯週期。若要編輯不失時機地提供定稿品，就要對編輯活動進行嚴格的組織和控制。編輯週期過短，會影響定稿品品質；過長而不能及時提供定稿品，新聞就會失去時效。品質、時效和編輯週期三者是互相制約而時有矛盾。網路新聞作品作為瞬時性文化產品，其編排週期很短，這樣在追求時效性的同時還要注重傳播品質，就要求網路新聞編輯根據相應的規範和標準對新聞作品進行優化，一是編輯過程每個環節的優化，如選題優化、加工優化等；二是各個組成部分的各自優化，如文字優化、插圖優化、頁面優化等。

（二）技術交融性與主體複合型相協調的規律

這是從技術層面來研究的。網路化將給新聞實踐帶來巨大衝擊，從時間到空間、主體到客體，網路新聞編輯都發生了互動化、立體化和技術化的複合型革命。一方面傳統媒介正在充分利用網路技術提高原有產品的品質和效

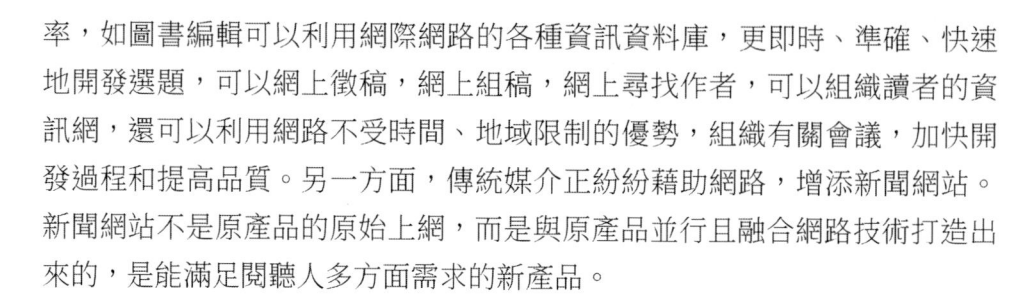

率，如圖書編輯可以利用網際網路的各種資訊資料庫，更即時、準確、快速地開發選題，可以網上徵稿，網上組稿，網上尋找作者，可以組織讀者的資訊網，還可以利用網路不受時間、地域限制的優勢，組織有關會議，加快開發過程和提高品質。另一方面，傳統媒介正紛紛藉助網路，增添新聞網站。新聞網站不是原產品的原始上網，而是與原產品並行且融合網路技術打造出來的，是能滿足閱聽人多方面需求的新產品。

例如，期刊社和網路公司合作建立專業網路，打造出快速、互動的新型新聞網站刊物，可以把紙介質刊物不能表現或不方便表現的功能，藉助網路技術充分呈現出來。這種交融是雙贏的，雙方都極大地擴展了自己的活動空間，擁有更多閱聽人，並發揮出「1+1>2」的強大作用。網路新聞實現了傳播者和閱聽人之間的雙向互動傳播，很多新聞網站在每則新聞之後設置「發表評論」的連結，旨在給民眾提供一個交換批評和評論的場所，使網友能夠直接參與新聞報導。這不僅做到了網路媒體與網友之間的溝通，還實現了閱聽人對閱聽人的傳播。互動性使網路新聞成為大眾共同發言的新聞類型。互動式編輯，就是在重要新聞文本後面提供交流手段，讓閱聽人自由發表意見和觀點，並能充分使用連結；立體化編輯，要求網路新聞的編輯不再僅以傳統意義上的、狹義的新聞資訊為全部對象，而是進一步擴及一切泛指的資訊，這些都是交融性現象的特點。概括起來，所謂交融性現象是指在不同傳播媒介之間，一方會交叉利用另一方的優勢功能，擴展自己的活動空間和存在價值，並協同發揮「1+1>2」的作用。事實上，從多種媒介產生以來，交融性現象就一直存在。而網路的興起，由於其無比強大的功能，更使交融性提高到了一個新的高度。

網路新聞編輯活動的交融性具有兩個特點：一是以電腦技術、網路技術為支撐，沒有這方面知識和技能的編輯人員將不能開展編輯活動；二是雙向或多向的跨傳媒交融。編輯活動需要由交融雙方或多方的有關編輯人員共同來完成，是一種多工種編輯人員的協作。從成品而言，是多工種人員各自成果的高度集成（或稱組合）。這就要求作為編輯主體的網路新聞編輯不再是單純的編輯，而是集新聞寫作、編輯以及製作三位一體的結合。因此，從單兵作戰走向協同作業，從技能走向全能，是網路新聞編輯的必由之路。在網

路新聞編輯活動中,以網路傳播技術的交融性特點為基礎,構建複合型編輯主體,是網路時代編輯活動遵循的一個重要規律。

(三)編輯與作者和閱聽人即時性互動的規律

在傳統的編輯活動中,編者根據出版文化資訊或影視製作要求設計文化產品,推動、組織作者的創作活動,或者發現、採集作者的作品和文獻資料。然後對採集、組織的稿件進行選擇加工,提供可以複製傳播的定稿。其工作環節包括審稿、加工、組合集成和裝幀設計等。編者透過審稿加工發揮把關作用,保證文化產品符合傳播要求。最後還有一個工作環節是審查樣品(包括母帶、樣盤)、檢查成品、制定宣傳計劃、提供宣傳資料和售後服務,以及瞭解網友回饋資訊等。但是,在這整個過程中,編輯與作者和閱聽人的互動過程是緩慢的,互動週期較長。在這些工作環節中,起主要作用的是作者和編者。

而在網路新聞編輯活動中,從宏觀角度對編輯過程進行考察發現,整個編輯過程是動態的、及時性的。在形成定稿之後,編輯過程並未結束,編者還要根據作者和網友的回饋意見,調整修改網路編輯出版計劃。例如:提出電子出版物的重印修訂計劃,或者提出新的選題計劃,或者對已有內容重新整合編排,使用多種媒介進行傳播。這樣,作者和網友的回饋資訊就會成為新的編輯過程的起點,使編輯過程永不停頓地向前發展。在這種動態的編輯過程中,網友起了巨大的作用。所以,即時與作者和網友進行資訊溝通是網路新聞編輯過程中一個承上啟下的重要環節。作者和網友的回饋資訊是出版文化資訊的重要來源,能否及時獲取作者和網友的回饋資訊,並及時調整原定的網路編輯計劃,提出新的編輯計劃,是網路新聞編輯活動成敗的關鍵。

編輯活動在本質上說是一種文化創造與傳播活動,作為網路新聞編輯活動同樣具有這一本質特徵。網路新聞編輯在文化創造與傳播過程中,其核心環節是選擇和加工,它貫穿於各種具體的、特殊形態的編輯活動,也貫穿於各個不同層面的編輯活動,其中包括各種不同的原則、方法、手段和因素。

作為網路編輯,要能靈活而熟練地應用網路帶來的種種好處,為編輯工作服務。在利用網路工具的過程中,要注意以下幾點:

1. 時效性

時效性一直是新聞傳播機構追求的目標。傳播技術的進步也是以時效性的提高為衡量標準。對於印刷報紙而言，儘管在採寫環節中可以採取各種方法來提高時效性，但它的生產過程決定了它要把最新採寫到的新聞立即傳播出去必然有很多限制。雖然有些報紙透過增加每天的出版版數來改善這一狀況，然而這畢竟只是改善而不是完全解決這一問題。新聞網站的出現卻為解決這一問題提供了最切實可行的方法。

網路傳播的中間環節少，製作方式簡單，而且它的傳播形式允許它即時地更改頁面上的內容──或者全部，或者部分。提高新聞網站時效性最重要的是打破過去印刷版的「張」的概念，改變過去「一口氣」更新內容的做法，對不同的新聞內容，根據事物的發展狀況，進行不同頻率的更新。例如，對於重大新聞，則採用不定期的更新，以保證重要新聞能隨時上網。

當然，在更新新聞時，應當把讀者需求放在第一位。例如，要考慮哪些新聞是讀者真正需要的，否則，在網上放置過多無關緊要的消息，可能會干擾讀者對重要新聞的注意力。還應注意讓讀者始終獲得對新聞事件的完整印象，因此保留前續報導或適當在新報導中做些「回敘」等都是必要的。此外，最好在編排上有所分類。

2. 利用超連結，為新聞資訊提供更多更好的背景資料

傳統印刷報紙的編輯理論中，就十分強調背景資料的作用，它可以為讀者釋疑解惑，開闊視野，加深其對新聞事件的理解。但是印刷報紙的版面空間本來就十分有限，再配發資料自然就顯得捉襟見肘，其效果也就在一定程度上受到影響。而網路傳播借用的是被稱為「大容量儲存」的網路，容量不再成為一種限制因素，所以新聞網站應盡可能多地利用這一優勢。

新聞網站配發資料的方式，一種是在文章後彙集相關新聞，以便讀者進一步瞭解，另一種是利用「超連結」功能，對文章中出現的一些關鍵字，建立與有關資訊的聯繫──可以連結到某個網站，也可以只是一個專門的背景介紹。

在這裡，對於超連結使用的「度」的問題，有必要進行一些探討。

「超連結」方式，是網際網路發展到一定程度的產物，也是網際網路得以普及應用的一個功臣。它使得網路上資訊之間的聯繫得到了加強。但它也改變了人們傳統的線性閱讀方式，人們的閱讀過程不再是簡單的從上到下、從左到右，封閉地完成一個閱讀行為，而是可能在任何地方被「超連結」出去，到另一個站點或頁面，而在新的站點或頁面，又可能會有很多引起讀者興奮的關鍵字，這些關鍵字同樣還有超連結，如此下去，讀者的閱讀行為離他的既定目標就會越來越遠。

超連結的出現，本來是為了加強資訊之間的聯繫，提高資訊的利用效率。但是，在實踐中我們常常體會到，原來的意圖並沒有以最佳的方式實現。它干擾了正常的閱讀過程，使讀者耗費大量時間去漫遊既定目標之外的世界。這不僅浪費時間，也使資訊以一種非正常的方式被消耗，因此，它往往沒有達到提高資訊利用率的目的，反而造成了資訊的超載與浪費。

3. 利用新聞專題方式來處理重要新聞

傳統印刷報紙中，稿件或報導的組織與配合是十分重要的編輯手段，它強調稿件或報導的群體優勢。在印刷版上的稿件主要是透過兩種方式分別進行集合的。一種是空間上的分類，即在版面上將有聯繫的稿件放在一起，成為同題集中或形成專欄；另一種是時間上的延續，如採用連續報導或系列報導的方式，使對同一主題的事件報導透過時間的延續得以加強。而新聞網站則可以將兩種手段綜合使用，使稿件的群體優勢得到有效發揮。一般網路報紙編輯們仍稱這種方式為專題報導。

4. 使用互動手段來發揮閱聽人的能動性，並獲得即時的資訊回饋

資訊傳播要得到好的效果，就要改變過去的單向交流方式。網路傳播的技術手段給雙向傳播提供了可能。「雙向」在目前網路報紙的實踐中至少應該有兩種含義：

（1）閱聽人在接收資訊時應有更多自主權——目前透過網頁設計可部分實現這種想法，可效果並不理想，但隨著微部落格、新聞 APP 等工具，閱聽人在依據自身需求訂製新聞資訊方面具有更多自主權；

（2）讀者與編者之間或讀者與讀者之間，有更多的交流——從技術上基本可以實現，但需要進一步提高品質。下面是幾種常見的方法。

第一，對於重要的新聞事件，用網上問卷的方式，調查讀者對這一事件的意見與想法；

第二，建立常規性的讀者問卷，瞭解近期讀者對報紙的意見、建議與需求；

第三，設立論壇，讓讀者就某些議題進行討論。與問卷形式相比，這種方式可以直接讓讀者與讀者進行思想與意見的交鋒，具有更強的針對性。

第四，設計讀者信箱，歡迎讀者針對網站建設提出寶貴建議。

此外，網上的讀者民意測驗雖然十分方便、快捷，但其說服力受到了一定影響。讀者是否參與投票至少與以下因素有關。

第一，他的性格——他是否喜歡參與發表意見；

第二，他是否讀到這條新聞；

第三，他在閱讀過程中是否看到了投票這種方式；

第四，這件事對他的重要程度——這決定他認為是否值得投票。

因此，這種網上民意測驗如果要能真正反映民意，還需要進行技術上與程式上的改進。

5. 建立具有自己特色的完備的資料庫

傳統報紙一天的版面只能提供當天的資訊，如果要查詢以前的報紙，則需要在報紙堆中爬上爬下，其效率是可想而知的，而且對於大多數讀者來說，要完整保存所有報紙也是一件十分困難的事。新聞網站卻可以輕而易舉地解決這一問題。

所以大部分有條件的媒體都在新聞網站中增加了全文檢索功能，即把若干年的報紙全文製作成資料庫，方便讀者檢索。對於在傳播學領域從事「內容分析」研究的學者來說，這更是一個福音。當然，目前一些資料庫的製作還不夠完善，如有的網站只能提供按「關鍵字」查詢等簡單功能，而那樣的檢索方式效率仍舊不高。所以當務之急是完善現有的數據庫，增強其服務功能。

6. 圖像與其他多媒體手段的運用

當傳統報紙開始大量運用視覺手段來進行新聞報導時，新聞網站卻面臨著使用圖片帶來的麻煩。由於圖片文件的體積往往很大，而現在網路上最主要的困難之一就是寬頻擁擠，所以傳輸圖片成了一件不輕鬆的事。這就意味著，提高新聞網站的資訊傳輸速度就要以犧牲圖片的數量與品質為代價。但是網頁上沒有任何圖片，難免會顯得單調，何況對於新聞性的網頁來說，圖片本身是極具表現力與說服力的。所以新聞網站應適度運用高品質的照片。從製作上來說，為了緩解矛盾，也可以先在頁面上放置一張較小的照片，與效果更好的同一張照片進行連結，由讀者決定是否繼續進入。

多媒體手段對於網上報紙來說，是一個全新的領域，看上去也是一個十分令人興奮的體驗。

但是，多媒體的視與聽不是在任何時候都有積極意義。一些學者認為讀文字的東西更容易引起人們的思考，而面對具象的畫面，人們更多的只是觀看，而不是思考。畫面的「實」削弱了人們的想像力的空間。當然，對於新聞媒體而言，視、聽等多媒體手段仍然有它的力量，它可以造成「證實」的作用。但是對於深度報導，文字仍有它的優勢，這也是報紙在傳統媒介競爭中的一個優勢。所以對網路報紙而言，如果沒有足夠的能力，最好不要放棄自己的長處而去從事自己還不擅長的工作。更何況，多媒體資訊要被閱聽人接收到，還需要較高的電腦硬體與軟體環境。

第二節　利用網頁表達編輯意圖與評價

　　傳統印刷報紙的載體是紙張，它承載和展現資訊的特點決定了印刷版讀者的閱讀行為具有一定的模式，並具有與此相關的閱讀心理。而新聞網站的資訊組織形式是網頁。網頁具有自己的特殊性，並由此對原有印刷品下的閱讀方式產生了「顛覆」性的影響。新聞網站應合理地運用技術手段來適應讀者的閱讀習慣與心理。

一、新聞網頁資訊提供方式及閱聽人閱讀習慣

　　印刷報紙的載體是紙張，紙張由一定的頁面組成，頁面與頁面之間有固定的物理關係，如第一版的反面是第二版，第三版的反面是第四版。而版面上每一篇稿件都有且只有一個固定的物理位置。因此，對人們閱讀線路的主要影響因素是稿件的物理位置。一般認為，讀者的閱讀視線是沿著順時針方向移動的。儘管編輯可以用很多手段來形成某些稿件的強勢，從而改變讀者的既定閱讀路線，但是至少讀者會在完成一篇文章的閱讀後再轉入下一篇文章的閱讀，會在完成一個版的閱讀後，再轉入下一個版。在閱讀一篇文章時，他的閱讀線路是線性的。

　　而讀者閱讀新聞網站時主要是依據網頁之間的組織結構，來完成整個報紙的閱讀的。

　　這個閱讀線路與傳統印刷報紙的閱讀線路相比，具有更複雜的特點，主要原因在於以下三方面。

（一）網頁之間的結構關係複雜

　　讀者閱讀新聞網站時的主要依據是網頁之間的連結關係。新聞網站從整體上看，採用的是樹形結構。一個網頁可以與多個網頁之間具有聯繫，所以讀者的閱讀也就具有了更多的可能性。

（二）讀者獲得一條資訊一般需要經過多個層次

對於重要新聞，閱讀通常有兩個層次，即標題與內容提要——正文；一般新聞，閱讀大都至少要經過三個層次，即專欄標題——新聞標題——正文，有時層次會更多，所以很多讀者沒有耐心去經過層層「關卡」閱讀一般新聞。

（三）超連結可能造成閱讀干擾

有時編輯會採用超連結的方式為某些關鍵字或新聞資訊提供背景資料，超連結帶來的可能不僅是在站點內的閱讀線路的改變，還可能使讀者跳出當前站點。

此外，站點提供的其他熱點連結或廣告，也可能會隨時對閱讀產生干擾。

人們的閱讀，不是一個讀字、讀詞或句的過程，而是一個需要依據上下文獲得閱讀情境以便進行整體資訊的把握與分析過程。但是WWW的「超連結」方式摧毀了傳統閱讀方式中的情境。美國天文學家、電腦安全學家克利夫·斯托爾認為：「我們只是從A地瀏覽到B地，完全沒有深入閱讀，若說電視是廣大的荒原，網路就是劣質的、膚淺的大洞。」

這種情況在新聞網站閱讀中也經常出現。因此，新聞網站的閱讀甚至在單一文章的層次上都很難做到完整。除了網頁之間關係的複雜和各種超連結的影響外，上網時間的限制、網上資訊傳輸速度的限制、人的眼睛和身體的承受能力以及各種環境因素的干擾等，都會使得這個閱讀變成一種片段的行為。

而印刷版承載資訊的是紙張。紙張有固定的篇幅大小，或對開或四開。讀者閱讀時，一般可以做到讓紙張的一面全部出現在視野中，讀者的閱讀是先瀏覽全版做出基本判斷，再決定閱讀的大體方向。但是新聞網站提供資訊時，依靠的是電腦螢幕。一般的電腦螢幕多為14、15或17英吋，而且是採用的橫式（Landscape），與報紙版面的直式（Portrait）不一樣。許多網頁的大小都超過一個螢幕，這就意味著，讀者在讀新聞網站時，不能再像看印刷版那樣做到一覽無餘，也就很難對報紙的總體有一個明確印象。因此，

過去印刷版上的稿件之間的聯繫變得鬆散，而且讀者也難以從位置上判斷出稿件的重要程度。

印刷版的好處還在於它可以使人們在閱讀其中一篇文章時，用餘光掃視它的周圍，以便很快決定下一個閱讀目標，而在新聞網站上，這樣的方式幾乎是不可能的。印刷版的標題與稿件正文是在一起的，讀者看了標題之後可以盡快掃視正文以判斷是否值得繼續閱讀。而在新聞網站上，標題一般與正文相分離，先於正文出現。所以標題往往是決定讀者選擇閱讀先後順序的一個重要因素，但它帶來的結果往往是誤導。印刷版的閱讀完全由讀者來掌握，輕鬆簡便，而新聞網站的閱讀需要頻繁地點擊標題欄或連結對象，閱讀過程需要有很多附加動作，影響閱讀進度。此外，印刷版的專欄名稱很多時候不會吸引讀者的注意，所以專欄名稱是否準確恰當相對來說不會影響讀者閱讀時的整體判斷，但新聞網站的各專欄名稱則對導讀起著重要作用，如果名不符實，也會造成閱讀上的麻煩。

二、新聞網頁表達編輯傾向的方式

雖然傳統印刷報紙的版面語言在新聞網站上的使用受到諸多限制，但是其中有一些規律還是可以繼續沿用，而網頁製作本身的特點，又給新聞網頁以新的表達編輯傾向的特性。

（一）以時間為手段來評價稿件的重要性

傳統印刷報紙的載體是紙張，它的所有文字及其他版面元素都在紙張的一定空間上陳列著，所以版面語言主要是在空間這個舞台上進行展示：空間上的位置、占用空間的大小、用何種方式占用空間等。但是，印刷報紙中的編輯手段也可以透過時間這個因素來傳達。

新聞網頁設計卻打破了時間的界限。新聞網站的內容更新不必再像印刷報紙那樣整齊劃一，有些內容可以幾小時更新甚至隨著事件發展即時更新，而有些內容則可以在網頁上存在幾天甚至更久。而這，正為新聞網站的編輯表明自己對新聞事件的重視程度提供了行之有效的方法。

以時間為手段，強調編輯意圖，主要可以採取以下兩種方式。

1. 單一題材性新聞採用連續報導或者系列報導的方式，透過時間的延展性來強化主題。

2. 延長某一則重要新聞在首頁上或頁面醒目位置存在的時間。如某一則新聞特別重要，編輯則可以將其更長時間地放置在首頁，或新聞頻道網頁的突出位置。不過，這種時間表上的延續，一般也不可能太長，因為新聞在不斷更新，過長時間地將某則新聞放置在醒目位置，勢必影響到其他新聞的正常滾動播出。

（二）以空間評價網路新聞的重要性

在版面語言中，「強勢」是一個很重要的概念，它指版面吸引讀者注意力的方式或能力。在新聞網站中，報紙的強勢與空間位置、空間大小、標題或正文的字體、大小、排列方式、色彩、線條、圖像以及稿件集合多種手段有關。強勢仍然是一個十分重要的概念，因為在新聞網站中，標題與內容是分離的，如果沒有一定手段對讀者進行提示，讀者往往就只能是由標題的內容是否吸引人為標準進行選擇，倘若標題與內容相偏離，就會對讀者產生誤導。因此，網頁上的強勢不但可以體現編輯們的意見，還可以幫助讀者分清主次，以便盡快獲得重要資訊，在這種情況下，網頁強勢就具有重要意義。

網頁的設計與印刷版面的設計也有很大的不同，為方便讀者的閱讀，以及不使讀者產生視覺疲勞，網頁的字符、色彩、線條的運用應盡量簡單統一，而且色彩、線條的主要作用已變成裝飾或分割而不是強調，所以它們不再承擔「發言」的功能。在網頁設計中，體現強勢比較有效的方式是圖像，用給稿件配發圖片的方式，可以吸引讀者視線，並促使他們閱讀正文。

過去在印刷版面中，對強勢起重要作用的「空間位置」因素在新聞網站中還有一定作用。一般來說，處於螢幕左方和上方的資訊強勢較大，因為這些部分資訊是最先出現在閱聽人眼前的。但是，有時把一些資訊放在「劣勢」的位置，不是因為它們不重要，而是出於對整體頁面安排的考慮。另外，當一個螢幕上出現多條資訊時，不能簡單地把上方的資訊當成最重要的新聞。這一點，與印刷版是有所不同的。

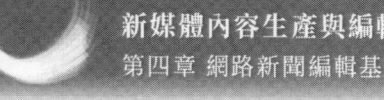

（三）透過網頁調用層次評價網路新聞重要性

一個新聞網站是由很多的網頁組成的，不同網頁之間由一定的層次結構組成。一些頁面會先被讀到，而另一些頁面則只能較晚出現。主頁是第一個被訪問的頁面，所以一般新聞網站都在主頁上設立本報重要新聞一欄，給予重要新聞最早被讀者調用的特權。這正如在報紙的頭版上安排重要稿件，而其他新聞則被安排為一個專欄的重要新聞，或是一般性新聞，這樣，讀者就能從這種閱讀順序中體會到稿件重要與否。

（四）用稿件集合形成群體優勢，表達編輯的意圖

在傳統報紙中，稿件的集合不但可以形成版面上的強勢，還可以產生「1+1>2」的效果，因為它更好地挖掘了稿件之間的內在聯繫。在新聞網站上，稿件集合仍然是形成群體優勢的一個行之有效的方式，它的作用，除了前文提到過的可以更好地提高資訊服務的品質外，還可以增加某些稿件的吸引力，使人們給以更多關注。編輯可採用專題的形式，利用圖片、多媒體以及文字報導的集合，形成強勢。

▍第三節　網路新聞編輯方針的制定

新聞媒介的編輯方針是根據媒介方針（如辦報方針、辦台方針）對新聞傳播活動做出的決策，它規定了媒介的閱聽人定位、傳播內容、傳播水準和風格特色，是媒介編輯工作必須遵循的準則。對於網路新聞媒體來說，目前主要指前兩者，即網路使用者定位和內容定位。傳媒的風格一般指傳媒在一個時期內形成的思想傾向、內容選擇、編排方式、謀篇布局、遣詞造句等相對穩定的特色，可分為嚴肅的、活潑的、幽默的、含蓄的等多種類型。傳媒的水準層次也要明確定位，一個媒體的內容可以較通俗，也可以較專業；可以側重普及，也可以側重提高。

一、網路媒體的使用者定位

閱聽人向分眾化發展，每個閱聽人群都有各自的特點和喜好，年齡差異、性別差異、地域差異、職業身分差異等都決定了各個閱聽人群的需求差異性。

閱聽人的需求在直接或間接地影響著傳播者對傳播客體的選擇、傳播內容的構思和傳播方式的選擇。傳播者如果此時心中無閱聽人，則不可避免地會陷入盲目性。新聞媒介的閱聽人定位，是指確定媒介的閱聽人目標，是在對媒介市場進行分析的基礎上，對媒介產品的市場占位做出決策。媒介發展的速度極快，大眾傳播已經進入了由「大眾」變為「小眾」（或稱「分眾」）、由「廣播」變為「窄播」的轉型時期，一家媒介涵蓋全體閱聽人已經不可能再實現，每一媒介都必須有所選擇，有所放棄，確定最適合自己的目標閱聽人。網路閱聽人非常複雜，有針對性地提供新聞資訊服務是現實可行的選擇。

（一）要用科學的方法調查瞭解自己的潛在使用者

現在一些新聞網站已經有了使用者調查意識，例如設有一個「網上調查」的專欄，用互動式問卷的方式進行網上調查，而《中國日報》、英國《泰晤士報》、美國《紐約時報》則在使用者進入真正主頁前就須進行登記。但這只能獲得使用者情況的基本數據，還需要對使用者上網後的有關行為進行分析，例如每個訪問者在該站點停留的時間平均多長，平均閱讀的網頁數，網站在哪一天哪一時段訪問者最多，一個星期中哪一天訪問者最多，訪問者從何處上網，目的如何等。雖說不是每類數據都有充分的說明力，但對編輯卻有很大幫助。

以下是騰訊網站的網路調查問卷的部分頁面截圖（圖 4-2）。

圖 4-2　騰訊網站網路調查問卷的部分問題

（二）從潛在使用者中定義出自己的目標使用者

對於傳統媒體辦的新聞網站，原有媒體的影響力會影響決定著該網站的使用者範圍。影響大的可定義寬些，影響小的則應採取以小勝大的策略。例如新加坡的《聯合早報》過去只限於新加坡地區，影響不是很大。進入網際網路後，它沒有把自己的任務定位在征服全世界上，而只是把目光集中在華人特別是具有中國背景的華人身上，因此，它從內容到整個風格的設計，都

是面對這一類使用者的。而事實也證明這一做法是明智的。另外，傳統媒體進入網際網路後，面對的是一個十分廣闊的空間，原來的劣勢處境會得以改變，有些甚至變為優勢。還是以新加坡《聯合早報》為例，它作為中文報紙在中國的處境越來越差，因為新加坡 29 歲以下的人受英文教育的程度遠遠高於受中文教育的程度，以中文出版的中文報紙無疑處於劣勢。進入網際網路後，這一點卻使它可能產生出自己的優勢。因為在華文圈中，與香港報紙相比，《聯合早報》更關心政治，國際新聞的比重較大，這一點與中國讀者的需求相切合；與臺灣報紙相比，立場更中立些，在一定程度上更客觀。這些長處，使不少華人包括都願把它當作一個重要窗口。

（三）潛在使用者中的優勢群體

目標使用者是從它的潛在使用者中產生的，雖然這些使用者分布廣泛，從整體上看沒有顯著的一致性，但可以大致從中找出一個或幾個優勢群體，也就是具有較明顯特徵的群體。正如《聯合早報》把具有大陸背景的華人作為優勢群體一樣。另外，還要注意網路使用者的分層和變動性。就分層而言，中國新聞網站的潛在使用者分為三個層次：中國地區使用者、世界華人使用者、全球範圍（非中文）使用者。這就要求媒體網站根據自己的實力和優勢，以國際視野來確定自己的使用者層次。使用者是經常變化的，這也要求依據變化適當調整編輯方針。

二、內容定位

就目前來說，新聞網站在內容設置方面有明顯不足，大都是在傳統媒體翻版的基礎上增加一些多媒體符號特點和超連結等資訊服務功能，而真正做到跨媒體新聞資訊平台的很少。這樣致使網站個性不鮮明，內容差別不大，服務意識不強，網路新聞報導的互動性、多媒體、檢索性等特色沒能充分發揮出來，而且相當一部分網站缺乏長遠規劃、整體設想，相互模仿。但也有較有特色的。

總體來說，新聞網站需根據網站目標使用者、自身特點等方面，進行有效、明確的內容定位。

第四節　網路新聞的選擇和修改

　　和報紙新聞編輯一樣，網路新聞編輯也有稿件選擇、修改梳理等程式。稿件的修改是選擇新聞稿件的延續，是對入選稿件的一次全面檢驗，入選的稿件並不等於都適合網路媒體，因此部分入選的稿件還需要進一步修改。

一、選擇、鑑審稿件的標準

　　網路新聞儲存傳播空間很大，是以往任何媒體都無法與之相比的。這種對新聞資訊客觀要求和實際提供的極大豐富性，使網路新聞編輯面臨「資訊的海洋」，選擇範圍廣，選擇量大，而實際傳播出去的新聞資訊也是極大量的，所以擇定新聞並不像傳統媒體那樣苛刻，受量的限制。但是由於使用者調閱資訊的自由和個性化，又使網路新聞的擇定範圍和標準擴大和軟化，再板著面孔推出少量資訊已不能滿足使用者的胃口了。一般說來，選擇鑑審稿件時應考慮以下幾個標準和要求：

（一）真實性標準

　　真實是新聞的內在要求。網路環境下資訊來源的複雜性使這一命題尤顯突出。那麼甄別審選新聞稿件時首先就要確保它的真實性。要探究新聞來源，看它來自傳統媒體，還是中央新聞單位、國家各級機關、部門新聞單位、其他網站或社會自然來稿等。選擇那些權威性高、可信性強的機構發出的資訊，並對各種來源資訊進行全方位調查和分析，以確保其真實可信，是稿件選審的普遍做法。

（二）新聞評價標準

　　新聞之所以能滿足閱聽人需要，不是由於新聞事件本身，而是新聞報導與閱聽人的關係，亦即新聞價值，它決定著新聞能否成立及其意義的大小。所謂新聞價值，就是指凝聚在新聞事實中的社會需求，就是新聞本身之所以存在的客觀理由。在我們比較固定的認識中，它包括時效性、重要性、顯著性、接近性以及趣味性等幾個基本屬性。對於網路新聞來說，新聞價值的要領與要素依然適用。

（三）社會評價標準

社會評價是對新聞可能產生的社會效果的好壞利弊進行的評價，包括政治、經濟、軍事、法律和文化道德等諸方面的效果預期評價。其中政治評價占首位，它要求遵守國家的媒介宗旨、方針政策而不能違背和偏離。

二、對網路新聞真實性的判斷

實際上，無論是傳統媒體還是網路媒體，都深受假新聞的困擾，在國際上，已經屢次發生傳媒因疏於核實網上的資訊，而陷入報導失實的困境中。1999年初，英國廣播公司（BBC）《每週焦點》節目收到一份電子郵件，稱塞拉利昂前外長阿巴斯·邦度對持續不斷的內戰負有不可推卸的責任。於是英國廣播公司在未經核實的情況下在網上及廣播電台報導了這則「小道消息」，最終致使阿巴斯向倫敦高等法院提出訴訟。6月28日，法院判決英國廣播公司敗訴並要求在其節目中以及在網際網路上向阿巴斯公開道歉，賠償名譽損失，並支付全部訴訟費。

這樣的案例屢見不鮮，曾有一名叫傑森·布萊爾的黑人記者大肆編造獨家新聞的「傳奇經歷」使得美國很有影響力的《紐約時報》陷入了困境。1980年代，老牌的資本主義報紙《華爾街日報》曾有個「道聽途說」的專欄，專門發布一些消息來源不明或者不能透露的小道消息。這個專欄很受歡迎，並且對市場的影響也很大。1987年，《華爾街日報》主持該節目的記者與市場投機者相勾結，事先泄露即將發表的內容以牟取利益，後被揭發出來，成為當年一大新聞醜聞；同是80年代，德國第一週刊《明鏡》刊登獨家購得的「希特勒日記」，一時聲名大噪，後來卻被證明該日記實屬偽造；也是那個年代，《華盛頓郵報》女記者珍妮特·庫克以杜撰的八歲吸毒小男孩吉米的故事騙得普立茲獎……

而在網際網路上，與傳統媒體相比假新聞可以說是有過之而無不及。網路平台的特性，使得假新聞得以更廣泛和快速地傳播，而造成的損失更加難以估量。2003年3月29日，一則名為「比爾蓋茲遇刺身亡」的假消息出現

在某主串流媒體網站上之後,隨即被各大網站紛紛轉載發出,半個小時後,卻被證實是一則過了時的愚人節新聞,最後該網站更正並表示了道歉。

這則假新聞當時傳播很廣,造成了很不好的影響,也嚴重影響了新媒體的公信力。首發者是主流新聞媒體網站,其新聞來源又是「CNN」,這很具有迷惑性;傳播影響力巨大的入口網站以及一些媒體網站甚至一些電視媒體又在第一時間轉發;與此同時,手機簡訊也在第一時間發出,成千上萬的新聞簡訊訂戶陸續獲取了這一假新聞。究其原因,可以歸結如下。

第一,新媒體過於追求時效性,而放棄了新聞最重要的真實性。如果從業人員一味追求時效性,將時效性放在第一位,尤其將突發事件的首發視為自己實力的最重要標誌,忽視新聞的真實性的做法是不可取的。但需要注意的,時效性和真實性不是對立的,更不能以犧牲真實性來換取時效性。

第二,新媒體「守門人」環節薄弱。新媒體運作的一個特性是網站編輯往往以個人的判斷選擇新聞、發布新聞,「守門人」的責任是一個人來承擔的。「蓋茲被暗殺」事件發生後,向新媒體的運作提出了一個問題,即是否需要建立完善的「把關」機制,特別是涉及國際、時政以及重大突發事件發生時,新聞的刊發是否應有一定的流程。另外,建立並完善危機公關處理機制也是很有必要的,萬一由於各種原因刊發、轉發假新聞後,能夠在最短時間內採取一切必要的手段消除不良影響,真誠地向當事方及閱聽人道歉。

第三,新媒體編輯的職業素養有待提高。「蓋茲被暗殺」假新聞的成因,是網站編輯「過失性」錯誤所致,即並不是新媒體故意製造假新聞。新媒體編輯在新聞發布的幾個重要環節上均有所失誤失察:從聊天室發現新聞、連結到假冒的 CNN 網頁、對該網頁上眾多疑點沒有辨別。對重大、突發新聞的核實、求證,是媒體工作的基本原則,在這一事件中都被忽略了。網際網路上的資訊多種多樣,來源廣泛,自然魚龍混雜,泥沙俱下,對一些新聞和資料的真實性要有一種鑑別的眼光。判斷網際網路資訊的真偽,辨析其內容的良莠,應是新聞工作者的一個重要素養。

不可否認,作為一種全新的現代傳播方式,網路媒體提供了最快捷、最便利的傳播平台。網友也藉助著這個虛擬空間,極大地擴大了資訊來源,增

第四節　網路新聞的選擇和修改

加了社會的透明度。但一個不爭的事實是，不少網路媒體為了吸引閱聽人眼球，製造轟動效應，為了追求高點擊率，在競爭中求得一席之地，放鬆了對新聞的把關。被視為新聞的生命的「真實、準確」，成了次要甚至成為可有可無的擺設，以至於網際網路上各類謠言盛行。正如有人所說，「網路可能是一個糟糕的傳播媒介，傳播一些無從證實的傳聞、流言、誹謗、錯誤的資訊、假情報、天花亂墜的謊言。網路使用者有能力在幾分鐘內傳播上萬條錯誤資訊，並在同一過程中不斷增加一些虛構的情節」。

三、對網路新聞資訊來源微觀層面的鑑別和篩選

對新聞資訊來源微觀層面的鑑別和篩選是指對某個資訊來源提供的新聞事實的真偽判斷，由於網路媒體對新聞數量的要求，這一點常常在實際操作中為編輯所忽略。

就具體的操作層面而言，網路編輯對事實的驗證包括以下方面。

（一）檢驗資訊來源的確切性

對於直接由個人提供的資訊，可以從提供者的道德品格、提供者與事件的時間、地點、職業、行業等的相關性（是知情人，還是道聽途說）以及提供者說話語氣、表達清晰度和節奏等方面加以判斷。

由組織提供的資訊，則要判斷該組織對於事件本身是否算得上權威，提供者是否擔任比較重要或核心的職務，要從該組織與事件的相關性等方面進行判斷。

引用文字和圖像資料時，要追問其出處和提供者，文字最好到原始出處核對，圖像要追問其是否經過任何加工處理。

轉載其他媒體及網站的內容時，要瞭解該媒體或網站的背景，包括創建人、出資者和網站的性質等，而後再酌情採納。

確保網路媒體在事件發生的第一時間獲知事實，需要擁有多樣化的資訊來源和暢通的資訊傳輸渠道。通常網路媒體的資訊來源有以下幾種。

1. 直接來自某人的資訊來源

這些人包括政府官員和事件的參與者與目擊者。對於這種資訊來源，美國學者梅爾文·門徹評價說：「他們的可信度低於物的消息來源（記錄、文件、參考資料、剪報），因為一些人需要保護個人利益，另一些人則是未受過專門訓練的觀察者。在使用人的消息來源時，記者需找到最有資格發言的人——某個問題的權威、目擊者、官員、參與者。」

在媒體的日常新聞傳播中，來自政府的消息和聲音從來都是傳媒資訊來源中的主角。學者研究表明，在英國新聞媒介中，社會上層人士或精英分子是新聞的主要消息來源，政府官員及政府發言人藉此機會提供觀點、判斷社會現實。

來自專家、事件參與者、親友的資訊也是網路媒體收集資訊的有效途徑。專業傳播者常花費大量精力培養人際網路，以便在突發事件發生時獲得資訊資訊。

2. 傳統媒介資訊渠道

利用來自報紙、廣播、電視、雜誌等傳統資訊來源的好處是，其專業從業者已經透過較為系統的採集、編輯和評論，提供了整體性的、比較完備的資訊概略。在新聞資訊來源可靠性的判斷中，有實力、負責任的傳統媒體受到網路媒體的青睞，來自他們的稿件大部分可以直接採用。但傳統媒體資訊也難免疏漏和錯誤，因此需要保持審慎和質疑的態度。

3. 新媒介渠道

新媒介渠道包括瀏覽其他網站、手機簡訊、部落格網站、MSN、電子郵件、聊天室、BBS論壇等。雖然它們並不具備一定的傳播資質和權威，但網路媒體完全可以將其中的資訊作為線索，以專業的手法進一步求證。對於網路媒體來說，這種求證過程本身就十分有意義。

無論是傳統媒體還是網路媒體，都要對其傳遞資訊的真實性負責，選擇可靠的來源渠道。從宏觀角度看，無論選擇何種渠道作為有效資訊來源，首

先要做的就是判斷來源的可靠性。美國威德納大學的兩位學者，提出了對網頁可靠性的 5 次檢測：

權威性：網頁是誰製作的？你能否接觸到製作網頁的人？你能否瞭解是誰撰寫了網頁上的資訊？他們資質如何？

準確性：是否有可供驗證的資源？

即時性：網頁是否即時更新？能否在網頁中看出資訊何時撰寫？何時發布？

全面性：資料有疏忽遺漏嗎？

客觀性：廣告與資訊間的區分明確嗎？如果有偏見，這種偏見明顯嗎？

一般正規的新聞媒體網站，由於有正規的新聞運作機制，其新聞的可信度相對比較高。一些大的商業性網站，因為建立了良好的信譽，其提供的資訊一般也較為可信。而相對於一些個人網站，由於其資訊來源複雜，需要對其提供的新聞或資訊的可信度加以謹慎判別分析。新聞或資訊如果是由網站自己製作成正規網頁發布的，一般其真實性就要比在論壇中任意貼上的一個貼文要高。在網站經常性的新聞或資訊發布區域發布的內容，與在聊天室、論壇中發布的內容比，前者要更可信。因為在論壇中，資訊發布者是不確定的和隱匿的，即使發布了假的資訊，也不易識別。因而注意新聞和資訊的發布區域是判斷真實性的一個重要的輔助手段。

（二）運用邏輯推理判斷事發可能性

網路新聞編輯可以就資訊中的一些細節、敘述方式和寫作條件，推測事實的可能性和準確性。有些資訊有悖常識，編輯就要謹慎處理；有的資訊誇大和吹捧的成分很多，編輯也要持冷靜態度；有的資訊在情節的銜接上有破綻，這時編輯就要多加質疑。如果內容過於奇怪，過於離奇，違背了常理的新聞和資訊在網上出現，就要注意多問自己幾個「這是真的嗎」？

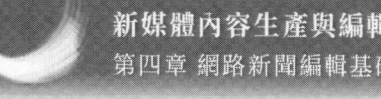

(三) 從同類媒體的反應來判斷

資訊真實、影響甚廣的突發事件，通常會在極短時間內得到多家媒體的一致報導。在「蓋茲被暗殺」事件的報導中，雖然有許多媒體進行了轉載，但是由於事實真實性可疑，也有網站當時並沒有跟進報導。所以網路編輯也可以從其他一些權威媒體的反應上，感受到同行對資訊的判斷。

(四) 多方來源求證判斷

從單一資訊來源獲知消息後，網站編輯還可以透過其他渠道印證。2003年4月1日「愚人節」這天，香港著名影星張國榮跳樓自殺。許多媒體在得知消息後，唯恐是愚人節的惡作劇，都不敢貿然報導，直到聯繫到張國榮親友及事發現場目擊者之後，才最終確認其真實性。

如果有多個來源的資訊是矛盾和衝突的，就要分析其中的新聞內容會不會出現錯誤。判別新聞的真實性，除了最有效的以事實為準繩外，在一時難以判別的情況下，可從其他來源證實或證偽。通常而言，相互印證是鑑別新聞真實與否的一個好辦法。

四、網路新聞稿件的修改和梳理

新聞選擇與鑑別環節之後，是對新聞稿件的修改和梳理。修改包括推敲主題、矯正差錯、修改辭章等，這些都是修改梳理新聞稿不可或缺的內容，傳統媒體的具體做法完全可以移用過來，這裡不再多說。這裡專門針對網路新聞的傳播特點著重對網路新聞的修改進行討論。

透過對新聞網站及網路新聞的觀察，我們發現有著良好傳播效果的網路新聞多半會有如下特點：

(1) 突出關鍵字和關鍵內容，方法包括連結、字體變化和顏色變化；

(2) 使用有意義的小標題並予以突出顯示；

(3) 像排行榜一樣，將大意清楚地逐條列出；

（4）一段一個內容，並要注意如果這一段的開始幾個詞不能吸引使用者的注意力，其餘內容就有可能被忽略掉；

（5）採用倒金字塔模式，把重要內容放在最前面；

（6）文章盡量簡短。

此外，修改梳理網路新聞時要注意以下問題：

（1）註明新聞來源，或在標題中註明，或在文末註明；

（2）適應多媒體報導要求，提供不同的媒體表現方式；

（3）對長篇報導給予恰當處理。

一般說來，長消息並不適合網上閱讀，因此對傳統媒體上傳載的長消息應作相應處理。處理長消息有以下幾種常見辦法：或是在報導中增加小標題或關鍵詞，使網路使用者能迅速瞭解全文的主要內容，快速讀完整篇報導；或是分層報導，運用摘要和連結等形式給使用者提供選擇；或是提供簡訊和詳細報導等形式供使用者選擇閱讀。可採取的方式多種多樣，關鍵在於能否幫助閱聽人快速獲取重要資訊。

第五節　網路新聞報導的策劃與組織

所謂新聞報導策劃是指新聞報導主體遵循新聞規律，圍繞一定的目標，對已佔有的資訊進行去蕪存菁、去偽存真、由此及彼、由表及裡的分析和研究，發掘已知，預測未來，著眼現實，制定和實施相應的政策和策略，以求最佳新聞傳播效果的創造性策劃活動。

目前，各傳統媒體都很重視新聞報導的策劃與組織。

一、新聞報導策劃的分類

如果對新聞報導策劃給予分類，按不同的標準可分為以下類型。

（一）以新聞事實發生狀態作標準，可分為可預見性報導策劃和非可預見性報導策劃。前者指對能夠提前獲知的事件性新聞和非事件性新聞報導策

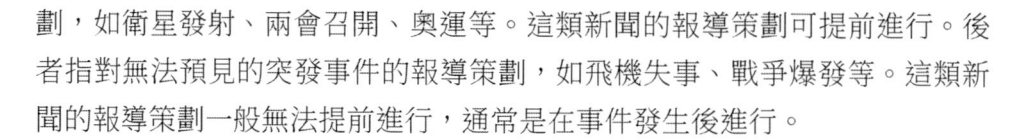

劃，如衛星發射、兩會召開、奧運等。這類新聞的報導策劃可提前進行。後者指對無法預見的突發事件的報導策劃，如飛機失事、戰爭爆發等。這類新聞的報導策劃一般無法提前進行，通常是在事件發生後進行。

（二）以報導策劃的運行時態作標準，可分為週期性報導策劃和非週期性報導策劃。前者指新聞採編部門對日常新聞報導的一種常規性策劃，策劃的時間具有週期性，如按季度、月、週等進行的報導策劃。後者指根據需要臨時進行的報導策劃，如對突發性新聞的報導，一般不可能提前納入常規性的報導策劃之中，只能在事件發生後立即策劃報導，這種策劃是週期性策劃之外的一種應變策劃。不過，這兩類策劃往往合併在一起使用，週期性報導策劃之中有非週期性策劃，非週期性報導策劃有時會引出週期性策劃。

（三）以報導策劃的運行方式作標準，可分為獨立型報導策劃和連動型報導策劃。前者指報導策劃獨立存在，與其他策劃活動無關，如人大政協會議召開，新聞媒體不介入其中，只是以旁觀者的姿態予以客觀報導。後者指報導策劃與其他策劃有關聯，並相互發生作用。報導策劃者同時參與其他活動策劃，如策劃救助學生的公益活動，使該活動成為新聞事實而予以報導，報導策劃與活動策劃「連動」，報導者既是「報導者」，又是「當事人」。這類策劃有三種情況，一是策劃其他活動在先，報導策劃在後；二是兩種策劃同步進行；三是報導在先，報導過程中又策劃其他活動，接著繼續報導策劃。不過，新聞報導策劃一定要與新聞炒作區別開來，不能把炒作新聞、「製造新聞」與報導策劃混為一談。

二、對新聞資源的重組

對網路新聞報導進行策劃和組織，重組新聞資源，目前來看也是一個很重要的方面。所謂新聞資源重組，是指透過分析傳統媒體提供的新聞資源，運用篩選、集成、配置和深度加工等編輯手法，從而編輯出符合網路特點的新聞，進而增加其新聞價值。無論是有傳統媒體背景的新聞網站，還是沒有這些背景的入口網站，對新聞資源進行重組都是他們的重點工作。因為這樣，一來可以深度開發資源內容，適應網路大資訊量的要求；二來可以使網路新聞增值，減少資源浪費，並避免「千網一面」的局面。對新聞資源重組沒有

現成的經驗,更沒有捷徑可走。在保證網路新聞編輯自身綜合素養的前提下,有效重組新聞資源要做到以下兩點。

(一) 處理好新聞編輯和發布的幾個辯證關係

首先,新聞資源優勢和新聞資源重組的辯證關係。網路新聞編輯不應成為新聞「搬運工」、「理貨員」,因為新聞資源再好也只是資源,而非網路新聞成品,如果原樣照搬,資源優勢就會成為資源包袱,就會扼殺網路新聞編輯的創新力。

其次,量和質、長和短的辯證關係。網路新聞資訊量大,且更新快,甚至十幾分鐘更新一次。可是網路新聞又要「亮眼」,以吸引眼球,保證點擊率。這就要求在保證數量的基礎上,加強品質的追求。「短」也是編輯工作的重點,除去很有吸引力的新聞可略長外,其餘的應努力縮至一個螢幕(500字左右),一些資訊量大的長新聞可以採用化整為零的方法處理。一個螢幕的資訊量可能不夠,但文章下面的相關新聞足以彌補「短」的缺憾。

其三,快與慢、搶與壓的辯證關係。網路新聞當然要「快」,要想在「網海」中撈到「活魚」,不妨讓較簡明的消息立即上網,深度的、綜合的報導可以補發。好新聞當然要搶,而一些難以把握的新聞則不妨壓一壓,待消息證實之後再予發布。這種「壓」的效果往往可以壓出「真實性和權威性」,壓出品質上的「新聞強勢」。

(二) 制定嚴格、可行、統一的操作規範

因為新聞資源重組難度較大,所以嚴格的操作規範就顯得非常重要。對編輯的操作流程、稿件的發布和不同新聞體裁的不同格式的統一,甚至對新聞長度都應做出明確的規定,讓重組後的新聞「精緻」起來,「統一著裝」,凸現「這一則」新聞的強勢。另外一個重要的方面是要編輯「掛牌服務」,要求編輯走出幕後,走向櫃檯,在稿件後署名,明確責任,強化管理,這樣既可避免「無錯不成網」的局面,增加網路新聞附加價值,又能打出編輯知名度,塑造網站形象。

【知識回顧】

　　網路傳播的內容大量、泥沙俱下已成為共同特點。有的專家將這種現象形象地比喻為「資訊沙漠化」。閱聽人面對「資訊沙漠」會迫切希望有人對資訊進行整理，為他們提供真正有價值的資訊。這個「守門人」就是網路新聞編輯。在這個資訊爆炸的時代，專人加工整理過的資訊對社會反而更有用，網路媒體相對於傳統媒體來說，更加能反映、左右輿論，這需要有人代表社會從事對資訊加工、篩選的工作。從這個角度來講，網路新聞的編輯工作不但不是以前所謂的「搬運工」，而是非常重要的守門人。網路媒體強大的互動功能，使讀者可自由組成社區進行交流，發表評論，在這種氛圍中，編輯如果沒有較高的政治素養，要想做個合格的「守門員」是非常難的。

【思考題】

　　1. 如何對網路新聞資訊的真實性進行鑑別？

　　2. 為何進行閱聽人定位對新聞網站發展具有重要意義？

　　3. 新聞網站編輯如何運用新聞網頁表達其傾向？

　　4. 選擇某一天的某一時間點，比較同類網站的頭條、要聞區的新聞，歸納出不同網站的選稿標準後，再分析其可能的原因。

第五章 網路新聞標題製作

【知識目標】

　　1. 網路新聞標題的基本功能與構成要素

　　2. 網路新聞標題的特點

【能力目標】

　　1. 掌握製作網路新聞標題的基本要點

　　2. 瞭解網路新聞標題與傳統新聞標題的異同點

【案例導入】

　　以下這則網路新聞，編輯對其標題進行了修改。原標題為：《中國人赴美買房各州特點大不同紐約買房西部安居》，修改後的標題為《中國人赴美買房特點不同：四成人將長期居住》。新聞將最後一段的內容進行提煉後放在標題中，以示突出，雖然沒有改變新聞內容，但其與原新聞所強調的重點已大不相同。對於網路新聞使用者來說，他們往往只閱讀標題，而不一定點擊詳讀。因此，修改標題看似只是細小的變化，實際會對閱聽人資訊的接收產生影響。

　　中國人赴美買房特點不同：四成人將長期居住

　　據美國僑報網編譯報導，中國人進軍美國房地產市場並非盲目地投資，他們已經學會根據各州不同的特點，選購適合自身需要的房地產。

　　報導援引美國有線新聞網財富頻道（CNN Money）消息指出，對中國買家來說，最熱門的房地產市場位於洛杉磯、舊金山、聖地牙哥、紐約和西雅圖。洛杉磯成為熱門城市並不出乎業界所料，這裡是全美華裔人口聚集的主要城市之一，空氣清新，更貼近中國人的生活方式。

　　另外，居外網聯合創始人安德魯·泰勒（Andrew Taylor）表示，洛杉磯欣欣向榮的高科技產業也為意圖移居美國的中國人帶來就業機會。

加州房地產經紀人協會（California Association of Realtors）首席經濟師萊斯利·楊（Leslie Young，音譯）認為，富裕的中國買家喜歡前往舊金山這樣的大城市置產，而不那麼富裕的中國買家會選擇在奧克蘭（Oakland, CA）或房價更便宜的地區。

西雅圖市的科技工作機會和眾多教育水準較高的大學成為吸引中國買家的兩大優勢。在西雅圖置產的多數中國買家是為了子女的教育，所以購買的房地產多是小公寓。很多中國學生來華盛頓州求學，畢業後希望在這裡就業。

相比其他買家，選擇紐約市房地產的中國買家更多是為了投資。華裔房地產經紀人譚偉民（Weimin Tan，音譯）表示，很多中國買家花費數百萬美元在曼哈頓區購買房地產，但從來不居住在這裡。

譚先生的中國客戶會花費100萬美元至400萬美元在紐約購買房地產，但純粹是為了投資及升值。

「他們只是為了自己的投資更多樣化。」他說。

在佛羅里達州，中國買家更傾向在渡假勝地附近購置房地產。在邁阿密，中國買家喜歡購買濱海地區新建的高級住宅。這種住宅不但可以讓買家渡假使用，也更容易出租。

近來，越來越多的中國買家前往德克薩斯州購買房地產，該州奧斯汀（Austin）和休士頓這兩大城市尤其受到中國人歡迎。出乎意料的是，距離達拉斯市不遠的布蘭諾市（Plano）是華裔居民的聚集地，華裔人口占比達5.2%。

總體來看，中國買家最不看好密西根州的房地產。泰勒表示，雖然中國買家持續關注底特律、薩吉諾（Saginaw）和福林特市（Flint）的房地產市場，但還沒有「大舉進場」。相比密西根州的工業城市，該州的大學城看起來更受中國買家歡迎。

全國房地產經紀人協會（NAR）的數據顯示，大約40%的中國買家將長期居住在美國，而那些不會居住在美國的中國買家則對房屋的投資報酬率要求甚高。（王青）

（原標題：中國人赴美買房各州特點大不同 紐約買房西部安居）

第一節　網路新聞標題概述

從中外新聞標題發展史來看，中外都經歷了漫長的從無到有的過程。17世紀末至18世紀間，西方出現了印刷報紙，1693年，英國國會廢除了壓製出版業的出版法案，報業發展一度活躍起來。1702年，英國第一家日報《每日新聞》在倫敦創辦，最初只有半張，單面印刷，每版兩欄，新聞無標題，其目的在於迅速、正確而公正地報導新聞，不加評論。這種新聞無標題的狀態一直延續至19世紀廉價報紙興盛時期。西方報紙新聞標題發展經歷了幾種風格的轉變。

我們可以試著將這幾種風格概括為簡易新聞標題、黃色新聞標題、理智新聞標題。

簡易新聞標題主要出現在19世紀西方近代報紙最初起步時期，也就是廉價報紙剛剛興起的時期。這一時期西方報業在迎合大眾口味和閱讀習慣上做出了巨大的努力。如英國的《每日電訊報》開創了新聞有標題的新時代，但其標題的製作卻非常簡陋，往往只是將新聞內容用標題凸現出來，重大新聞採用的多行標題也不甚講究。美國報業也是如此，南北戰爭爆發促使了新聞標題的出現，因為煩瑣冗長的報導根本不適合緊張的局勢和人們的需要。又由於被戰時特殊情況所迫，記者們常常擔心他們的電報消息是否會全文發出，所以往往用數行簡潔文字先概括消息內容，再做詳細報導，這就是最初的新聞標題。這些標題無論從製作、還是形式上，都比較簡易，因為它的目的只有一個，那就是將消息用簡短文字傳遞出去。

但這種簡易風格的標題並沒有延續多久，隨著報業內的激烈競爭，黃色新聞標題成為主流風格。19世紀中葉，報紙種類與數量大幅增加，競爭因此加劇。在美國，1880年，報紙增至7000家，報刊經營全面轉入商業化，標誌著西方新聞事業現代化的進程已經完成。而這一時期不能不提《紐約世界報》與《紐約新聞報》的競爭，從而導致了黃色新聞標題的泛濫。這種新聞充滿刺激性，以煽情主義為基礎，注重犯罪、醜聞、流言、離婚、災難、性

和體育新聞的報導，用誇大膨脹、甚至歪曲性的標題來吸引讀者，將標題用大字號盡可能突出，有時還採取套紅印刷。

到了 20 世紀初，人們認識到黃色新聞的負面影響，並對這種風格開始厭倦，於是，新聞工作者們集中於更加理性地運用標題、圖片等。由此，西方報紙新聞標題進入了一個更加成熟的時期，呈現出理智的風格。

由上文可見，標題在新聞報導中的重要地位，也是隨著時代的發展不斷變化，進而達到成熟完善。新聞界普遍認為，新聞標題有四個主要功能：概括新聞內容、評價新聞意義、吸引讀者注意、美化新聞版面。也有人說，「標題是新聞的眼睛」，因此對於任何新聞來說，標題都是相當重要的。然而，對網路新聞來說，標題「吸引讀者注意」功能的重要性則更加突出。因為報紙新聞，原則上標題、正文、圖片是同時平面地呈現在一起的，標題固然以其更大的字號和不同的字體首先映入眼簾，但整篇新聞和標題卻是連成一體的，有些讀者會被圖片吸引或在對正文的一瞥後引起興趣，因此吸引閱讀的任務並不僅僅在於標題。而網路媒體的超連結方式使它的標題承擔了吸引讀者閱讀的重任，因為大量新聞資訊的存在，勢必只能簡明扼要地以列表的方式把標題呈現在主頁上，網路新聞主頁就成了一片標題的海洋。一則新聞要從眾多新聞中突顯出來，吸引讀者點擊，靠的就是標題的出色，標題吸引不了讀者點擊，也就意味著新聞傳播的失敗。

由於網路自身獨特的傳播物理特性，其版塊設置和報刊有著很大的不同。標題和內容的版塊分割突出了標題的點題和引導功能，網路傳播的多媒體技術也為其新聞標題寫作提供了更加廣闊的形式。新的傳播平台帶來了內容製作方式的轉變，在這種轉變當中，不同理念的衝撞一步步促使標題寫作的進步。在當前網路新聞標題的寫作當中，各大網路媒體風格存在著很大的差異。

第二節　網路新聞標題的功能與構成要素

「題好一半文」，對於任何新聞來說，標題都是相當重要的，它是用精簡的詞語，對新聞內容和中心思想進行富有特色的濃縮和概括。它是新聞的一個組成，也是新聞報導的延續，它對新聞事實「畫龍點睛」式的評論，能

讓讀者透過這個小小的「窗口」，窺見新聞的要意。它一般具有四個功能，即揭示新聞內容、評價新聞內容、吸引使用者點擊閱讀、說明報導形態。

一、網路新聞標題的功能

標題是新聞的「眼睛」。對於網路新聞來說，標題直接影響新聞的點擊率。網路新聞標題的作用一般有以下四個功能：

（一）揭示新聞內容

新聞標題必須以最精練的文字概括出新聞最重要、最有價值、最有吸引力的內容，讓讀者迅速判斷新聞事實，決定是否閱讀。

（二）評價新聞內容

評價新聞內容是新聞標題的傳統作用，或者透過對新聞事實的選擇，用適當的措辭含蓄評論事實，或者單刀直入直接評價新聞事實。並透過評價，引導讀者更準確地把握新聞意義。

（三）吸引使用者點擊閱讀

標題要突出報導中較具異常性、顯著性、趣味性的內容，用詞盡可能生動活潑以吸引讀者的注意力。

（四）說明報導形態

網路新聞報導的超文本、多媒體特性，致使其表現形態多種多樣，文字、圖表、音頻、影片不一而足。如果新聞中含有圖片或非文字文本，標題應予以註明。

二、網路新聞標題的構成要素

編輯製作標題要符合網路新聞標題的基本構成。這些構成元素有哪些呢？

(一) 標題主句（Main headline）

標題主句又稱「主標題」或「標題句」。它主要承擔著「標題」的任務，如：

電競冠軍 3100 萬獎金如何分配 繳 30% 稅每人拿 390 萬

華視傳媒與橡樹資本、戈壁投資完成訴訟和解

老人坐過站未買票被趕下車 兩天後找到遺體

詹姆士對騎士影響力大大降低 他已失去最有力王牌

四川統計局報告：七成農民工不打算購房

(二) 題圖（Picture headline）

在新聞標題區為重要新聞配置的照片或其他多媒體樣式，如漫畫、卡通等，具有解釋新聞標題、引起閱聽人注意、引導閱聽人閱讀的作用。

與文字相比，題圖更具有現場感和表現力，更加簡潔明瞭。圖片用得好，可以成為活躍版面、調節視覺疲勞的一種手段。

(三) 題解（Summary headline）

題解又稱提要，是標題句後的註解部分。一般以一段或一句較具體的話對標題作詮釋，或對報導作指引、概括。題解類似於導言又不同於導言，雖然有時二者是同一內容。

報紙新聞標題由主題、引題、副題組成，可以透過不同的字號、字體和顏色來加強吸引力。網路由於頁面的原因，標題呈單行形式，而且標題與內容往往被分割在不同的頁面，閱讀新聞內容必須點擊標題連結到另一個頁面。網路新聞標題與單行化趨勢緊密相連的一個特徵，就是新聞標題用字與措辭的簡潔，即前人所謂的「事以簡為止，言以簡為當」。

但是單行化的標題通常很難將新聞關鍵內容一言而概，許多有價值的資訊不得不捨棄。有些網站開始採用「標題＋內容摘要」的方式來彌補單行標題的不足。對此有部分研究者認為：單行標題最大的缺陷是不得不捨棄一些

可能很關鍵的新聞事實。為了彌補網路單行標題傳遞資訊不夠全面的劣勢，新聞摘要的形式在一些西方主要新聞網路媒體上開始被大量採用，並且深受歡迎。這一形式可使讀者在只瀏覽主頁及各分類新聞主頁的情況下，就能對當日要聞瞭然於心。

英國 BBC 網站、美國《華盛頓郵報》的做法是在各個專欄的每條新聞標題下給出簡短的概要，類似報紙上常用的小標題形式。還有一種方式，即讀者的游標在滑過某條新聞標題時，螢幕即刻會自動生出一個很小的文字框，顯示出該條新聞的提要；挪開游標，這個小框就會自動消失。但是這種做法帶來的問題是：讀者游標的移動會帶來內容的彈跳，破壞了整個頁面的整體性，讀者閱讀起來較為吃力。有些網友只需從標題瞭解大概資訊即可，彈跳出來的內容反而打斷了閱讀的過程。

另外一個問題是，如果將標題和內容簡單地捆綁在一起，則會使讀者僅僅閱讀這兩項，而具體的新聞內容很有可能不會被點擊。如此一來，網路新聞的形式就會成為「標題＋內容提要」的模式，新聞事件的細節和背景卻處於另一個界面的新聞正文中。在大量資訊和閱聽人接受資訊「摘要化」的環境下，新聞的具體內容很少有人會去理會，那麼該事件也就被「提要」化了。

（四）附加元素

網路新聞標題有時還有附加元素，通常包括以下三種。

1. 隨文標記。它以冒號停頓、括號或小字的形式標示在標題前或後，用來標明新聞的來源、發布日期、發布時刻。如圖 5-1 中，有些標題標示了新聞的形態。如：標題「俄羅斯宣布在克里米亞擴建黑海艦隊」被標識為影片新聞。

```
[娛樂]  李小璐伏天偷閒陪女兒 三代人同遊古鎮         07-25 09:52
[體育]  視頻-書豪正式加盟湖人披17號 庫總：3次想要他   07-25 09:52
[國際]  美國賓夕法尼亞州槍擊案致1死2傷              07-25 09:51
[娛樂]  賽琳娜與兩猛男出海 摟空露背裝遭偷瞄          07-25 09:51
[娛樂]  視頻：獨家對話韓寒 世上一半人只獲得了失敗    07-25 09:51
[體育]  J羅太火！皇馬賣10號球衣已賺3340萬 亞洲人瘋買  07-25 09:51
[科技]  歐洲央行曝安全漏洞：個人數據遭竊            07-25 09:49
[國際]  美國取消赴以色列航班禁飛令                  07-25 09:49
[科技]  LTE的技術派報告：FDD對稱嗎？                07-25 09:47
[國際]  俄羅斯宣布在克里米亞擴建黑海艦隊            07-25 09:46
```

圖5-1　使用隨文標記的標題

　　2. 主觀標記。它是編輯在發布新聞時為標題貼的評價或示意符號，如「圖文」、「New」、「酷」、「！」、「hot」、「★」等。

　　3. 有的標題用效果字符顯示，如發光、移動、變色、動畫等。在圖5－2中，「阿爾及利亞客機殘骸在馬利被發現」的標題下方，直播前標有「live」標誌，是發光的圖標，以吸引讀者點擊。

阿尔及利亚客机残骸在马里被发现

[机上116人无中国人　或因避沙尘暴改航线　航线　动画演示]
[失联前10分钟曾与地面联系　法出动幻影2000搜寻　滚动　LIVE 直播]

专家：风切变或为台湾澎湖空难元凶

圖5-2　使用效果字符的標題

　　上述三種附加元素顯然也在標題區，但一般不屬於標題製作的主要範疇。而且所有這些構成元素是被選擇利用的，除標題句必不可少外，其餘的不一定全部要運用在標題中。

三、網路新聞標題的特點

今天，網際網路在人們的日常生活中扮演著越來越重要的角色，越來越多的年輕人已經習慣於從網路上獲取資訊。網上獲取資訊的主要途徑之一是閱讀網路新聞。網路新聞與傳統媒體（報紙、廣播、電視等）負載的新聞有共同點，如準確、鮮明、簡潔明快、通俗易懂等，但其自身的獨特性也非常明顯。下面我們就透過四種媒體的比較來分析網路新聞標題的資訊形式、形成原因及其理解的途徑。

為了更好地理解網路新聞標題的特點，我們先比較一下四大媒體新聞標題：

廣播用聲音來傳遞資訊，聲音轉瞬即逝的特點決定了廣播新聞標題的簡潔、完整、易懂。

報紙以文字傳播為主，閱聽人在時間上有伸縮性，編輯就可以為提高新聞的受關注度而延長閱聽人的解碼過程，閱聽人也樂於在閱讀報紙時得到解碼的樂趣，所以報紙新聞標題文字簡約、語義豐富且更具吸引力。

電視新聞具備了聲音與畫面結合的特點，其在時間上線性的傳播方式讓閱聽人只能被動地接收，而電視畫面在傳播時佔有優勢地位，觀眾往往對由聲音或文字形式表現的新聞標題產生忽略心態，所以電視新聞標題與廣播新聞標題更簡明、易懂。

網路新聞的標題無論是在傳達語意上，還是承載語意的語言結構上都要比其他媒體負載得多。標題傳達的資訊，一方面要求盡可能豐富、周密、全面，另一方面又要求經濟、高效。因此，壓縮資訊在網路新聞標題中得到廣泛應用。除單行標題之外，報紙常見的標題結構有「引題＋主題」、「主題＋輔題及引題＋主題＋輔題」等形式，在這些形式下，不同性質的標題會分行展示，因此報紙新聞的多行標題非常常見。而網路新聞是以標題點擊的方式進入閱讀的，為了瀏覽和點擊的方便，也因空間節約的原則，網路新聞標題基本上都只有一行。具體而言，網路新聞標題有如下幾個方面：

（一）字數長短

網路以大量資訊為要點，主頁要安排盡可能多的標題，此外，螢幕的閱讀使眼睛更容易疲倦，因此網路新聞標題的字數比報紙要求更加嚴格。一般單行標題不要太長，如：「上海金山石化一個汙水儲罐突發燃燒（圖）」。如果內容較複雜，標題可分成兩句話，如：「三星手機頻繁當機被告知不保修投訴後終獲特殊處理」、「鳳凰古城明日起開放遊客可免費遊覽2處景點」等。但無論如何字數都會保持在一起範圍內，不會出現標題過長而需要轉行的情況。

（二）語法結構

具有整體瀏覽性的報紙新聞，其標題更講究藝術性和耐人尋味，因此對語法和修辭都非常注意。而網路更多是為了適應年輕人大量資訊需求的管道。這些人思維活躍、反應敏捷、接受能力強，更講究效率，習慣以很快的速度瀏覽感興趣的或對自己有用的東西，以壓縮資訊形式出現的標題最能適應他們的需要。因此，網路新聞標題為了做到簡明扼要可以只求簡短表意，而不對語法作嚴格要求。事實上，在網路新聞標題製作中，省略句是經常使用的，尤其是量詞、介詞、連詞、中心詞等，在不影響意義傳達的情況下經常被省略，甚至主語、謂語、賓語被省略的情況也不難見到。

（三）標題與標題之間的整齊性要求

報紙新聞標題的字體和所占的欄數可以根據需要調整，因此各個標題字數可不求一致。而網路新聞版面的編排往往分左、中、右三欄（也有的分四欄甚至四欄以上，一般是三欄），基本上每個標題占一欄（兩個標題共用一欄是個別現象），出於版面美觀的考慮，每一行安排的字數要求盡量一致，因此經常有為字數而設計標題的現象。

（四）合理使用實題與虛題

報紙標題講究虛實結合，由於揭示內容的需要，報紙標題是以實題為主，但單純議論、抒情、設問、起興等性質的虛題也很常見。而網路新聞標題最首要的功能是吸引點擊，吸引點擊主要是透過表現其內容的吸引力來實現，

因此網路新聞的標題更重視對內容的揭示，基本上全是實題，標題直接提示新聞的具體內容。對於專題新聞或深度報導，可設虛題配引言或導言。但對於單篇新聞標題一般來說都是實題並且是一行題。

從報紙標題寫作來看：虛題和實題構成了標題寫作的兩面。主題可是實題，即敘述新聞事實；也可是虛題，即評價新聞事實，揭示其意義或隱含的觀點。但在單獨使用時，常是實題或有敘有議的虛實結合題。虛題往往可以帶來點睛的作用，虛實相結合會帶來極好的傳播效果。業界主張網路新聞標題的寫作也應該採用實題方式，實題寫作可以帶來新聞事件的提升，新聞資訊直接、直觀，一看標題就知道新聞事件。但是實題缺乏活潑和吸引力，標題比較生硬。

報刊和網路媒體標題最大的區別是：報刊新聞內容就在標題之下，讀者可以一目瞭然，而網路新聞的內容則在另一個頁面，這就導致了虛題很大程度上引導了閱聽人的取捨。「概括出新聞事實，不能靠虛空的感慨或空泛的議論，否則就會造成網友判斷、選擇新聞的困難。」網路媒體的新聞標題採用虛題，會使讀者為其所下的結論進行取捨，而不會去點擊新聞內容的頁面，最終影響到點擊率。實題可以使讀者一目瞭然事件大致的情況，不至於將事件隱藏在虛題的評論當中。

（五）標題內容概括的不完整性

報紙的標題和正文是同時呈現在讀者眼前的，因此報紙新聞標題講求完整概括新聞的內容，而網路新聞標題因引導功能的重要性和表述空間的限制，使它必須在短短的一行句子內把最有「賣點」的新聞事實準確、生動地表達出來。因此，吸引力和誘惑力的追求使網路新聞標題通常偏重於提煉最重要的、最新的、最反常的或最本質的變動，再經過精簡和包裝，使其更加突出明瞭。故網路新聞標題往往要求「突出一點」，而不求全面概括新聞的「中心思想」，即要素式標題比較多。

第三節　網路新聞標題的用語及句式結構

從目前情況來看，網路從報紙等媒體轉載新聞時，對標題的編輯並不多，照抄照搬現象遠多於創造性的編輯（對內容的深層加工就更少了，基本上是照單全收）。事實上，網路作為一種全新的資訊傳播手段，急切需要與之相符合的資訊傳播方式和技巧。在新聞標題製作方面，網路在適應其獨特的資訊傳播特點、力求增強資訊的吸引力的同時，如何負責任地傳播新聞，平衡感官的刺激與理性的思索，做到動情而不煽情，通俗而不低俗，幽默而不浮誇，以真正值得關注的內容和深度的思考來吸引讀者，是每一位網站新聞編輯應該考慮的問題。

一、網路新聞標題的用語要求

準確、真實、精練是網路新聞標題最基本的要求。網路新聞的媒介是網路，它必將受到網路大環境的影響。在網路新聞標題製作中，單音節動詞因其既簡潔又能表意充足的特點成為優選的對象。先比較一下 2002 年 11 月 18 日兩則內容相同的新聞標題：

例 1：TCL 資訊產業集團持續虧損 吳士宏正式告別 TCL

例 2：業務持續虧損 吳士宏別 TCL

內容相同，傳達的資訊量也相近，但後者明顯比前者乾淨俐落，原因之一在於後者用了「別」這個單音節動詞。中文詞彙的發展趨勢是由單音節向雙音節發展的，即在雙音化的過程中常採用同義複詞的方式。從資訊傳遞的角度看，多音詞和單音詞各有優點：多音詞透過資訊的重複，達到強化資訊的目的；單音詞簡潔、凝鍊，能給人營造想像和理解的廣闊空間，如：

例 1：英國即將進入全面備戰狀態 1.5 萬士兵待命倒薩

例 2：半島電視台播出賓拉登錄音 內容讚近期恐怖事件

語言類推原則的廣泛運用在單音節動詞的使用中得到充分體現，用得好可以達到言簡意賅的效果，用得不好則會語意不明，如：

例 1：專家指亞洲的性教育貧乏 仍有錯誤觀念和神祕感

例 2：上海推可視通話 長安街多媒體 IC 卡電話可發郵件

例句 1 中「指」究竟是並列式（指責）的省略，還是動補式（指出）的省略，意義差之甚遠。例句 2 中的「推」是「推出」，還是表示「去除」呢？讀者也可能產生誤會。

二、網路新聞標題的句法結構

網路新聞的正文需要用標題產生連結。讀者總是根據自己的愛好和需要選擇是否打開正文，閱讀詳細內容。要想吸引讀者，提高點擊率，達到新聞傳播的目的，作者就必須考慮用既簡單準確又生動形象的標題牢牢抓住讀者。

（一）主謂賓完全句占較大比重

由於網路新聞標題要求要準確、精練，因此網路新聞中大多數標題都具有較完整的主謂賓結構。如：

例 1：聯合國預測今年全球網友將占世界人口十分之一

例 2：黛妃車禍現場「狗仔隊」攝影師被控侵犯隱私

上述兩例均是主謂賓句式，主謂賓的格局符合人們的閱讀習慣和思維規律。讀者閱後，已能基本掌握新聞的主要資訊，是否打開可根據各自的需要而定。值得注意的是，儘管上述兩則標題均有主謂賓，但各句的情況又有不同：例 1 謂語、中心語後有長賓語，例 2 有長主語。出現這些情況的原因是新聞標題要盡可能多地突出新聞五要素，簡單的「主—謂—賓」格式，無法滿足要求，只有加大某一句子成分的容量，才能使讀者獲取一條較完整的資訊。

（二）長句拆分成短句

「長句」和「短句」都是相對的概念。儘管長句有表意比較完整細密的優點，但閱讀和理解都嫌拖沓，所以網路新聞記者和編輯在擬標題時常用兩個短句來代替長句。如：

例 1：郭美美拘留期滿未釋放 分析稱或被轉為刑事拘留

例2：長沙公車縱火案嫌犯被批捕 稱遭工友譏諷生恨

從句子的形體看，一個長句分成兩個短句，每個漢字版塊都不長，可讓人「一目瞭然」，讀起來無障礙；從句子的表達看，前後兩個短句是相輔相成的，或分別介紹事件的兩個焦點，或交代事件主要背景材料，或分析事件發生原因，或發表評論。

（三）普遍使用省略句

中國著名語言學家呂叔湘是這樣談省略的：第一，如果一句話離開了上下文或者說話的環境意思就不清楚，必須添補一定的詞語才清楚；第二，經過添補的話是實際上可以有的，並且添補的詞語只有一種可能，這樣才能說明是省略了這個詞語。省略形式是相對於完整形式而言的，完整形式是指表示一個完整的意義、內容所應該具備的言語形式。

省略是指承擔一部分語義內容的符號的省略，也就是說，某些語義內容找不到對應的言語符號。表層結構與深層結構存在差異，深層語義結構和表層形式結構之間的差異即省略。它主要有以下幾種情況。

1. 省略介詞

例1：聯合國武器核查人員（在）巴格達展示先進核查設備

例2：30 小時獲嫌犯 上海警方偵破留學生（在）多倫多遇害案

網路新聞的標題常省略一些介詞而不影響意義的表達。介詞是虛詞，不能充當句子成分，但其組合能力很強，能和其他詞語組合構成介賓短語。介詞本身沒有詞彙意義，它只是語義成分的標誌，特定的介詞標誌特定的語義成分。以上標題中省略的介詞都是場所的標誌，由於場所語義特徵明顯，即使沒有介詞的輔助作用，閱聽人也能輕鬆地辨識這是事件發生的場所因素。

2. 省略量詞

與現代中文相比，古代中文的數詞後往往不出現量詞，直接同名詞組合，整個句子顯得乾淨緊湊。在網路新聞標題中，作者為達到句式精練的目的，也往往省略量詞。

例 1：對 34 條生命負責 重慶將開審開縣井噴事故 6（名）責任人

例 2：計程車司機酒後駕車 北京一（位）交警工作時被撞犧牲

　　量詞用來修飾不可數名詞及集體名詞時，具有不可或缺的語法意義和詞彙意義，具有形體特徵和形象色彩，有時省去量詞會影響語義的完整表達。而當量詞服務於可數名詞，且可用「個」替代時，這時量詞的詞彙意義已弱化。數量短語省略了量詞而由數詞來承擔表數和事物單位的語法意義。也就是說量詞的省略並不影響名詞短語意義的表達，只是數詞的語義值增大了。

　　3. 省略謂語中心動詞

例 1：細雨澆不滅激情快樂 平安夜長沙處處「歡樂秀」

例 2：江城會考重大改革 計算機不再是「作弊工具」

　　從資訊結構的角度看，謂語中心語一般是不能省略的。而上述二例分別省略了「上演」、「實行」。這兩個動詞都不是動作動詞，即這些動詞所表示的狀況沒有一個隨時間展開的內部過程，而這幾個動詞所關聯的賓語「歡樂秀」、「改革」，與一般名詞也有所區別，一般名詞表現為佔有一定的「空間」，而這幾個名詞則表現為佔有一定的時間長度，不是典型的名詞。因而這幾個標題雖然省略了謂語核心動詞，但不影響意義的準確表達。

　　網路媒體首頁的空間限制，使得在頁面出現的新聞標題要盡可能利用最少的空間，傳達最多的資訊內容，內容不僅要求周密豐富，還要簡練直接。這時以壓縮資訊形式出現的新聞標題便應運而生，而省略是這一形式所藉助的語言手段。這種以壓縮資訊形式出現的新聞標題，符合他們跳躍性的思維習慣，能夠滿足他們對資訊的需要。

　　這樣，資訊便會透過省略的手段，用不足的句法符號形式傳達充足的語義內容。閱聽人在理解這些不足形式時，主要透過以下兩種途徑：

　　（1）形式因素。閱聽人可利用的形式因素包括：第一，上下文句子結構上的相似性，閱聽人可機械地從上下文相同位置找回所省略的資訊，縮短解

碼的時間；第二，凸顯省略部分，凸顯可增強資訊的刺激強度，簡化解碼程式，可消除閱聽人的焦慮感。

（2）意義因素。意義因素指句子成分之間語義聯繫的強制性。閱聽人在閱讀上述引用的標題時，主要靠自己的知識儲備對語義聯繫強制性的掌握，並透過殘留下來的符號形式、句法空位找回流失的資訊內容，使省略成分明確化。

第四節　網路新聞標題的製作與技巧

網路新聞標題的製作一方面需要遵循一般新聞標題的基本要求，另一方面由於網路媒體的特性，又有著特殊的製作方法和技巧。

一、常用的網路新聞標題的製作方法與技巧

常用的網路新聞標題製作方法與技巧包括「一句話」實題標題、單行兩句話標題、運用恰當的修辭方法製作的標題、適當使用的標題集群等。下面用實例來說明以上四種網路新聞標題的製作方法與技巧：

（一）「一句話」實題標題

「一句話」實題標題，就是網路新聞編輯在弄清新聞事實的基礎上，抓住新聞的「時間、地點、人物、事件、結果」等要素，進行恰當的組合，點中新聞的要害。這是當前大多數網站的標題運用方式。紙質媒體的標題有虛、實之分，即使是虛題，因為文章就在旁邊，只要看一眼導言，主題也就清楚了。而網路媒體不行，一條虛的標題肯定使讀者丈二金剛摸不著頭腦，從而影響「點擊率」。因此，凡遇虛題，必須改成實題。這裡的關鍵是要將文章先瀏覽一遍，抓住幾個新聞的「W」，再恰當組合，點中要害，如能捉住「新聞眼」，自然更妙。兩行題或三行題容易使讀者分散注意力，不能一下子抓住最重要的資訊，所以最好壓縮為一行實題。新聞摘要的形式在一些西方主要新聞網路媒體上被大量採用，並且深受歡迎。這一形式可使使用者在只瀏覽主頁及各分類新聞主頁的情況下，就能對當日要聞瞭然於心。

例如：

例1：北京一家游泳池被曝池水餘氯超標一倍

例2：高盛據稱考慮在固定收益部門裁員逾5%

「一句話」標題簡單明瞭，網友一看便知新聞的主要內容是什麼。值得注意的是，網路編輯在制定這類新聞標題時，除了要言簡意賅地告知閱聽人基本的新聞事實外，還應具有一定的新聞敏感度，能抓住新聞事實中最有價值的要素呈現給閱聽人。另外，標題的字數也不能太長，否則會顯得頭重腳輕。

(二) 單行兩句話標題

如果標題內容較複雜，可製作單行兩句話標題。可以是一虛一實，也可以是兩個實題；或前一句概括新聞要素，明示基本內容，後一句突出重要內容、強調意義和價值；或進行補充說明，完整表述新聞內容；或進行評議、評價。兩分句的組合，並無定式，需要依照新聞內容以及編輯的新聞價值來制定。

這類似於傳統媒體的複合型標題，表現形式雖略有不同，但製作原理一致。傳統媒體的複合型標題是由主題和輔題組成的，輔題又分引題和副題。主題、引題、副題三者之間的關係，是相互聯繫、相輔相成的。網路新聞標題也有主輔之分，但由於網路新聞媒體是「直線」的，沒有平面媒體運用的手段多，因此主輔題常常以引題、主題或主題、副題的形式出現，且不分行。例如：

例1：「以史為鑑、面向未來」 中日舉行外交當局磋商

例2：震懾恐怖組織和分裂勢力 俄軍演習進入實戰階段

例1中的引題「以史為鑑、面向未來」，指出了中日進行外交磋商的主題，例2的引題指明了俄軍進行軍事演習的目的。從以上的例子可以看到，網路新聞的引題和副題對主題起著引導、補充、解釋和說明等作用。主題和輔題相輔相成，不僅能進一步完善新聞事實，也恰到好處地指出「新聞眼」，

更能激發網友的閱讀慾望。需要強調的是，網路新聞編輯在製作主題和輔題時，應該仔細推敲，不要犯主題和輔題前後矛盾、缺乏聯繫、意思重複等錯誤。

（三）運用恰當的修辭方法製作標題

傳統媒體的新聞標題製作常常根據新聞內容的靈活性運用修辭。別具一格、形式新奇的標題不僅能激起讀者主動閱讀新聞的濃厚興趣，也能使讀者在接受新聞資訊的同時獲得一種美的藝術享受。新聞標題是否應講究修辭，各有論調。目前有些人認為網路新聞標題是以實題為主，因此只要清楚明白地告知閱聽人新聞的主要內容，而不需要講究修辭，其實不然。網友在快速瀏覽大量新聞標題時，只有那些生動有趣的標題才會吸引他們的注意力。修辭方法雖然主要應用於虛題的擬寫，但其中有些也適用於實題的擬寫，運用恰當同樣可以為網路新聞標題增色。所以網路新聞標題在「準」的基礎上也應「更上一層樓」，透過合理使用一些修辭方法修飾語句，使標題更加鮮明、生動，可讀性更強。

運用一定的修辭方法製作網路新聞標題，主要有以下幾種：

1. 對仗法。對仗也叫對偶，即用結構相同或相似、字數相等的兩個語句來擬寫標題，使其看起來整齊醒目，唸起來朗朗上口，聽起來悅耳動聽。例如：

例1：國產車高歌猛進　進口車降價無望

例2：「梧桐山」輪帶傷返蛇口 300 餘旅客分批往海南

例中「國產車」對「進口車」，「高歌猛進」對「降價無望」，兩相對比，使讀者對當前小轎車的市場行情一目瞭然。

2. 設問法。即用表示疑問語氣的句子作標題。設問標題能夠一反常規，出奇制勝。按常規，新聞標題一般多用肯定或否定語氣，而採用設問語氣就能打破這種常態，讓人眼前一亮。例如：

例1：「2億人看發布會」神話下，「雷布斯」的小米怎麼了？

例2：「退役」手機到底該去哪兒？

例子中標題的前部分運用一種疑問的語氣，能夠引起讀者的思考，從而吸引他們去閱讀對這個問題的回答和解釋。

3. 反問法。即用表示反問語氣的句子作新聞的標題。例如：

例1：卡地亞身陷品質門 證書不齊售後差？

例2：蘋果牽手IBM 傷了微軟、黑莓？

例子中標題的後部分運用了反問語氣的句式，意思確定，語氣強烈，能激發讀者的感情，造成深刻的印象。

（四）適當使用標題集群

新聞標題集群則是在限制中尋求突破和創新的一種表現樣式。所謂新聞標題集群，是圍繞某個主題或事件，在一個大標題統率下，由多種傳播符號（文字、圖片、影像、聲音等）構成，即時滾動播出多個存在相互關聯的新聞小標題集合。它是網路新聞標題的一種特殊樣式，一般出現在網站新聞頁面的顯要位置，本身因標題集合形成的空間感，也具備引起閱聽人矚目的特性。需要注意的是，標題集群的小標題一般是加「[]」標誌，在一些網站也採用「大字號標題＋小字號標題」的方式，這種「小字號標題」一般是作為副題，「大字號標題」作為主題。如搜狐要聞版的新聞標題多採用此種形式來表現，以達到醒目和突出的目的，此時的「小標題」不加中括號。如圖5－3所示，雲南昭通地震、崑山爆炸事件都使用了標題集群的方式。

云南昭通发生6.5级地震 直播

[当地通信受影响 县城房屋受损但无倒塌] [鲁甸县概况 专题]

[通往震中道路之前因泥石流已中断] [四川宜宾持续摇晃近30秒]

昆山工厂爆炸71人身亡186人受伤

[女伤者头发烧光丈夫未认出] [视频集：航拍显示房顶被掀翻]

圖5-3　標題集群

二、在網路新聞標題製作方面，應當注意的要點

製作一個好的新聞標題需要下點功夫，我們在網路新聞標題製作方面，理應注意以下四點：標題簡潔明晰、重要新聞標題特殊化處理、網頁內標題比主頁標題標出更完整的資訊、傳統媒體新聞標題不可盲目轉換等。

（一）主頁新聞標題應力求直接實在，簡潔明晰

用最簡潔的語言直接把主要新聞事實說出來，實實在在，不必像傳統報紙那樣，講究各種修辭表達方式，講究生動形象、對稱有韻味等，因為對眾多網路新聞消費者來說，短時間內盡快獲知重要新聞才是最主要的目的。

（二）當日最重要的新聞標題應被特殊處理，最醒目地突顯在網路版主頁上

傳統報紙上最重要的新聞一般都放在頭版頭條的位置並加以強勢處理，網路版新聞主頁不具有報紙版位、版次、加框加線等版面編輯語言，但突出強調同樣可達到先聲奪人的效果。比如，配發新聞照片，輔以大字號加大加粗處理的標題等。在國外主要媒體網路版上，每日都有「焦點」，成為與其他新聞網站競爭的「招牌」。

對價值較高的新聞的標題進行強調有幾種辦法：一是採取加色彩的辦法；二是加大標題的厚度、寬度和字號；三是配發圖片；四是使用標題集。例如某網站在對《美新農業法挑戰世貿規則》的報導中就運用了二號字，並輔助以黑色、青色表明其冷峻的感情色彩，這是因為大粗字體能夠造成視覺上的強烈衝擊。但由於網路上資訊密集，如非十分必要，否則不採用大號字。

（三）網頁內標題最好比主頁標題標出更多更完整的資訊，被壓縮過的標題在內頁應有完整的轉換體現

如在時間、稿件來源、作者、圖片攝製等方面，主頁由於受版面空間的限制無法一一體現，但在頁內應當得到反映以滿足讀者的深層次需求。由於網路版報紙有二級或三級頁面設置，主頁標題一般簡潔直接，而網頁內的文章標題相應地就要提供更多更完整的資訊，這似乎更接近於傳統報紙的標題。從主頁醒目簡練的標題到網頁內更具體明確的標題，到新聞報導的全文，再

到相關背景資料和深入分析以及相關連結，層層遞進，向讀者提供全方位詳盡的報導。

(四) 傳統媒體新聞標題不可盲目轉換

網路編輯在將報紙上的新聞標題轉換為網上的新聞標題時，不能簡單從事，直來直往，而要花時間瀏覽文章，然後對原有標題進行恰當的處理。對於實題缺乏的要素要適當補充，虛題則要重新製作。總之，網路標題既要將文章的意思準確無誤地表示出來，又要使之更符合網上新聞傳播的特點。

將傳統報紙新聞標題轉換化為網路新聞標題有如下幾種情況：

1. 網上新聞標題大多是報紙新聞標題的翻版

由於目前網路新聞的主要內容來自紙質報紙的全部新聞及其所屬的子報、子刊，因此，紙質報紙的引題、主題、副題悉數搬上，只不過字體、字號及標題位置的表現形式不同罷了。在普遍人力有限的條件下，翻版紙質報紙標題不僅節省人力物力，而且能保證品質和權威性。

2. 略去紙質報紙上較長的引題和副題，只保留主題

當報紙主標題是陳述主要新聞事實的實題時，網路版往往直接轉用，而略去較長的引題或副題。

3. 將印刷報紙引題或副題作為網路版新聞標題

當報紙主題是虛題時，就選用實題的引題或副題作為網路版的標題。如：

主題：如意算盤落空之後

副題：梅鐸收購曼聯事件餘波未了

網路版上就把原副題用作標題，使讀者一目瞭然。

4. 把紙質報紙兩行題或三行題壓縮綜合成網上新聞的一行題

5. 自己製作標題

有時，紙質報紙標題並不完全符合網路版的要求，或者尚不夠明確清晰，這就要求網路編輯不拘泥於紙質報紙標題的內容與形式，自己製作標題。如：

主題：郵電資費今起全面調整

副題：總體水準將大幅度降低

網路版這則新聞的標題為：郵電資費全面調整網際網路資費今起降低

三、網路新聞標題常見錯誤

網路新聞以其即時發布的時效性、實時參與的互動性、求新求異的多樣性贏得了人們的青睞，其語言的鮮活性給現代中文增添了新的魅力。然而也因發稿倉促，用語隨便，「把關」功能泛化，造成較多的語言謬誤，影響新聞資訊的正常傳播和運用。以下將以標題為例，從語言本體的角度，對目前網路新聞語言中的明顯失誤進行歸類，並予以分析糾正，以期引起廣大新聞工作者、語言學工作者及閱聽人的注意。

（一）語言導向不正確

新聞標題集中體現著編輯的觀點和傾向。雖然網路新聞的特點之一的導向功能有所淡化，但淡化並不等於沒有。與傳統新聞一樣，網路新聞標題的主觀傾向仍要透過富於感情色彩的詞語來反映。根據現代語言學「言語行為」的理論，同一則新聞使用什麼詞語做標題，其「語力」的導向作用大不相同。

（二）詞語使用不準確

新聞標題的準確是相對於新聞內容而言的。由於網路新聞標題與正文分離，其敘述內容更應該準確，避免損害甚至曲解原文大意。有的網站為了吸引閱聽人，擬制了一些以偏概全、誇大事實、聳人聽聞的標題，誤導了閱聽人，使他們對新聞的真實性產生了懷疑，以致損害了網路新聞媒體的信譽。其主要表現有以下幾方面。

1. 名詞性詞語誤用

對新聞事件發生的時間、地點、涉及的人物等要素概括不當。如新聞標題：塔利班準備明天投降。而實際新聞內容中，「準備投降」的只是「駐昆都士的塔利班軍隊」。對於投降來說，部分人與一個整體的概念的外延不同，其性質和影響大相逕庭。

2. 動詞使用有誤

對新聞事件要素的表述及其性質的判斷不當。例如 2001 年 4 月 1 日，美軍偵察機在南海撞毀中國軍機後，個別網站擬制的專題標題是：中美戰機南海上空相撞。而其他兩個網站的專題標題則分別為：美偵察機撞毀中國軍機事件、美偵察機撞毀中國軍機侵犯我主權事件。很顯然，「相撞」一詞表明中美雙方均有責任，而「撞毀」表明責任只在美方。

3. 語音節律不和諧

網路新聞語言視覺性較強，接近於報刊新聞語言，但是它的大眾化、口語化的特點，又使它具有廣播新聞語言的特點。因而必須重視語音節律的和諧，這一點，當前網路新聞語言似乎有所欠缺。主要表現在：

（1）單雙音節搭配不當。現代中文的詞語以雙音節為多，單音節詞的使用在一定的情況下要受到限制，如：三峽成世界最大考古工地、學者指中國失業率被高估明年控制目標為 4.5%。這裡「成」、「指」在雙音節詞中間，讀起來十分拗口，若改為「成為」、「指出」就比較流暢了。

（2）句子結構不合理。根據心理學和醫學專家的研究，網路新聞標題要力求簡潔，否則不利於閱讀時得到最佳視野，獲得最佳印象。表意比較複雜的長句若不化作短句、拆分、或相關處理，就會影響閱讀效果。例如：俄媒稱日本制裁俄羅斯突出安倍政治性格軟弱。這則標題讀起來比較拗口，可改為「俄媒稱:日本制裁俄羅斯突出安倍政治性格軟弱」。雖然只是加入了冒號，但讀起來卻輕鬆許多。

4. 語碼轉換不必要

新聞資訊在傳播過程中適當運用語碼轉換，可以造成特殊的修辭作用，但必須以不妨礙語義理解為前提。目前的網路新聞標題頻頻使用語碼轉換，有過於浮濫之勢。例如：你happy了嗎 世界各地歡度聖誕節、「羊」推新概念：動畫賀歲VS電視flash、像shopping像公審──關於相親的N個比喻。

在本該使用中文的地方使用英語，並沒有造成特殊的表達效果，相反，對部分閱聽人來說，反而增加了閱讀障礙，甚至使他們放棄進一步點擊。再如，過多地使用只有專業人員才懂的字母詞術語。例如：北京CBD開建180萬平方公尺項目2008年前初具規模、透過UFI認證大連服博會拿到國際「大學文憑」。這些縮寫遠沒有達到家喻戶曉的程度，與網路新聞的服務性、廣泛性等特徵是不相符的。

5. 語法成分不相配

所謂句法成分搭配不當，是指句子中密切相關的句法成分，如主語和謂語、定語和中心語、狀語和中心語等，在組織句子時，由於沒有注意它們之間的配合，結果造成了搭配不當的毛病。如：

例1：中美互訪頻率高 熊光楷將赴美出席副部長級磋商

例2：國務院部署治理機動車亂收費和整頓道路站點

以上兩例動賓搭配不當。「出席」、「部署」均不能帶謂詞性賓語，在標題最後加上「會議」、「工作」就可以搭配了。

6. 語義表達不清楚

語義表達含糊時，可能產生歧義。例如以下一則新聞：

手槍卡彈警察遭遇凶頑 天佑正義毒販最終被擒

11月16日電日，廣西北海市一名打入販毒團夥內部的警察在手槍卡彈的情況下，與持刀毒販展開激烈搏鬥，毒販奪槍對他連扣扳機，所幸天佑正義，手槍沒響，最終這名警察隻身將毒販擒獲。

據南國早報報導，11月13日下午，化裝成「廣東老闆」的緝毒警察鄭年祿在北海市合浦縣石灣鎮附近與一男一女兩名毒販進行「交易」。由於對方臨時改換地點，在與戰友無法聯繫的情況下，為了不使偵查工作前功盡棄，鄭年祿不顧安危亮出身分：「我是警察！」要將對方活捉。

正在毒販驚愕之時，鄭年祿想鳴槍示警，手槍突然卡彈，女毒販沒命逃跑，窮凶極惡的男毒販拔出一把尖刀朝他撲過來。兩人扭打在一起，從木薯地滾到稻田，從稻田滾到木薯地。鄭年祿打掉了對方的刀子，但右手拇指根卻被對方咬掉了一大塊肉，槍一度被對方奪去。毒販對著他胸部連扣扳機，槍沒響。

毒販以為槍裡沒子彈，狂笑著說：「沒有子彈了！哼，我和你拼了！」兇殘地用槍砸鄭年祿的頭。鄭年祿立刻把手槍重新奪回來，在迅速排除故障後，他朝負隅頑抗的毒販雙腿「砰！砰！」連擊兩槍，終於贏得了的勝利。事後，戰友們見到鄭年祿時，他已經渾身是血。

最後，警方在這次行動中繳獲毒品海洛因11克，這是北海市警方今年偵破的第14起毒品大案。

「手槍卡彈」語義指向是「警察」，還是「凶頑」？這類標題出現在網路上，會引起閱聽人迷惑。

7. 題文不相符

題文相符是傳統新聞標題製作的一條基本原則，標題要求準確概括新聞的基本內容。而在網路新聞標題上，這一原則受到了衝擊。對點擊率的追求使網路新聞標題的製作者想方設法把自己認為最能引誘人的新聞事實以最吸引人的方式表達出來，因此，出於煽情和誘惑的需要，網路新聞標題故弄玄虛、斷章取義、「掛羊頭賣狗肉」的現象非常普遍。導讀標題和主頁標題內容衝突、主頁標題和次級頁面標題衝突、標題和正文內容不完全相符，甚至牛頭不對馬嘴的情況時有出現，很多讀者點擊之後大呼上當。這種現象在娛樂新聞標題製作中尤其突出，把某藝人在某部影片中的身分或情節作為現實生活中的事實來表述，是網路新聞騙人點擊的慣用伎倆。如網路新聞「張學

友：四個女人不偏不倚」，說的原來是他對《雪狼湖》歌舞劇中四個女搭檔的評價，但標題卻有誤導閱聽人之嫌。

【知識回顧】

標題，是新聞的眼睛，是新聞編輯工作的重要環節。傳統的報紙編輯認為，標題是新聞的概括和濃縮。新聞標題必須標出新聞事實，用事實說話；新聞標題必須具備足夠把事實表達清楚的必要的新聞要素，具有確定性，能夠給讀者一個明確的概念。這一要求依然適用於網路新聞標題的製作。對於網路新聞而言，標題的作用尤甚，因為好的網路新聞標題能吸引閱聽人進一步閱讀。網路編輯人員製作一條好的標題需要一定的創意，要符合網路傳播的特點和規律。但是過於追求閱聽人的點擊率，就會造成網路新聞標題製作中出現差錯、文不符題的情況，甚至出現利用題目來進行「欺騙」的現象。這是新聞標題在網路新聞迅速發展和激烈競爭背景下所承受競爭壓力時的一種扭曲。這如同虛假廣告一樣，是應該去規範的。

【思考題】

1. 如何處理好網路新聞標題中實題與虛題的關係？
2. 網路新聞標題中有哪些常見的問題？
3. 網路新聞標題製作中有哪些實用的技巧？
4. 請你自行選擇一則報紙新聞，為它製作一條網路標題。

第六章 網路新聞專題製作

【知識目標】

　　1. 網路新聞專題的分類

　　2. 網路新聞專題的作用

【能力目標】

　　1. 瞭解網路新聞專題中資訊整合的基本表現

　　2. 瞭解網路新聞專題策劃的基本思路

【案例導入】

　　網路新聞專題的產生，是深度報導在網上的體現，是網友選擇和新聞規律的必然體現。1920、30年代，深度報導分別出現在《紐約時報》和《時代》週刊這樣的美國主流媒體上。在與廣播、電視的競爭中，西方報界試圖以深度報導掌握主動。今天，在美國一些主流報紙上，深度報導的篇幅已占整個新聞篇幅的70%以上，受到廣大閱聽人的青睞。隨後，西方廣播、電視也相繼採取了增加深度報導的數量、播放專題性新聞節目等措施。美國內布拉斯加大學新聞學院副教授尼爾·高普魯在《深度報導論》中說，「深度報導」實際上就是「將新聞帶進讀者關心的範圍以內，告訴其重要的事實，相關的緣故，以及豐富的背景材料」。一般新聞報導有五要素，即何時、何地、何人、何事、何因。而深度報導則著重在「聯繫」上大做文章，將新聞事件所發生時間地點的相關背景、當事者與所處社會環境的聯繫及新聞事件將帶來的社會影響表現出來。換個角度看，深度報導其實是要求新聞工作者對紛繁蕪雜的新聞表象進行篩選和挖掘，力求將新聞背後的東西表現出來。

　　網路新聞專題是指各個新聞網站根據最近發生的某個或某系列有重大影響的新聞事件，或自身對某個新聞事件的判斷，經過周密的策劃，動用網際網路最新穎全面的技術手段於一體的綜合性新聞報導集合體，它屬於網路新聞報導中的一種重要表現形式，擁有報導最新動態、整合新聞資源、揭示新

聞事件本質的作用。網路專題融合了其他各種網路新聞的報導形式，並集納各種形式的優勢於一體，在網路新聞報導中獨具優勢。網路新聞專題不一定都是重大新聞事件，但重大新聞事件一定以網路新聞專題形式表現。網路新聞專題是傳統深度報導在網際網路上的延伸。

　　1999年上半年，在有關南斯拉夫聯盟科索沃局勢的報導中，網路新聞專題小試牛刀。有網站早就設立了有關科索沃的專題。北約發動對南聯盟的打擊後，網路版立即開設了《北約空襲南聯盟》專題，進行全天候適時發布新聞。1999年5月8日凌晨5時45分，以美國為首的北約集團悍然以5枚導彈襲擊中國駐南聯盟大使館，導致3名新聞工作者遇難，20多人受傷，館舍被毀。該站即時發布獨家報導，並設立《呂岩松戰地作品選》專題。這些專題使網友能充分瞭解這場衝突的來龍去脈，又能得到最新消息。網友從8日10時左右便開始大量訪問該站，關注最新事態發展。

第一節　網路新聞專題概述

　　隨著網際網路路在生活中的普及，以及閱聽人資訊多元化需求的增強，網路新聞已成為當今社會不可或缺的資訊來源渠道。網路媒體以其本身的諸多優勢，為網路新聞專題的出現和發展提供了基本的條件。由於網路專題在內容上能對某一主題作較全面、詳盡、深入的報導，在形式上可以集網路媒體的各種表現手法、技巧於一體，因而它被認為是具有網路媒體特色，最能發揮網路媒體新聞報導優勢的表現形式。網路新聞專題的產生，是深度報導在網上的一種體現，是網友選擇和新聞規律的必然體現。它通常圍繞某個新聞事件或社會上存在的某種現象和狀態，在一定的時間跨度內，運用消息、通訊、背景資料、述評、評論等文體，調用文字、圖片、聲音、影片等表現形式，並結合問卷等互動手段，透過頁面編排與專欄製作，進行連續、全方位、深入的報導。

一、網路新聞專題的作用

　　網路新聞專題以其即時性、整合性、全面性、互動性以及多媒體性等多種優勢，體現出了網路新聞傳播的價值規律，自誕生以來，就成為網路新聞報導與編輯最獨特的方式之一。在網站採訪權尚未完全放開的情況下，以編輯為主的網路新聞專題製作在網路新聞的競爭中佔有重要的地位。基於它在網路新聞傳播中的地位及特性，網路新聞專題的作用也有著不同凡響的意義。

　　網路新聞專題的作用在於以下幾個方面：

（一）服務於新聞報導，展現新聞事件及發展

　　網路新聞專題不受儲存空間的限制，它可以以特定的主題或事件為中心，將各方面的相關資訊高度集中化，形成一個整體性的資訊傳播單位。在突發事件發生時，網路新聞專題可以在很短的時間內開通，並隨時追蹤事件進展，因此，具有顯著的實時性。但同時，所有的新聞報導和相關資訊都可以根據需求長期停留在頁面中，專題可以在一個空間內承載一個完整的報導過程。此外，網路新聞專題可以充分運用文字、圖片、聲音、影片、動畫等多種手段，並且為它們的有機結合提供了可能。這不僅使專題顯得更為豐富多彩，還可以給閱聽人帶來不同的視角與全新的體驗和感受，而各種媒體的新聞在專題中融合後，可以相互補充、相互提升、相互促進，提高新聞的利用效率與傳播效果。這些都使得網路新聞成為呈現新聞事件及發展的良好平台。

（二）服務於網友，便於網友的在線瀏覽和認知平衡

　　網路新聞因其時效性高的特點，必然決定著它的碎片化缺陷。簡短的新聞報導消息只能滿足人們對新聞淺層面的知悉，無法展現新聞的深度和廣度，更無從瞭解新聞發生的背景及其前因後果。這個時候，網路新聞專題就展示了它的魅力，把相關的新聞資訊片段收集在一起，透過主題提煉和排版設計，把整個事件串聯起來，並進行多層次、多角度剖析解說，新聞發生的來龍去脈將一覽無餘。隨著網路技術日益成熟，網路媒體在人們的日常生活中也發揮著越來越重要的作用，網路新聞由於其資訊來源廣泛的特點已成為了人們生活中越來越不可或缺的資訊來源。但是，網路新聞有時為了追求時效性而

進行頻繁的動態更新，很容易形成新聞的「瞬時化」和「碎片化」。針對這些問題，網路新聞專題便應運而生，網路新聞專題可以更廣泛地利用網路資訊資源，有效地整合網路資訊題材，並且還可以透過互動得到閱聽人的回饋。這些都使得網路新聞專題比同類新聞更專業、更先進、更全面。

（三）服務於網站，提升網站的報導品質和競爭力

網路新聞專題是具有網路特色的深度報導方式，它利用網路的巨大容量和豐富的資訊資源，以及多媒體的報導手段，在多層面、多視野上對新聞事件展開立體化報導，以滿足人們對新聞事件在廣度與深度上的資訊需求。因此，無論是與傳統新聞媒體的競爭，還是與網路媒體之間的競爭，新聞專題都是網路媒體提升新聞品質、增強網站競爭力、打造網站品牌的有力武器。在網路媒體還未獲得採訪權的限制下，與傳統媒體間的較量也使得網路新聞專題更受重視，因為它為網路新聞媒體向深度報導模式發展提供了極大的方便。在網路採訪權尚未完全放開的前提下，獲取來源機會的相對均等、網路跨時空即時傳播的技術特性使網路新聞專題成為突破網路內容同質化、體現網站特色、形成競爭實力的主要工具。

（四）服務於歷史，為檢索、查詢提供完整的新聞檔案

當輸入一個關鍵詞，搜尋到一個專題頁面，上面記錄了所有與此新聞相關的資訊，而且來龍去脈清晰可尋，主題鮮明易見，這無疑大大方便了讀者對新聞的閱讀需求，這就是網路新聞專題的好處——檢索方便。它就像是一個歸好類的文件夾，把同一個主題的新聞資料容納進去，當需要的時候，就可以直接找到專題，翻查裡面的資料，非常省時省力。

（五）服務於社會，培育輿論空間，加強輿論引導

在新的傳媒環境下，科技的進步和閱聽人的分化，使得輿論引導的途徑也呈現多樣化的態勢，在堅持正面引導、正向引導、正確引導的前提下，探討引導方式和手段的多元化也成為當下一個重要論題。現在，以網際網路為代表的新興媒體，正逐漸成長為社會資訊傳播的主要渠道之一，對社會輿論的影響將越來越大。網際網路已經成為新聞輿論的獨立源頭。網際網路上的

新聞是分散而龐雜的，透過網路編輯的創造性勞動組合產生的網路新聞專題作為網路新聞報導的重要方式，在輿論引導中彰顯出獨特的優勢，不僅可以反映輿論，還可以透過議程設置、評論、互動交流等傾向性的傳播手段和傳播過程正面引導輿論，增強輿論引導的有效性，構建和諧的輿論環境。

二、網路新聞專題的分類

新聞專題的最初形式，是從大量各自獨立的新聞中，檢索出有相互關聯點的資訊集納而成的。然而，僅有大量的資訊，還遠遠不夠，閱聽人對網路資訊的需求不僅要面面俱到，還要求重點突出、分門別類、深入精細。這就要求編輯能夠抓住閱聽人所需求的重點，對不同資訊來源、各有側重的「原材料」進行深度加工，實現對新聞內容的獨特解讀，從而抓住閱聽人的注意力。

簡言之，網路媒體的功夫就在於「整合」二字，在「複製新聞」的基礎上，更要「挖掘新聞」、「解讀新聞」。這才是網路新聞專題的製作困難點，也是現階段業界普遍存在問題的根源所在。

對於網路新聞專題的分類，依據不同標準有多種分類方式：如採訪型專題與編輯型專題、事件性專題與非事件性專題、客觀性專題與主觀性專題、突發事件類專題、可預測事件類專題、深度挖掘類專題、專欄類專題、靜態專題、事件性專題、開放式專題、結合性專題、事件類專題、主題類專題、挖掘類專題。

以下主要分析事件類專題、主題類專題、挖掘類專題所具有的特點，其編輯重點、製作技巧有所區別。

（一）事件類專題

一般源自突發性事件，動態性強是其最大特點。如「東南亞地震海嘯」專題。此類專題，由於事件發生的本身具備較強的新聞性，在選題方面無須花費太大功夫，但因為是突發性，專題製作無法提前準備策劃，這種情況在前期報導中以時效性取勝就顯得尤為重要。首先，應趕在事件發生的「第一時間」，以最快的速度將專題頁面發布出去，內容以即時迅速的動態資訊配

合事件發生現場的圖片為主。必要時,可考慮採用發布「快訊」的方式隨時跟進事態發展,新浪網「東南亞地震海嘯」專題的前期製作就是以快訊搶先的成功範例。海嘯發生的幾小時內,新浪網以快訊的方式在媒體中率先發布了這一消息,雖僅有短短幾句話,但無疑成了吸引閱聽人的一枚「重磅炸彈」。之後的兩三天內,該網站繼續以不斷滾動的快訊追蹤報導事件的進展,從而贏得了時間,同時,網站本身也奠定了在該事件傳播中的「權威」地位。此後,各網站媒體也更加關注快訊在新聞事件及時傳播中的應用。

對這類重大新聞事件,閱聽人往往不會滿足於最初發生時的事件本身,而是需要不斷跟進即時跟蹤報導事件的發生進程,以及大量的背景資料瞭解事件發生的深層次背景,甚至花絮、評論,以此瞭解社會對此事件的反應、看法。這時就需要編輯在追蹤事件發展的同時,盡快蒐集與該事件相關的材料,包括類似事件的相關報導,滿足閱聽人需求。

網路新聞專題策劃中最為重要的是對新聞價值的判斷,即什麼樣的新聞事件才能成為專題的製作對象。網路新聞專題的對象是最近發生的重大新聞事件或者重大的新聞話題。根據不同類型的題材,需要採取不同的報導方式和報導側重點。

重大突發事件對於媒體品牌的塑造作用不言而喻,但是,重大突發事件也帶給新聞網站更多的壓力,因為它要在最短的時間內做出最快的反應。做專題還是一般新聞,專題應該如何做、怎樣做才能與眾不同,這些問題都需要策劃人員在第一時間做出反應。

對於重大突發事件的報導應當首先強調時效性,其次是突出後續報導的跟進。事件突發時,閱聽人最想獲知的是事件必要的五要素,在獲知這些資訊之後,閱聽人更為關注的是事件背後的誘因及事件的發展態勢。事件的前期策劃重點在於內容的跟進而不是版面、影音、包裝的雕琢。專題策劃人員的精力是有限的,策劃人員需要做到編輯的有序性,遇事不亂、突出主次輕重。

（二）主題類專題

一般源自可預見的主題，宣傳性、服務性較強，所結合的新聞事實本身具有時間上的週期性，如「國際會議」專題等。此類新聞事件在一定時間、一定週期內都要出現，在某種程度上具有「程式化」特點，所以，如何把握本次會議中的「重點」、「新點」、「熱點」，以「常中出新」引發瀏覽者對最新一期專題的興趣就成為這類專題製作能否「出色」的關鍵。

由於有比較充分的準備時間，主題類專題一般都提前制定了比較明確的宣傳要點及來自採訪源的報導計劃。這一方面保證了臨場報導時的「忙中不亂」；另一方面，要在一定程度上已經「既定」的報導模式中，及時抓熱點，對網路編輯的新聞敏感性又提出了較高的要求。在總體布局上，此類專題可以考慮選取幾大塊相對獨立，卻又相互關聯的內容進行組合「拼盤」，從不同側面表現同一主題。

可預知的重大事件指的是已經有明確的發生時間或者時間段，整個事件的大體安排和走向都已基本明確或可預知的新聞事件。可預知性事件的策劃重點不是報導的事件和對象，而是報導的時機、規模、角度與手段等。

此外，可將較充裕的準備時間充分用於豐富專題形式，克服此類專題帶給閱聽人的「刻板」面孔，以加大專題的吸引力。目前，各網站主題類專題的前期製作，往往借鑑原有的類似專題的版塊布局和分配方式，但這樣做的結果往往很難造成廣泛的媒介傳播效果，其原因就在於缺乏特色。這時，可提前準備音頻、影片、Flash、文字現場直播及網友互動等形式，如選擇多數瀏覽者關心的問題開展「主題調查」；聯繫與熱門新聞相關的某領域專家進行「嘉賓訪談」，同時應注意把握閱聽人對受邀嘉賓的接受程度，盡量將嘉賓訪談的影響範圍做到最大；還可開展「網友評論」，就一些現象或者話題展開全方位的討論。

當然，此類專題在稿件選用時應特別注意遵循宣傳要求，對於較偏的稿件選題應慎重，組織討論應把握好引導。

(三) 挖掘類專題

挖掘類專題是指結合新聞事件進行深度的素材整合，為閱聽人展現新聞事件的實質及其背後的新聞。此類專題的代表有「聚焦『討工錢』專家孫武勝」、「鐵氟龍不黏鍋」等。其製作核心是對新聞資源的「整合」和「再加工」，所以，能否從新聞中提煉觀點是該類專題製作的關鍵。

所謂挖掘，就是藉助編輯的「頭腦」，對網路大量資訊進行理性「過濾」和提煉，「矯正」其易使閱聽人迷失等不利因素，使閱聽人在有限的時間內獲知新聞事件或現象的來龍去脈，形成全面認識。

首先，其選題的「精」與「準」至關重要，判斷所選擇的新聞現象是不是一個值得深挖、有無重大社會意義的題材，是製作挖掘類專題能否成功的前提。

其次，這類專題從編輯思路、專欄構架等諸多因素考量，都是編輯整合了所擁有的新聞資源後做出的，其製作過程在完全意義上超越了機械的「複製」、「貼上」等網路新聞的低級處理方式，是一個將編輯水準、靈感火花付諸實施的過程。所以，要求編輯對新聞的觀點、思路的解讀要獨闢蹊徑，形成鮮明的個性特色，忌與其他網站的專題重複雷同。

網路媒體在專題新聞製作過程中，須針對不同類別的新聞專題指定較為可行的實施步驟與流程。比如對挖掘類專題，可制定「準備選題、確定選題、提交討論方案、選定主題與特色、製作專題」的步驟。如果編輯能在逐步的實踐中，自如運用所制定的製作系統有效提高工作效率，再輔之以個人素養的提升，就能在專題製作中做到事半功倍，得心應手。

不同於事件性報導，重要話題的專題策劃更側重於社會生活中閱聽人普遍關注的重大社會問題。此種問題大致分為兩種類型：一類是閱聽人討論最多、關注度最大的社會熱門話題；另一類是不為閱聽人關注但具有重大社會意義的問題。

對於重要社會話題類的隱性話題的挖掘需要從編輯方針、專欄構架等諸多因素出發，整合已有的新聞資源，進行「再加工」。因此，策劃人員的解

讀觀點、解讀思路對於網站專題的特色化極為重要，獨闢蹊徑、與眾不同的策劃是網站專題脫穎而出的制勝法寶。

非事件性的專題策劃需要有敏銳的新聞觀察力和分析判斷能力，報導傾向於「程式化」，重點在於對新點、熱點的推陳出新，策劃上趨於主動（可預知重大事件和突發重大事件在某種程度上是趨於被動的），其報導重點更為明確，報導效果也更為顯著。

三、網路新聞專題的發展

網路新聞專題是隨著網路新聞業務的發展而不斷發展的。早期的新聞專題，模式單一，而經過近幾年的發展，網路新聞專題的編輯思想與方法及表現形式等，已逐漸變得豐富與多樣。

（一）從編輯型專題到採訪型專題

目前網路新聞專題更多地屬於編輯型專題，即在一個特定的主題之下，進行相關材料的組織與整合。也就是說，通常素材是現成的，主要來自傳統媒體。編輯的任務是按照一定的方式將這些材料組織起來。之所以會出現這種情況，主要是有關政策的限制。目前在時政新聞報導領域，有關部門並沒有給予新聞網站採訪權。一些有傳統媒體背景的新聞網站可以利用自己母體的資源進行新聞報導，但相對來說，採訪力量非常有限。而對商業網站來說，在這個領域則完全沒有採訪的可能。

在編輯型專題裡，透過選題上的策劃、報導的角度與內容的選擇與組織等，也可以充分地體現出網路編輯的社會觀察力與思考力，以及新聞素養。因此，它仍然有很大的原創成分。而另一方面，在非時政新聞領域裡，新聞網站具有較大的原創空間。它們可以針對一定的選題，組織進行採訪報導，最終完成專題。這樣一種專題，既要全面吸收傳統媒體在選題與採訪方面的豐富經驗，又要充分考慮網路新聞傳播的特點。因此在採訪團隊的構成、採訪方式的選擇、素材的採集與運用方面，都應形成自己的特色。

隨著網路媒體影響力的不斷增強，在國家政策允許的範圍內，各個網站的採訪型專題的比重會不斷增加。

(二) 從事件性專題到非事件性專題

事件性專題是指針對某個新聞事件來展開專題報導。在網路媒體成長的早期，一系列的突發新聞事件或可預知的重大活動催生了新聞網站的事件性專題。圍繞新聞事件展開的專題報導，成為網站專題的主流。

但是事件性專題最大的問題是它的被動性，往往是由外界條件（例如突發新聞事件）所決定的，由於各個網站都會對某一新聞事件做出反應，也就容易產生同質化的現象。要拓展網路新聞專題的選題空間，就需要超越事件性專題這種單一模式。非事件性專題由此應運而生。它更多是針對某個階段值得關注的社會現象或問題，圍繞某一特定主題來收集與整合資訊。它往往並不起因於某個特定的新聞事件，雖然在內容中也會涉及一些新聞事件。

非事件性新聞專題是對社會發展過程的一種更深層的觀察，它超越具體的新聞事件去捕捉那些已外露、仍隱藏的現象、矛盾與問題。如果專題做得得當，就能夠更好地發揮媒體的環境監測功能。非事件性專題也更能體現網站在選題策劃上的競爭力，因此現在越來越受到各網站的重視。

(三) 從客觀性專題到主觀性專題

在網路新聞專題的製作過程中，對稿件進行選擇與編排時有兩種不同的思路。一種新聞專題追求的是客觀性、全面性，稿件之間只是用簡單分類的方式加以組織；而另一種新聞專題則追求更有針對性，內容上講求稿件之間的嚴密邏輯關係，整個專題往往像一篇文章一樣，有謀篇布局的安排，專題有時也帶有一定的主觀評價，它們可分別稱為客觀性專題和主觀性專題。早期的網路新聞專題絕大多數是客觀性的，但近年來，有很多新聞網站正在探索主觀性專題的製作與傳播。

這兩種不同性質專題的出現都有其合理的淵源，也能適應閱聽人的不同需求。不同的方式，也體現了不同網站的新聞理念。但是，做主觀性專題有更大的風險，對編輯的挑戰也更大。在主題上，應慎重選擇挑選那些適合做主觀性專題的題材。而編輯人員應該具有更高的思考與判斷能力，才能把握紛繁複雜的現象。即使是主觀性的專題，也要防止將網站的意見凌駕於閱聽

人的意見之上，或者出現一邊倒的情況。只有保持公允，才能獲得更好的意見表達效果。

(四) 從「堆砌式」多媒體專題到「混凝土式」多媒體專題

多媒體是網路新聞專題的一個重要優勢。但是，早期的新聞專題中運用的多媒體手段很少，圖片幾乎成了多媒體的代名詞。而在今天的網路新聞專題中，除了平面圖片外，通常還會使用立體動畫、音頻、影片等素材。多媒體新聞開始變得名副其實。

在多媒體素材越來越豐富的情況下，素材的整合理念與方式，就會成為提升其品質的一個重要途徑。多媒體新聞專題的初期，只是將各種不同形式的素材簡單地堆砌在一個專題裡，它們之間的內在關係沒有得到展現，不同形式的資訊之間也未能做到相互補充、相互豐富。

而多媒體專題發展的更高層次，是各種不同形式資訊的深層結合。文字、圖片、動畫、音樂、影片等各種元素，應該像水、水泥、沙子一樣，結合成牢固的「混凝土」。例如，運用 Flash 等技術，可以將各種元素結合在一起，形成一個具有互動功能的多媒體報導，每一種元素各司其職，而它們又是相互交織、共同作用的。

要達到這樣一個境界，就需要在選題策劃、角度選取、專欄設計、素材採集與編輯加工等所有環節中，運用多媒體的思維方式，為多媒體能量的發揮提供空間，使每一種媒體形式的新聞都得到合理、充分的運用。這種多媒體新聞將對網站的新聞採編能力提出新的挑戰，也對新聞人才的培養提出更高要求。

第二節　重大新聞事件與網路新聞專題

網路新聞專題具有跨時空、超文本、多媒體、容量巨大、互動傳播、影響力強等特點和優勢。目前，各大網路媒體紛紛把網路新聞專題作為進行新聞報導和輿論宣傳的「重型武器」，成為提高網站點擊率和擴大自身影響力的重要手段。因而，各個網路媒體在處理單篇新聞報導的同時，也紛紛加強

了對專題的組織和策劃，從總體上看，目前網路新聞專題不僅種類豐富、數量龐大，而且品質也越來越高。

在網路媒體的新聞報導思路中，每當遇到重大事件的報導任務，常常是網路專題需要首先考慮的項目。其實，實踐證明，網路專題是最適合重大事件的報導形式。網路專題常常表現為微型網站頻道的狀態，這樣文字、圖片、音頻、影片、Flash、互動調查等表現形式就很容易融入專題中，只要這些素材是圍繞專題所要表達的主題而來的，均可根據實際情況加以運用。

可以這樣說，網路專題不一定都是重大新聞事件，但重大新聞事件一定要以網路專題形式表現。重大新聞事件中很大一部分是突發性事件，而突發性重大新聞事件更需要利用網路專題的形式來進行全方位的深度報導。

網路媒體重視和加強對重大新聞事件專題的策劃，對傳統媒體產生了一定的衝擊。

重大新聞事件的網路專題採用「貨櫃」的方式，把關於某一新聞事件的所有資訊擺在讀者面前，為閱聽人提供進行多元閱讀的「活性文本」。閱聽人可以把來自不同媒體、不同政黨、不同國家的資訊進行分析比較，相互參照，從中得出自己所需要的東西。而傳統媒體所提供的新聞一般都是有選擇、有保留的，閱聽人只能跟隨傳播者的意圖，被動地接受資訊。

重大新聞事件的網路專題十分重視報導的「過程」，它採用「追蹤」的手法，表現事件的連續性、每個發展階段的情景。把細節放大，使網友能耳聞目睹事件的漸次形成，在與事件同行的過程中獲取更多的閱讀樂趣。傳統媒體大多以報導單篇新聞為主，單篇新聞因受篇幅限制，往往只重視報導「結果」，忽視報導「過程」。

傳統媒體的一個很大的弊端是容量小，查詢難。一張報紙一天只能容納幾萬到十幾萬的漢字，而且只能提供當天的資訊。廣播電視更是稍縱即逝，播過之後便無法再接收。而重大新聞事件的網路專題則不存在這個問題，容量動則上百萬字，內容豐富、史料詳實、資料齊全、主題集中、特色鮮明。

第二節　重大新聞事件與網路新聞專題

　　任何重大新聞事件都處在一個發生、發展和瞬息萬變的動態的過程中，而傳統媒體對重大新聞事件只能是一種靜態的報導，在時空上選取事件的某一個時間段，或某一個方面、某一個角度，不可能實時地反映事件發展的過程，即使是所謂的「動態消息」也只是一事一報，這種碎片式的報導很難使閱聽人對事件有一個完整、全面的瞭解。而網路新聞卻是對重大新聞事件動態、同步、實時的反映。對於大多數重大新聞事件，網路新聞媒體一般會迅速製作一個新聞專題，從第一篇關於事件的新聞報導開始，然後透過對事件發展的滾動式報導不斷地進行內容上的「更新」，整個事件發展的脈絡清晰可辨。同時，配以與事件有關的背景材料和收集來自各方面的反應，以擴大其報導面向。這種對重大新聞事件的動態報導，其好處十分明顯：

　　第一，它能讓閱聽人對突發事件完整的發展過程有一個全面、而不是支離破碎的瞭解，能夠幫助人們更好地把握全局，對事件的性質、發展趨勢和應對策略做出正確的判斷。

　　第二，它能吸引更多閱聽人關注事態發展，關心事件中人的命運，監督危機處理的進展，並促成事件朝著有利的方向轉化。

　　第三，它還能有效地避免新聞失實，使報導盡可能全面、客觀。因為事件總處在發展和變化之中，對最新情況的報導可以及時彌補已有報導的缺失和不足，使之更加真實可信。

　　如 2005 年 11 月 28 日至 12 月 6 日新浪網對黑龍江「七台河礦難」的專題新聞報導，就採用了這種動態的、實時的報導方式。報導一開始就把人們的注意力吸引到了被埋在礦井下的 200 多名礦工的命運上，並以礦工的生存、礦工家屬的反映、來自各方的救援、來自社會的監督和政府對事故的處理等五條線索展開了實時的報導。隨著事態的發展，報導的深入，礦工死亡的人數一天天增加，而揭露出來隱藏在礦難後越來越多的問題，各方面的反應也越來越強烈，最後促進了政府對問題的處理和解決。整個新聞專題共發報導 162 篇，起承轉合、波瀾起伏、峰迴路轉、驚心動魄，深深地牽動著閱聽人的心。

重大新聞事件的新聞報導不同於一般的新聞報導，它因其涉及面廣、資訊量大、影響深遠而受到各方面的高度關注，報導的頻率和密度是任何單一媒介形式都難以完成的。因此，重大新聞事件的新聞報導適合於多軍種、多兵種的協同作戰和立體作戰，這正是網路新聞媒體和網路新聞的長處所在。網路新聞運用多媒體的手段，既有文字和圖片報導，又有音頻、影片、動畫、圖表等形式；既有常規的消息、通訊、特寫、評論，又有與專家、政府部門的連線、互動式訪談、現場報導；長炮短槍、十八般兵器一應俱全，為閱聽人提供一種全景式、立體化的報導。

第三節　網路新聞專題的策劃

網路新聞專題的組織和策劃就是網路媒體在一定的時間跨度內，運用消息、通訊、背景資料、評論等多種體裁，調用文字、圖片、動畫、聲音、影片等多種表現形式，結合電子公布欄、在線調查等互動手段，對某個新聞主題進行連續的、立體的、深入的報導，最終形成一個網路新聞專題的過程。

一、網路新聞專題策劃的必要性

網路新聞專題幾乎窮盡重大新聞事件的方方面面，沒有周到細緻的策劃，整個專題就會像一盤散沙，使讀者瀏覽起來找不到方向。

策劃即前期準備工作，是網路專題運作中一個極為重要的組成部分。紙質媒體的重大事件專題，最多也就十幾個版面，加起來不過十萬字，幾十張圖片。而重大新聞事件的網路專題的內容量則遠遠超過紙質媒體，。

隨著網路新聞業務的發展，對重大新聞事件的報導成為各大網站的「重頭戲」，它的專題化包裝趨勢日益明顯。

人們對新聞網站的認識逐漸成熟，常規網路新聞的優勢有目共睹，而它的不足也顯山露水。僅僅依靠即時新聞已經不能滿足網友的需求，動態新聞正向專題化方向發展。一方面，網友對新聞的短、平、快消費理念制約了網路新聞的表現力。諸如網路消息的單欄標題就不及報紙標題的字體、大小、主副引題、版式變化豐富，網頁的視覺疲勞也使網頁最佳字數較報紙有更大

第三節　網路新聞專題的策劃

限制。另一方面，網際網路新聞的超容量、超文本也使閱聽人對網路新聞較之於報紙、電視有更大的視覺飄移。而建立在順應新聞規律、發揮網際網路優勢、適應閱聽人需求基礎上的網路新聞專題，在很大程度上可彌補新聞網站的上述不足，因而迅速為廣大閱聽人所鍾愛，在新聞網站中佔有舉足輕重的地位。

網路專題在製作中運用了越來越多的手段，使得整個專題變得美觀和吸引人，比如標題的字號、字體和顏色的改變，做到了醒目的效果；運用Flash動畫，將圖片剪輯串聯起來，不斷地巡迴播放，視覺得到變換，而且增加了所傳達的資訊量；運用圖表，比如「連戰大陸行」這個專題，只要做了這個專題的網站，都在醒目的位置標放上了連戰在大陸的行程路線圖。

專題化實際上是對重大新聞事件的一個整體包裝，以吸引閱聽人的眼球，更好地傳遞資訊，提升網路新聞在人們心中的認知率。

二、網路新聞專題策劃中的不足

網路新聞媒體在重大新聞事件的新聞報導中有著許多優勢，但凡事有一利則有一弊，正是在網路新聞報導最容易顯示優勢的地方卻常常隱含著種種問題和不足。如為了突出網路新聞的時效性，採寫時往往蜻蜓點水、浮光掠影，編輯時掛一漏萬、把關不嚴，造成新聞的失實或者在不該「搶」時間的時候搶了時間；又如，網路新聞媒體與其他媒體協同作戰，又有可能出現新聞內容同質化的現象，不但削弱了新聞報導本身的價值，而且人云亦云，還有以訛傳訛的風險。新聞事件的網路專題策劃中主要有以下幾點不足。

（一）專題往往是資訊的羅列和堆積

資訊的羅列和堆積，這可以說是目前各大網路媒體製作專題的通病，最典型的要數商業網站。

一個專題，可能包括好幾家其他報社記者採寫的內容、其他網站的照片等好幾篇新聞。接下來就完全是資料連結。最下面則再將所有相關的消息羅列出來，均來自眾多媒體。

縱觀重大新聞事件專題，都存在這個問題，將範圍擴大到所有的商業網站，發現羅列和堆積資訊是一個普遍存在的現象。

網路媒體在版面擴張上具有先天優勢，而正是這種版面資源的豐富性，導致了網路媒體的編輯理念過分偏重資訊的豐富、全面。在當前網路傳播觀念和規則尚不成熟的情況下，這種「大量」必然造成編排工作相對粗糙。一方面，新聞羅列的做法往往造成資訊簡單堆積和低品質重複，條目之間缺乏有機聯繫；另一方面，超連結文本的使用在方便資訊查尋的同時，卻往往使閱聽人在新聞的細節方面越走越遠以致完全迷失，背離了專題思路的主線，妨礙形成清晰的印象。

很多網站把簡單的新聞羅列和資料堆積視為增強報導深度的有效做法。在一些大型網站，一個新聞專題的相關報導甚至達到幾十上百條。但是，內容「豐富」的背後是龐雜，包羅萬象的後面是沒有中心和主線。這些新聞大多是在同一層面上無限展開，內容大同小異，廣度有餘而深度不足。對於一些熱門事件，閱聽人既不能從羅列的新聞中獲得清晰的認識，也不能從龐大的專題中得到引導。簡單的「大而全」沒有滿足閱聽人的需求，沒有清晰地揭示出新聞事實的實質。

（二）在專題中沒有自己的聲音

資訊的堆積必然導致另外一個問題——在專題中不能發出自己的聲音。

目前，在各大網路媒體的重大新聞事件專題的製作過程中，都十分重視內容的詳盡，有的甚至是無所不包，只要與該事件有一點關係的花邊新聞也都一一羅列進了專題。

這種做法會導致各大網站的新聞專題都大同小異，看了一家網站的《宋楚瑜訪問大陸》專題，就不用再看別家的專題。詳盡所有資訊，最後只能導致大家的資訊都一樣，無所不包。在這樣一個「瘋狂」的資訊蒐集過程中，大家實際上是在比拚工作量，以最快的速度在網上發表最新的消息，最終導致各大媒體的新聞發布窗口失去特色，在網友中沒有品牌認同感，也表達不了自己的聲音。

相比於商業網站，新聞媒體主辦的網站就非常重視表達自己的主見，重視在專題中發出自己的聲音，在重大新聞的專題報導中，幾乎無一例外地會派出自己的記者，在一線進行採訪，在網上發布自己的獨家報導。新聞網站也重視轉載別家媒體的新聞，但是在處理上有一些技巧。首先，對於轉載的內容，一般在版面上安排比較靠後（除非是非常重要的消息），它突出的一定是自己的獨家報導。其次，在專題處理中，新聞媒體網站都有一定的思想性和引導性，不盲目地堆積資訊。閱讀這些專題，可以明顯地感到它們有一定的導向，引導讀者往某一方面思考。

目前，商業網站也非常重視新聞專題，製作思路也在慢慢調整，從簡單堆積資訊向突出本網站特色轉變。商業網站對新聞版面職員的要求越來越嚴格，從對應徵人員的要求可以看出，一般要求有新聞從業背景，能獨立採寫稿件，對新聞專題要能較好的掌控等。

（三）互動性專欄的策劃和監管不力

目前許多網路新聞專題都設有電子公布欄和在線調查之類的互動性專欄。透過這種方式，可以推動和引導網友就專題中的熱點談談自己的看法，以達到聚攏人氣、察看民意、引導輿論的目的。

（四）專題的互動性、參與性不強

較強的互動性和參與性是網路媒體的又一個重要的特點和優勢。透過在專題的頁面上設置電子公布欄和在線調查等互動性專欄，網路媒體可以與讀者展開全方位、全時段的網上交流，也可以聚攏人氣，引導輿論。有些專題中沒有互動性的專欄，不管是出於什麼原因，其實質上還是沿用了傳統媒體的傳播方式，對閱聽人進行單向傳播，專題的傳播效果可能會因此大打折扣。

三、網路新聞專題中的資訊整合

以整合拓展資訊的維度和多種資訊手段，網路新聞專題以超連結的方式組織，透過連結，網際網路上所有與之相關的資訊被當作一套超文本文檔組織起來。讀者可以在網頁之間、文檔之間構造任意連結，從當前文檔跳到網際網路上的任何其他文檔上去，這樣的文本結構就像一張無邊無際的大網，

透過這張網可以不斷把新的資訊添加組織進專題文本中，從而使網路新聞專題的資訊量被無限地擴充下去。在關於網路新聞的編輯研究中我們發現其實整合也是網路媒體的基本規律。網路新聞具有極強的整合優勢，網路新聞專題具有更為明顯的整合優勢。這種整合表現在內容的整合、形式的整合和互動關係的整合三方面：

（一）內容的整合

網路新聞在內容上的整合表現在：對大量資訊的梳理、歸類，在網路新聞價值的衡量標準中，除了速度，深度和廣度也是實現專題專欄設置求異創新的突破口，所以專題需要有深度、有思想的整合。深度的整合和創新的策劃一直被認為是傳統媒體的優勢所在。網路專題在新聞報導的深度和傳播的廣度方面已經對傳統新聞媒體構成了挑戰，透過選題的策劃、報導的角度、內容的選擇與專欄的設置，既能加強網站的原創能力，同時也能體現編輯的觀察力、思考力和新聞素養。

所謂的深度，其實在很大程度上就是以新聞事件為核心和基點，從縱向與橫向兩個維度對相關資訊進行梳理整合，當然這個過程也包括觀點的整合。所以深度是以整合為基礎和出發點。網站編輯針對一些重大的新聞事件和熱門問題，若要體現自己的個性，提高報導的深度，即要求編輯站在一定的高度上思考專題所表現的事件，設置對當前現象獨立思考的專欄，透過橫向或縱向的比較，或對事件來龍去脈、長遠影響的思考來深入表現主題。這需要編輯的思維更加發散、視野更加開闊地在一個大的主題中找到更多個性化切入點或題材的延伸點，從而對相關資訊進行深度整合。所以在策劃整合時，可以以某一個題材為原點，構築出一個以時間、空間和社會影響等因素為軸的座標系，從中尋找某一個適合表達、深化專題內涵的報導角度。這既是特色所在也是深度所在。

如何進行內容的整合，可以從以下三個角度入手：

1. 縱向進程延伸。縱向進程延伸是指專題以事件發生的時間為原點，向前或者向後推移時間軸、尋找新聞點，或者依照事件的發展態勢拓展。縱向延伸的方法多適用於事件性新聞專題的報導。這種方法使得網路專題脈絡清

晰，編輯容易策劃、讀者易於理解。例如，新浪網對於「神七」的專題報導大致是按發射過程、星箭分離、太空行走、返回地球的時間順序來進行專欄設置，各大新聞專題也是按這個邏輯來進行編排的。

2. 橫向維度拓展。橫向維度拓展是指搜尋與專題相近的話題和資料，包括對事件背景的蒐集整理、對事件發展態勢的前瞻及尋找過往類似的事件等。

3. 多點聚合與單點分解。多點聚合是指將多個零散的新聞點或者新聞事件加以整理加工，找尋出共同點，篩選出所需的新聞話題。單點分解則是將某一新聞主題分解細化，對細化的新聞點深入報導，進行嘗試性挖掘。多點聚合與單點分解多適用於非事件性報導，例如形勢分析、政策解讀等。

以上三種思維拓展方法並不是相離相背的，在某些時候是可以整合、交叉使用的。

（二）形式的整合

表現形式的整合是為了充分體現網路傳播的特點，以網路為平台的新聞專題，在這一方面更有優勢。所以網路新聞更應綜合新舊媒體的優勢，凸顯自身的特色。網路新聞專題對編排手法的「整合」主要包括：新聞來源、報導手法、編排方式、資料分類等方面的綜合利用與協調，這是由於網路新聞專題吸收了傳統媒體的多種表現手法，同時融合了網路表現形式。傳播學閱聽人研究部分關於選擇性記憶中談到載體因素的問題表明，多種傳播媒介的綜合應用有助於受傳播者增強選擇性記憶的效果和資訊的傳播。由於各種媒介的綜合應用，使得媒介有了截長補短的機會，也使難讀與易讀、文字與圖像、聽覺與視覺得到了優化組合，同時又避免了資訊的遺漏、損耗和遺忘。網路媒體集文字、聲音、影片等於一身，可以綜合使用文字、圖表、圖片、影片、動畫等手段，以更加感性的資訊形態呈現新聞；還可以利用電腦和網路技術生成平面和立體動畫、全息圖像、虛擬空間環境等，以新聞資訊的整合、重構和各種資訊形態的相互轉換，使閱聽人產生更加逼真的「現場感、參與感」。這種既有新聞事件進程的縱向展示，又有觀點評論的深度開掘，還有相關資料的橫向拓展的全息式、立體化的報導，是網路新聞專題的獨特

優勢。其帶給閱聽人最大的便利就是可以從多角度理解某一新聞事件，使傳播效果最大化。

（三）互動關係的整合

互動性是網路媒體區別於傳統媒體的巨大優勢。對於網路新聞專題來說，互動是一個絕對不可忽視的「武器」。所以說網路新聞一定要運用好互動這張「王牌」。在網路新聞編輯中，增加互動性的主要任務是在專題中增加可供互動的方式，如 BBS 評論／留言、電子郵件、網上隨機調查、手機簡訊互動等。這就要求編輯在思想上提高對互動的重視程度，在編排上把互動的方式和位置擺在更加合適和顯著的位置。目前網路媒體在重視網路媒介技術特性的同時，正在逐步提高與閱聽人互動的能力，開發出各種互動形式，利用新聞留言、論壇、網友調查等方式迅速與網友進行實時交流，讓網友暢所欲言，實現雙向交流。另外，網路改變了閱聽人在資訊傳播鏈中的地位，也改變了其在資訊界傳輸過程中的心理：他們不但要攝入資訊，同時還要輸出資訊、交換資訊。目前從形式上看互動的方式包括媒體與閱聽人之間的溝通交流、閱聽人意見調查、特約來賓與網友的交流、閱聽人的論壇互動等。

四、網路新聞專題的策劃思路

隨著網路新聞專題在新聞競爭中的作用不斷增強，專題的內容策劃已經被網站提到了越來越重要的地位，網路新聞編輯的創造性也在專題的策劃中得到了越來越充分的表現。而優秀的網路新聞專題需要良好的策劃，現提供如下幾點思路僅供參考：

（一）依不同選題的特點進行策劃

1. 重大突發事件

網路新聞專題啟動迅速，在應對重大突發事件上，具有自己的優勢。此外，憑藉大容量、多媒體等長處，它可以為閱聽人提供全面、豐富的資訊，滿足閱聽人各個層面的需求。重大突發事件雖然是現成的選題，但是，它也很容易造成同質化競爭。因此，往往需要透過報導角度與內容等方面的策劃，來更好地發揮網站的資源優勢。重大突發事件通常有如下三類報導思路：

(1) 進程式：即注重對突發事件發生後的過程的報導，讓閱聽人及時獲得各種相關資訊，瞭解事件的進展及其結果；

(2) 前因式：即透過報導探求突發事件的起因、背景，以及其他社會環境因素，讓閱聽人更深入地理解偶然事件中所包含的必然因素；

(3) 影響式：即全方位關注事件所帶來的社會影響，為閱聽人釋疑解惑。

2. 可預知重大事件

選題的策劃要重點考慮的不是報導的對象，而是報導的時機、規模、角度以及手段等。從報導的時機來看，可預知事件的報導通常有如下兩種：

(1) 先發式：在重大事件到來之前的某個時間點，便啟動新聞專題，以求先聲奪人的效果，並要在全面衡量的基礎上，找到一個合適的時機推出專題；

(2) 同步式：即新聞專題的推出與重大事件的發生基本同步，這樣的專題讓人感覺時效性強，也容易與閱聽人的需求節奏同步。但是，這種方式容易發生與多家網站報導發生「撞車」的情況，難以凸顯網站的影響力。這時就需要從專題角度的選取、內容的組織、形式上的設計等方面來彌補。

從報導的規模與角度來看，可預知重大事件新聞專題的組織主要有兩種：

(1) 全景式：全面展現新聞事件的面貌，給閱聽人提供豐富的資訊；

(2) 特寫式：選取某一個橫切面或縱切面反映新聞事件。它的好處是可以將有限的力量集中起來，在一個角度上深度開掘，也容易形成特色。

此外，對於可預知事件的網路新聞專題策劃，也需要找到好的表現形式。

3. 重要的社會現象或問題

一些社會現象或問題具有重要的現實意義，也是媒體重點關注的對象。針對「焦點」或「冰點」社會現象及問題開設的新聞專題，是非事件性的報導，是對網站選題策劃能力的一種考驗。

在具體操作時可以借鑑下列思路：

（1）縱向延伸與橫向拓展，即從時間的座標軸上探索某一個已有選題的延伸可能性。編輯可以將與當前新聞事件直接相關但尚未披露的歷史性事件作為報導對象，以延伸當前報導，也可以將當前新聞事件與曾經發生的同類新聞事件進行比較，從其變化規律中尋找新聞選題。縱向延伸表現為向未來的時間點發展，即對某些尚未發生但可能發生的事件做出預測與前瞻性報導。橫向拓展則表現為從已有選題出發，搜尋與之相鄰的、類似的話題，尋找合適的報導對象，同時也可以表現為從事件背景中進行的擴展。

（2）多點聚合與單點分解。多點聚合意味著將一些看上去零散出現的現象或事件，用一個主題統合起來，作為新聞報導的對象。例如，《我們的城市為何如此脆弱》的專題，就是將一些大城市面對天災人禍時表現出的混亂現象集中起來，把這些「散點」現象集中在一起進行報導分析的典例。這不但可以找到良好的選題，還可以使讀者站在一個更高的角度來認識個別與現象之間的關係及其深層原因。

單點分解則是將一個主題細分為若干個子主題，從中尋找新的報導落腳點。這有利於將這一個子主題做深、做透。在形勢分析、政策解讀、回顧與展望等類型的報導中，單點分解往往是一種可行的思路。

（二）從不同角度進行策劃

所謂新聞角度，指的是新聞報導中發現事實、挖掘事實、表現事實的著眼點或入手處。對於網路新聞專題來說，角度的選取是選題增值的一個重要環節。

好的角度可以使好的選題進一步增色，而有些平淡、老套的選題，也可能由於角度選得新穎，讓人眼前一亮。好的角度也可以使宏大的選題落到實處，使靜態主題呈現出動態的效果，使抽象主題呈現出具象的效果。

合適的角度，也是使新聞報導「立」起來的支點，它可以促進新聞報導的立體化。好的角度還有利於多媒體素材的採集與表現，使多媒體報導的長處得以發揮。對於非事件類專題來說，角度的策劃顯得尤為重要。

在網路新聞專題的角度策劃中，可以參考以下思路。

1. 抓住階段性特徵以顯示事物的進展

要深入認識報導對象在不同階段的不同特徵，尤其要能判斷出它在當前階段的新動向、新特點及新趨勢，以此為突破口來揭示事物的發展進程。

2. 透過透視背景來剖析現實

將眼光放到新聞事件發生之前，透過對事件發生的背景做出深入、透徹的分析，就能幫助人們更好地理解當前發生的新聞事實。這樣的專題也能體現出編輯水準。

3. 透過典型人物反映一群人或一個事件

而如果能在一類人中找到一些具有代表性的人物，那麼焦點就清晰實在了。在採集多媒體素材時也就有了可以依託的對象。這種從人的角度出發做報導更容易引起讀者的關注。

4. 透過典型時刻反映全程

很多新聞事件都有一個較大的時間跨度，儘管網路新聞專題多從一個角度進行報導，但若多個角度的專欄集成後，仍能較為全面地反映出事件的全貌或某個突出的局部。

5. 以典型空間或環境為場景表現對象

任何報導對象，總會有它所依託的空間或環境，從空間或環境出發，不僅有利於發現報導的特定角度，同時也便於為專題的多媒體報導提供舞台。

6. 透過典型數據勾勒全貌

在某些情況下，一個主題或事件的全貌，可以透過與之相關的一些典型數據加以反映。典型數據提供了挖掘新聞主題的不同切面。

7. 透過典型意見來反映事件的影響

將圍繞新聞主題或事件形成的意見與爭論作為報導的重點，是網路新聞專題常見的一種切入方式。它適合那些社會反響強烈且認識多元的題材。從這種角度進行專題報導，需要盡力做到客觀、中立，盡可能呈現不同的觀點，

即使有些觀點的聲音很弱，但如果它們具有代表性，也應該給它們一席之地。在這類報導中，常常可以直接將網友的評論與編輯組織的內容結合起來。

8. 以專業眼光審視大眾話題

許多新聞報導對象本身是大眾性的話題，但是，如果用大眾化的視角來報導，往往會使報導流於平淡，難以形成突破。而從專業的角度來加以審視，就可以打開認識新聞對象的另一扇窗口，使報導超越普通人的認識高度。

（三）對專題專欄的策劃

網路新聞專題的內容策劃，最終體現在專欄的設計上。

1. 核心資訊的內容策劃是在報導角度的引領下進行的，一般來說，可以在以下幾個維度上展開：

以時間為維度：從事件的發生、發展過程、當前狀態、歷史背景、未來趨勢等方面設置專欄；

以空間為維度：從地理上劃分事件發生或波及的地區，將地區作為報導的專欄；

以人物為維度：從事件中的人物命運、人物的感情狀態等方面設置專欄；

以社會環境為維度：從新聞發生的社會背景、社會影響以及其他事件之間的關係等方面設置專欄；

以意見態度為維度：從當事人的態度、相關人物的意見、社會輿論反響、專家的評論等方面設置專欄。

當然，一個專題並不一定要將所有維度中的內容都體現出來。

2. 目前網路新聞專題專欄通常有以下幾種結構方式：

（1）平行聚合式

平行聚合式是網路新聞專題中採用得最多的一種專欄結構方式。它的總體思路是，一個專欄反映主題的一個側面，多個角度的專欄集成後，就能較為全面地反映出全貌或某個突出的局部。在平行聚合式結構中，各個專欄之

間的地位是相對平等的，順序是自由的。平行聚合式結構的主要目標是完整地表現主題或某個特定的角度，它比較適合資訊十分豐富、事件處於動態發展中的客觀性專題。

(2) 層層遞進式

在層層遞進式的專欄結構方式中，各個專欄之間存在著邏輯上的先後順序，前一專欄的內容是後一專欄的基礎，後一專欄是前一專欄的發展與深化。

在遞進式的專欄結構中，主要的邏輯關係有以下幾種：

時間上的遞進關係：以時間的順序來組織專欄，條理清楚，符合人們的認識習慣；

觀察事物的順序：就像用視覺手段來表現事物一樣，專題也可以以「全景─中景─近景─特寫」這樣一種觀察事物的漸進順序來表現新聞事件或新聞主題；認識事物的順序：

認識事物往往有著由表及裡、從認識現象到探究原因的一種發展過程。層層遞進式專欄結構，多適合於主觀性的專題。

(3) 觀點爭鳴式

不少主觀性專題側重於關注事件或問題的影響，它們常常是以觀點之間的衝突作為專欄結構的基本依據，即一個專欄集成一個方面的觀點，各方觀點同時呈現。

【知識回顧】

每當有重大新聞事件發生時，商業新聞網站和重點新聞網站都會在第一時間推出新聞專題，以滿足閱聽人獲取資訊的需求。網路新聞專題已經成為網路新聞領域非常重要的傳播手段。網路新聞專題作為一種可持續發展的媒體報導形態，還有很多地方需要研究和挖掘。網路新聞專題不僅僅是傳播資訊，也並非對資訊進行簡單的堆砌與拼接，更在於對資訊的選擇、組合。一個好的網路新聞專題，能夠充分體現編輯的意圖與思想，是有價值的組合原

創傳播。如何透過網路新聞專題，突顯網站特色與風格，是我們需要進一步探索的問題。

【思考題】

　　1. 請詳細考察一商業網站與一新聞網站對最近的一次重大新聞事件的專題報導，並對比分析其呈現方式的異同點。

　　2. 當前網路新聞專題發展有哪些趨勢？試分析為何會呈現出這些趨勢。

　　3. 自行選擇某一網路新聞專題，對其進行評點。

　　4. 網路新聞專題標題與單篇網路新聞標題有何不同？

第三節　網路新聞專題的策劃

第七章 圖片、串流媒體及 Flash 新聞編輯

【知識目標】

　　1. 圖片新聞的傳播優勢

　　2. 網路訪談節目策劃的要點

【能力目標】

　　1. 掌握選擇圖片新聞的基本要求

　　2. 瞭解多媒體新聞在網路傳播的優勢

【案例導入】

　　隨著資訊技術，特別是網際網路技術的不斷發展和人們對資訊需求的日益提高，單一形式的新聞資訊服務已不能滿足社會的需要，於是，融文字、圖片、聲音和影片於一體的、更能滿足個性化資訊需求的多媒體新聞，越來越受到社會的歡迎。

　　另一方面，多媒體的發展也對記者提出了更高要求。美國媒介綜合集團（Media General Inc.）有一位名叫 Jackie Barron 的女電視記者，曾用四週的時間在安東尼奧採訪了一個重要的聯邦案件。她每天的工作日程是：早晨六點給網站寫一篇專欄文章，介紹案件的情況，然後到法院去採訪當天的最新進展情況，上午十點透過電話給電視台發送最新報導；下午兩點半到三點編制一個晚間電視節目回傳，再回到法院採訪下午的進展情況，通常到晚上 7 點才結束採訪；最後，還要給第二天出版的報紙寫一篇新聞稿。如此技能全面的記者在今天已經成為非常搶手的人才。媒介集團對融合性新聞人才的需求已經成為推進新聞教育改革的動力。

第一節　網路圖片新聞

　　這裡所講的圖片新聞是狹義上的，指新聞照片。圖片新聞也是現在網站新聞的主要形式之一，在網際網路資訊快速傳播的同時，透過圖片加文字形式表現的新聞更能讓瀏覽讀者理解文章的用意，同時也能減少文字的枯燥乏味。圖片新聞較之文字新聞的優勢在於，讀者能更直觀理解新聞含義，具有「望圖知意」的便利。

一、圖片如何適應網路傳播

　　在現代數位科技與網路多媒體技術的發展和影響下，人們的生活節奏加快，「讀圖時代」應運而生。由此，新聞傳播在內容、形式、規模、效率等方面發生了深刻的變化，在網路新聞傳播中「讀圖」作用表現得尤為突出。

　　圖片傳播具有資訊接收的高效性。實驗表明：人對圖形、符號的反應與記憶有著較大差異，其中人對圖像所傳達的資訊接收得最為充分，保持記憶的時間最長，與抽象形象或其他符號相比更有助於記憶牢固。

　　圖片在傳播過程中具有直接性。相對於文字符號而言，圖片具有更容易理解的大眾性，它不受讀者區域語言或民族語言的侷限，不受大眾教育程度高低的侷限，是人類文化傳播中都能讀懂的一種共同語言。

　　圖片傳播具有強烈的視覺衝擊力，圖像是最接近事物原貌的視覺語言，圖像是藝術符號，具有豐富的情感，新聞事實如果用文字去表述通常會比較「乾瘦」，用圖片去表現時，卻能顯得十分「豐滿」。「一幅圖片勝千言」充分地闡述了圖片傳播的形象性、生動性與紀實性，它們能優先喚起人們的視覺神經感知，給人們的視覺感官帶來強烈的刺激，從而深深震撼人們的心靈。

　　在網路新聞傳播中，圖片最能激發人們的認知興趣，網頁打開後人們首先關注的就是圖片，特別是動態圖片。它們對閱聽人的視覺有著不可抗拒的誘惑力，能直接調動閱聽人的感性經驗和視覺思維，激發閱聽人認知事物的參與性與興趣。圖片便於閱讀，閱聽人們對網頁中圖片的閱讀速度遠遠快於

對文字的閱讀速度。在網路新聞傳播中，充分發揮圖片的造型特色，依靠圖片所提供的形象來敘述事件、刻畫人物，就能使之具有鮮明突出、一目瞭然的效果，富有強烈的藝術感染力。如此就能很快抓住讀者的心，使傳播數量得以擴大、傳播節奏得以加快，與現代社會生活快節奏、多資訊的特點相互契合。

網路新聞圖片編輯和報紙圖片編輯基本一樣，報紙圖片編輯的技巧都可運用到網路新聞圖片編輯上去。但圖片的選擇首先要滿足以下3個基本要求：

1. 能有效傳播資訊，能突出或恰當陪襯資訊；
2. 能吸引使用者注意，引起閱讀興趣；
3. 能加強文章其他方面的效果。

二、如何在網路傳播中有效運用圖片新聞

作為形象報導的重要手段，新聞圖片以直觀、形象的獨特優勢吸引了讀者的視線，在網路新聞傳播中發揮的作用越來越大。正如英國現代美術史學家宮布利希所說：「我們的時代是一個視覺的時代，我們從早到晚都受到圖片的侵襲。」因此，我們應從更廣和更深的層面探討「讀圖時代」網路新聞傳播中圖片的運用。

1. 充分發揮圖片的優勢。在目前的網路新聞傳播過程中，使用最多的就是文字和圖片。新聞照片以準確的紀實性來增加新聞報導的真實性，新聞照片中的人、事、物都是客觀存在的真實反映，看起來真實可信。隨著科技的發展，世間萬物，大至星球、小至微生物，甚至人類難以涉足的領域，都能透過照片如實記錄下來並進行報導。圖片以直觀和真實的特性，贏得了廣泛的讀者，也確立了自身在新聞傳播中的地位。

2. 加大圖片用量，注重圖文編輯。在網路新聞傳播中，頁面的大小沒有限制，可以向下無限滾動，給大量運用圖片帶來了便利。同時其超連結也可以由文字指向圖像，由小圖指向大圖，用立體的方法將圖像展現出來，也給

大量運用圖片提供了較好的展示方式。因此，在進行網路新聞報導時，應盡可能運用圖片報導，以激發閱聽人瀏覽的興趣。

當然網頁中傳播的大部分新聞圖片還必須依賴文字說明，其內容的表達才會清晰完整。文字說明能補充新聞事件的五要素：時間、地點、人物、事件和原因；文字說明能完善圖片形象，揭示主題；能提供相關背景，解釋相關事件。因此，應重視圖文的編輯，使圖片和文字相輔相成，為表達新聞主題服務。

3.採用專題圖片，實現深度報導。圖片報導的優勢主要在於形象表現力、視覺衝擊力等，但在深度報導上一般遜色於文字報導。為此，人們就新聞圖片的深度報導功能進行了探索，專題圖片報導是深化圖片報導的一種具體實踐。

專題新聞圖片報導又稱「組照」或「系列照片」，即用多幅圖片共同報導一件新聞事件，對新聞事件中的細節做較為詳盡的報導。其最大的特點是內容豐富全面，深入地反映新聞事件，並且能挖掘新聞深度。

4.加強圖片的真實性。隨著現代科技的發展，數位照相機拍攝的影像輸入電腦後可直接或經軟體處理後發布到網上。傳統暗房做不到的特殊圖像效果，現在電腦都能做到，甚至改頭換面、張冠李戴、無中生有、偷梁換柱等對數位圖像處理來講易如反掌。這種圖像處理的技術優勢，為攝影藝術創作提供了廣闊、自由的空間。但是在新聞攝影中，這種優勢也可能被一些別有用心的人用於製造假新聞照片，使新聞照片的真實性面臨著前所未有的威脅。

技術的發展在提供更多便捷與多元選擇的同時，也為技術的濫用提供了可能。尤其是在對技術嚴重依賴的圖片行業，數位影像技術使圖片的修改變得越來越簡單易行，從而導致新聞的真實性變得模糊。近年來，新聞圖片造假的新聞屢見不鮮，在競爭激烈的新聞圖片市場中，因為各種各樣的目的而人為地利用偽造圖片矇騙讀者的情況時有發生。還有一些圖片失真並非人的主觀所為。例如，2005年10月有批評者批評《今日美國》在網上發布的一張新聞配圖涉嫌妖魔化美國國務卿萊斯，《今日美國》的編輯已於10月26日更換了相關圖片。

《今日美國》網站在報導有關「萊斯不排除駐伊美軍十年內仍將駐留伊拉克可能性」的新聞時配發了一張圖片，圖片中的萊斯雙目透著寒光。批評者稱，此圖片是編輯用 Photoshop 軟體處理過的。他們還找到了原始的圖片。

　　《今日美國》的編輯於 26 日更換圖片時說明：「編輯對原圖進行了改動，這不符合《今日美國》的編輯標準。我們已更換了這一配圖。網上發布的圖片經常要進行編輯，調整圖片的亮度和清晰度以達到最好的效果。在對這張配圖進行處理時，編輯在加大照片的清晰度後對賴斯的臉部進行了亮化，這使她的眼睛出現了異化。這一做法歪曲了原圖，也不符合我們的編輯標準。」

　　5. 注意圖片大小，提高圖片下載、瀏覽速度。人們在瀏覽網頁時，文字的呈現速度比較快，圖片的呈現速度相對慢一些。使用者如果在點擊之後仍要等待很久，便會出現將網頁關閉的情況。在網路傳播過程中，瀏覽網頁中圖片的速度取決於網站速度、傳輸寬頻，同時，網站中圖片的大小和壓縮比例對下載瀏覽的速度也有著極大的影響。一般用作新聞的圖片解析度不會超過 800*600，格式為 JPG 格式，壓縮比在 3 左右。這種圖片的大小一般不會超過 30K，其解析度視其大小還可以再小，如此就可以提高網頁中圖片的下載瀏覽的速度。不過對網路圖片來說又有新的特點，一是圖片品質規格不是很高。因為呈現在顯示器上的圖片受顯示器最小解析度的限制，即使圖片解析度高，顏色深度大，也難和經處理過的普通圖片區分開來。一般解析度為 72dpi (dotperinch)，顏色深度 8 位（256 色）就已足夠。二是受寬頻限制，文件長度要盡量小。文件長度越小，下載時間越短，就目前來說，圖片文件長度最好保持在 6KB 以下。優化圖片要選擇優質原始圖片，比如解析度不低於 72dpi，色深不低於 24 位的圖片。盡量不用印刷的相片複製品。掃描時用最高 24 位色深度，不少於 72dpi 解析度，甚至 100dpi 或更高掃描，以得到高品質母圖。然後處理並保存母圖，盡量用該圖片處理軟體自帶的文件格式以便編輯加工或改動。最後縮小圖片尺寸、降低解析度和顏色深度，上傳至網路。

6. 充分利用新聞圖片資源，健全新聞圖片市場機制。圖片市場是攝影記者與新聞圖片使用者的橋樑，是建立在圖片公司基礎之上的。圖片公司是一種仲介機構，它把眾多攝影者的作品有償提供給報紙、雜誌、出版社、廣告公司等。新聞照片興起不久，世界上就有了新聞圖片公司。早在1919年，美國赫斯特報系的國際新聞圖片社、紐約時報的泛球攝影社就成為世界上最早的一批新聞圖片社。

進入讀圖時代後，網路新聞傳播對圖片的需求量越來越大，只靠本單位有限的攝影記者根本解絕不了問題。因此，完善的圖片市場才是圖片報導在讀圖時代順利發展的保障。網路新聞傳播的發展要與時俱進，我們應積極探討圖片對網路新聞傳播的作用，研究網路新聞傳播中圖片的運用，以推動網路新聞傳播方法與理論體系的建立。這對新聞傳播事業向更高層次發展有著重要的意義。

三、網路圖片新聞傳播的制約因素

雖然網上圖片的傳播自有其優勢，但當前，在其傳播過程中依然存在著不足，網上圖片傳播效果的制約因素主要有以下幾點：

1. 面對不同性質的媒體，閱聽人的讀圖習慣有所區別。印刷媒體推出圖片的目的是為了吸引讀者注意力以讀完文字，因為對於報紙上的圖片完全不看的人是沒有的。而對待強制拉入視野又要付出經濟代價的網路，閱聽人的反應就要謹慎一些。

2. 制約網上圖片獲得良好傳播效果的主要原因是網速太慢。如果網速加快，閱聽人對於生動圖片的興趣就會提高。過慢的網速限制了圖片的閱讀率，削弱了圖片應有的傳播效果。

3. 網上圖片仍有很大發展空間。多數網友在網路寬頻許可的情況下會選擇更多圖片觀看。網友多半願意接受網路圖片以擴充資訊量。

四、網路圖片專題

在新聞進入讀圖時代的今天,很多入口網站都設立了自己的品牌圖片專欄,如騰訊網的《活著》,至今已有五百多期,新浪圖片的《看見》和鳳凰網的《在人間》,也都發展得不錯。圖 7-2、7-3 分別是《活著》與《看見》圖片專題網站的截圖。

圖7-2　活著圖片專題

圖7-3　看見圖片專題

網路圖片專欄如何塑造一個好的圖片專欄品牌，又該如何在眾多入口網站都建立了類似專欄的情況下建立區分度，都是值得探討的問題。在對圖片專題進行組織的過程中要注意以下幾個要點：

（一）內容：選題貼近人心保證優質稿源

從現有各大網站圖片專題的策劃來看，它們的選題內容和對象多集中在貧困、疾病、災難、老人、小孩、學生、教師、底層社會工作者、打工者等。攝影的對象多是底層的普通人，他們所遭遇的坎坷人生和所處的悲涼社會環境，最能引起大眾情感的共鳴。

精心挑選符合專欄定位的選題，是圖片專題專欄取得成功的關鍵之一。然而在這背後，並不是那麼簡單。只有在有豐富稿源的情況下，才能談選題，不然便沒有過多選擇的餘地。

（二）整合傳媒資源獲取優質投稿

以騰訊網《活著》專欄為例，其許多稿件來自與傳統紙媒的合作。如引發了很大評論量的《孝子弒母》一期，就是和《南方都市報》合作的。很多優秀的攝影師扎根在傳統紙媒中，為《活著》專欄提供了很多優秀的作品。

當然，這種合作模式也有一定的負面效應。來自紙媒的稿件，一般而言會被要求在原媒體刊登後才能在網上發表。受限於傳統紙媒的出版週期，報導的時效性往往會在一定程度上受到影響。

同時，隨著其他入口網站也逐漸效仿《活著》專欄的形式，推出相似的品牌圖片專欄，追求獨家便逐漸變得困難。很多稿件儘管很優秀，但買斷攝影師一期的作品，價格往往高達上萬，以《活著》專欄3至5天一期的週期，成本無疑過高，導致《活著》專欄並不能頻繁推出獨家稿件。這也意味著一位攝影師的好作品往往會被投給各大入口網站，儘管各大入口網站的圖片編輯在對待同一組稿件上的編輯思路可能會呈現出一定差異，然而就整體而言，還是會呈現出同質化的趨勢，這並不利於塑造《活著》專欄的品牌個性。

(三）打造獨家攝影團隊精心策劃專題

為了避免因同質化而喪失自己的品牌優勢，除了相對被動地等待來自傳統紙媒和其他攝影師的優秀投稿，圖片專欄還可以建立自己的攝影團隊，以獲得獨家新聞圖片。在騰訊網《活著》專欄早期建立品牌時，獨家攝影師團隊所打造的深度作品也為其貢獻了很多力量，如著名的《失獨餘悲》和《賣腎工廠》兩期專題。這些作品大都由攝影師和編輯共同商討選題後拍攝，這無疑有利於深度獨家專題的建立。在攝影師拍攝期間，編輯便可介入，提供選題角度的建議，拍攝歷時雖相對較長，但最終推出的作品大都是有影響力的好作品，可保證其品質。高品質加上獨家的模式，有利於塑造《活著》專欄的品牌個性。

（四）重視二次編輯中的創新

為了豐富稿件來源，圖片專題專欄應持一種相當開放的態度，這將有助於保持專欄自身的生命力。圖片專欄同時也可以從網路上直接尋找資源。需要注意的是，圖片專題要非常注重維護創作者的版權，也應為攝影者提供一定的稿酬。在使用新媒體的作品時須態度謹慎，這種態度對維護圖片專題專欄的品牌、在攝影者中積累口碑，無疑具有積極的意義。

隨著技術的發展，很多時候網路編輯的工作已經有了很高的取代性，複製貼上似乎成了工作內容的主流，而同質化的問題也在困擾著各大入口網站。這時候優質的深度原創內容就顯得尤為重要。圖片專題專欄以紀實攝影為基礎，突出人文關懷，很多選題都很好地引發了閱聽人的共鳴。

第二節　圖表新聞

圖表新聞是廣義圖片新聞的一種。圖表新聞分為統計圖、示意圖和地圖等，是指綜合運用文字、圖形符號、照片、線條、數據、色彩等有機成分，可以傳達、解釋新聞資訊的圖表。圖表新聞的好處在於，便於讀者集中閱讀，一目瞭然。此外，將統計數值集中繪製成圖，並用形象化的手法示意，可使

數位的類比或對比更加鮮明。需要注意的是，圖表中的數值、事實和地理位置都必須嚴格真實。

一、圖表與數據新聞視覺化

新媒體時代的變革催生出了新的新聞形式，數據新聞就是新媒體傳播業下最新、應用最為普遍的新聞形式之一。在數據新聞的製作流程中，最為重要的一環就是資訊視覺化的表達，它致力於從量化的角度用數值準確地報導新聞事實，從而反映新聞事物的發展狀況。它既可以是報導的主體，也可以作為輔助性背景材料解釋報導對象。

（一）數據新聞

大數據開啟了時代轉型之門，隨著資訊技術的發展，大量的數據影響著人們的工作和生活，而閱聽人需要的是對資訊更明晰地呈現、更準確地分析和更深層地解讀。這對新聞的生產方式也產生了廣泛的影響。數據新聞即是用一種讀者喜聞樂見的方式，透過對數據的統計分析去講述某些社會現象，並挖掘其背後的意義。《數據新聞學手冊》一書中講到，數據新聞的意義是「幫助記者用圖表講述一個錯綜複雜的故事，並且幫助解釋新聞事件和個人之間的關聯」。「網際網路之父」提姆·柏內茲·李曾說：「新聞的未來，是分析數據。」數據新聞，又被稱為數據驅動新聞，是透過對數據進行分析過濾而創作出的新聞報導。目前，新聞界對數據新聞還沒有統一的界定，在此取其中一種定義：數據新聞是基於數據的抓取、挖掘、統計、分析和視覺化呈現的新型報導方式。

2013年6月，由「全球編輯網路」和Google贊助的一項新聞作品評選活動公布了該年度獲獎名單。其中8個新聞作品從300多個參賽作品中脫穎而出，獲得了最終的「數據新聞獎」。這是全球第一個專門為數據新聞設立的獎項，從2012年開始頒發。在參與獎項評選的名單中，不僅能看到衛報、金融時報、BBC、美聯社、德克薩斯論壇報等老牌主流媒體的名字，也可以看到許多新興公共新聞網站和諸多獨立數據新聞記者的身影。

第二節　圖表新聞

　　數據新聞的核心是數據，從數據採集到分析再到展示，各項報導環節和技術無不圍繞數據展開，透過數據背後的關聯與模式來講述一個複雜的故事。具體而言，數據新聞在形式上以圖表、數據為主，輔之必要的少量文字；在實際操作中，記者主要透過數據統計、數據分析、數據挖掘等技術，或從大量數據中發現新聞線索，或抓取大量數據拓展新聞主題的廣度與深度，最後依靠視覺化技術將過濾後的數據進行融合，以形象化、藝術化的方式加以呈現，致力於為讀者提供客觀、系統的報導以及良好的閱讀體驗。透過圖表等手段對已經擁有的數據進行更好的呈現與解讀，甚至透過圖表來拓展與深化新聞，是通往數據新聞方向的必由之路。

　　數據新聞主要從「新聞來源」、「新聞素養」和「新聞含義」三個方面展現自己的特性：

1. 新聞來源

　　傳統新聞的新聞來源是記者出去打聽線索。當有新聞之時，記者便扛著攝影機到達新聞現場採寫新聞。數據新聞則注重於從一組很大的數據中進行挖掘來獲取故事。例如：《紐約時報》善於記錄數據：船隻到達的時間、貨物量等；《華爾街日報》記錄股票數據，並將數據轉化為人物——投資者、總統等，這些數據都將為以後的挖掘做準備。同時，數據不僅僅是定量的數位，而且還包括其他形式的資料。

2. 新聞素養

　　傳統新聞對於記者的要求除了職業倫理道德以外還包含主要兩個方面：新聞敏感性、有說服力的敘事能力。而數據新聞對於記者的要求則更注重獲取大數位資訊的能力，以及數據化與視覺化的處理能力。

3. 新聞含義

　　傳統新聞的定義仁者見仁，智者見智，但有一個相同的認識是「新聞是指最近發生的事實的報導」；而對於數據新聞則可以理解為「最近發現的事實的最新報導」。所以，傳統新聞是一個基於事實本身的公開報導，而數據新聞則是「在事實本身之上進行深挖而獲得的背後的故事」。

(二) 數據新聞的意義

數據新聞開啟了新聞界全新的時代，以下從提升新聞報導的科學性和真實性、幫助媒體從資訊流中發現規律、豐富新聞語言的多樣性等三個方面闡述其意義：

1. 數據新聞提升了新聞報導的科學性和真實性，跨越時間、空間，增加了報導的廣度和深度。一直以來，新聞報導都受困於呈現片段真實與追求整體真實之間的悖論。數據新聞業務的開展則為記者提供了一種全新的解題思路，即基於更大的樣本數，採取數據挖掘與統計的量化等研究方法，更全面、完整地報導重大新聞主題。在 2013 年美國聯邦政府停擺事件中，《華盛頓郵報》則透過群眾外包新聞的方式，運用 Google 地圖呈現了全美 2317 個與政府停擺相關的故事。根據受影響的程度，該報將故事主角分為四種類型，並以四種顏色的圓點定位地圖中的具體地點，使讀者既可以瞭解整體狀況，也可以點擊閱讀自己感興趣的某個地區中的個體。以上報導有助於民眾更清楚地瞭解政府停擺事件與普通人到底有何聯繫。

2. 數據新聞的基礎是科學的分析方法，幫助媒體從支離破碎的資訊中發現規律和趨勢，使新聞報導聚焦於新鮮主題。例如，針對近年來世界上多個國家和地區出現生育率降低、育齡女性不願被婚姻與生育束縛的現象，英國《經濟學人》雜誌網站推出了《歷史的終結和最後一個女人》的報導，並按照現有生育率推算各國（地區）最後一個女人出生的時間，引發了民眾對該社會問題的關注與思考。

3. 數據視覺化技術使新聞語言不再侷限於文字，而可大量採用更為豐富多元的資訊圖表或動畫影片；同時，這些圖表往往又以互動式設計的方式呈現，讓讀者擁有更多「發現」的樂趣。法國數據記者讓·阿比亞特西的作品《「傻瓜」的藝術品市場》獲得了 2013 年度數據新聞獎。該作品對 2008 年至 2012 年間拍出的最昂貴的 320 件藝術品進行了數據統計與分析。在「畢卡索：超級巨星」部分，讀者可以找到不同年代或藝術流派的知名藝術家；而在「男性主導的行業」部分，讀者可以根據年份、藝術家性別、國籍、作品暢銷度、拍賣城市、誕生年代等指標對其數據進行梳理，獲得豐富的資訊。

(三) 圖表：數據新聞視覺化

在有市場需求的大環境下，作為數據新聞的視覺化呈現形式——圖表新聞，以其數據分析和數據闡釋見長的特點成為媒體應用數據進行報導的「寵兒」。資訊圖表中的每一個數據都在為新聞服務，為新聞「說話」，編輯透過對數據的蒐集、整理、分析和挖掘等定量分析來提升報導的可信度和客觀性，使讀者在輕鬆的「數讀」過程中，多角度和多層面地瞭解新聞事實，接受資訊，洞悉新聞事件的內在聯繫乃至本質。這也是圖表新聞在國內外媒體中扮演著越來越重要的角色的原因所在，也將成為大眾傳媒在面對自媒體挑戰時，實現自我救贖的一種方式。

國外以衛報、紐約時報、華盛頓郵報、金融時報、BBC 等為代表的傳統媒體紛紛透過資訊圖表這種形式展示數據新聞。其重點在於「資訊視覺化，圖表說新聞」。用數據說話，提供輕量化的閱讀體驗。

二、數據新聞的產生過程

數據新聞的生產過程包含以下幾個方面：新聞選題、收集數據、處理數據、視覺化、故事化，如圖 7-4。

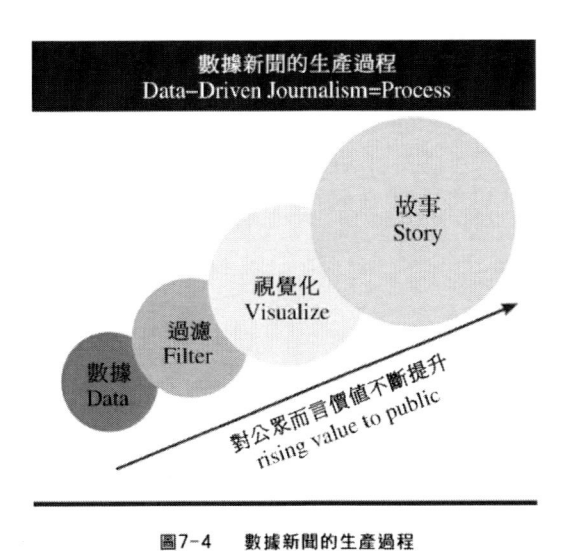

圖 7-4　數據新聞的生產過程

三、在圖表新聞中運用數據的注意事項

大數據時代為數據新聞提供了豐盛的「食材」，資訊圖表的報導任務就是將這些食材烹飪出適合閱聽人口味的色香味俱全的大餐，為保證「美味」，在製作過程中需要特別留意以下兩點：

（一）數據的權威性

首先要確保數據的來源可靠，有據可查。一般來說，政府部門和權威機構發布的數據可信度較高，而民間組織、調查公司等發布的數據說服力相對弱一些，而記者隨機採訪的數據僅供參考。作為可信度較高的大量數據擁有者，政府和權威機構歷來都是記者的採訪「重地」。以往需要記者提前聯繫、深入採訪才能拿到的官方數據，隨著近些年政務公開和資訊透明化力度的不斷加大，官方數據一下變得唾手可得，大量公共數據被「釋放」出來，不但為媒體即時發布數據新聞提供了有力保證，更為資訊圖表的發展提供了巨大機遇。

其次，在製作資訊圖表的過程中，透過數據對比可以有效增強數據的權威性，加深閱聽人對新聞主題的理解。數據對比通常採用縱向比或橫向比，縱向比是指對同一類別的歷史數據進行比較，比如，報導生產總值連續5年增長，就要把這5年全部的數據作為背景來說明這個新聞事實；橫向比是指將同一時段的不同類別進行比較，比如，報導城鄉收入比為10年來最低，就要將10年來城鎮和農村居民兩組收入數據收集起來進行對比以驗證新聞的真實性。

（二）數據的準確性

「準確」是貫穿數據新聞採編始終的生命線。數據新聞大到政治立場、輿論導向，小到具體數值、單位和譯名，都要做到準確無誤，這是對一名新聞工作者的基本要求。資訊圖表製作過程中經常要接觸各種圖形和統計數據等，對準確性的要求尤為突出。例如在製作財經類、調查類資訊圖表時，應加倍關注數字的準確性，一個小數點的前移或後移、一個「0」的多或少，都

能造成嚴重的新聞失實。此外，國際報導中的數據經常會從外電、外刊和外國網站上取材，這就存在譯名和「單位」準確等問題。

資訊圖表的特點之一就是數據量大，編輯要從茫茫數據洪流中取出精華，表述完整而無歧義，色彩、圖形、標識符合題材屬性，字體、格式、構圖規範統一，這些都對資訊圖表的準確性提出了嚴峻的挑戰。面對挑戰，應在採編稿件的頭一個環節，即數據採集時就要著手解決，不可留下隱患。例如在進行重大工程類報導時，新聞的採訪不能僅僅停留在表面，必須深入徹底，不但要掌握權威的數據和準確的科學術語，更要能看得明白、聽得懂、記得準，才能把複雜的工程圖和內部結構搬到稿件上，變深奧的專業術語為老百姓能看得懂的圖解圖示，而又不造成誤導或誤解，這才是資訊圖表的生存之道。此外，要保證資訊圖表的數據準確還可以藉助校對工作加以鞏固。校對環節看似輕巧，實則至關重要。標題、文字、地圖、數值、單位，甚至色彩選擇是否恰當都在校對的範圍之內，比如在報導天災人禍等新聞時用紅黃等暖色作為背景色就不太合適。因此，無論在思想環節還是採編環節上都必須多加小心，力求稿件內容精確，在準確無誤的基礎上再去追求形式上的完美，唯有如此才能在資訊圖表報導中實現零差錯。

四、圖表新聞的議題選擇與製作

圖表新聞報導由視覺化的資訊圖表（資訊、數據、知識等的視覺化表達）和簡要的說明文字構成。

在選題的原則上，圖表新聞與一般新聞相一致。所關注的議題多為涉及民眾利益的話題，其中包括全世界共同關注的社會福利、環境問題、恐怖主義問題、旅遊、健康以及地區文化問題等；國內的議題所占比重很大，包括政治、經濟、軍事、生活等議題。

數據分析方法包括：統計、關聯、對比、換算、量化、溯源、發散、綜評等。

五、圖表新聞的內容呈現方式

數據新聞一般由視覺化的資訊圖表和簡單的說明文字組成。資訊圖表是一種設計表達，又稱作數據視覺化，其最大的特點是用豐富的設計語言表達數據或資訊。

數據新聞與傳統新聞不同。傳統新聞是真正的內容為王，在新聞報導中使用的圖片、影片等都是為了輔助說明新聞內容。然而，數據新聞不僅需要一個好的新聞內容，還需要考慮如何透過簡單清晰的資訊圖表將數據所呈現出來的事實真實、客觀、完整地傳遞給閱聽人。因此，在數據新聞中，資訊圖表並不是一種輔助工具，甚至可以說，它才是整個報導中的重點和亮點。因此，資訊圖表設計的好壞，直接影響該新聞能否在第一時間吸引讀者的注意力，能否讓讀者輕易地理解新聞內容，能否帶給讀者良好的視覺感受等諸多方面。在圖表新聞的呈現方式方面有以下幾點需要注意：

（一）多種圖表形式結合使用

說到數據統計，很容易讓人們聯想到柱狀圖、折線圖、圓餅圖等數據統計結果的呈現形式。對數據統計分析的結果呈現不僅包括上述形式，還包括由地圖、實物模型、抽象圖、關鍵詞等元素設計而成的原創圖表。

如圖 7-5 就使用折線圖直觀地反應出 2000 年至 2014 年，中、美、德等國超級電腦數量的發展變化。其後，該新聞還採用了圓餅圖對幾個主要國家超級電腦的比例進行了表達。

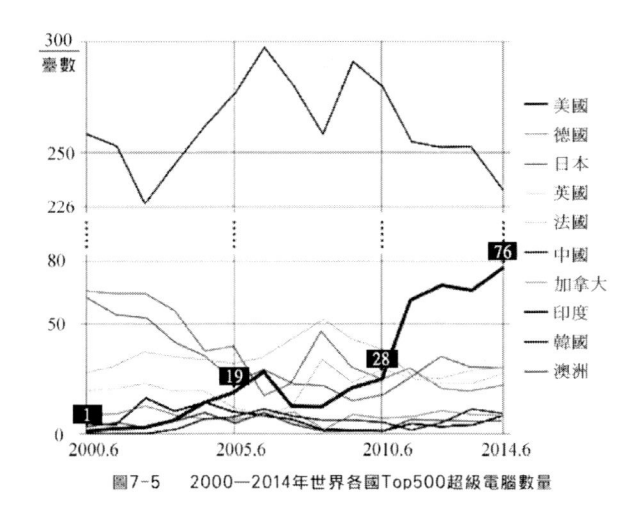

圖7-5　2000—2014年世界各國Top500超級電腦數量

（二）設計風格鮮明

以網易《數讀》為例，其資訊圖表在內容表現上做到了簡單清晰，並且總是能用非常簡單的設計元素排列出讓人眼前一亮的圖形。

以下是網易《數讀》中經常出現的圓形元素：

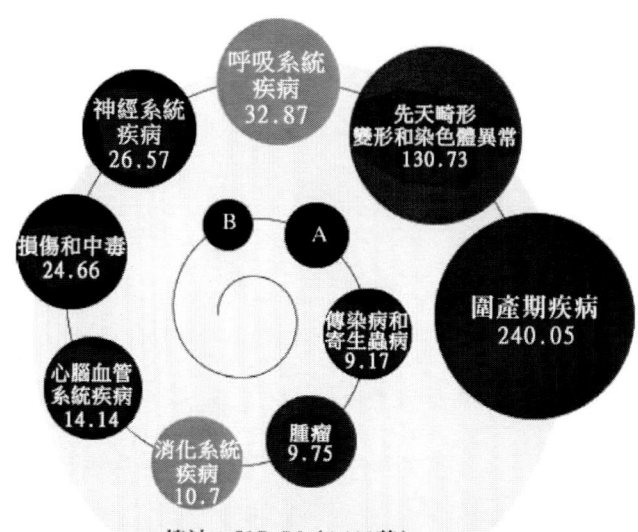

新媒體內容生產與編輯
第七章 圖片、串流媒體及Flash新聞編輯

呼吸系統疾病 32.87
先天畸形變形和染色體異常 130.73
神經系統疾病 26.57
損傷和中毒 24.66
B A
傳染病和寄生蟲病 9.17
圍產期疾病 240.05
心腦血管系統疾病 14.14
消化系統疾病 10.7
腫瘤 9.75

總計：517.76（1/10萬）

2011年城市不滿1歲嬰兒疾病死亡率（1/10）
A：血液、造血器官疾病及免疫疾病：2.29
B：泌尿生殖系統疾病：0.96

圖7-6　2011年城市不滿1歲嬰兒疾病死亡率

城鄉不同類型家庭不生二胎原因（%）

城市家庭　農村家庭

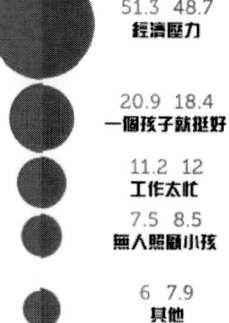

51.3　48.7　經濟壓力
20.9　18.4　一個孩子就挺好
11.2　12　工作太忙
7.5　8.5　無人照顧小孩
6　7.9　其他

圖7-7　城鄉不同類型家庭不生二胎的原因

160

圖 7-5 與 7-6 使用大小不等的圖表示所占百分比。這兩幅圖使用的設計元素都是圓，但排列出了不一樣的圖案，給讀者帶來了新鮮的閱讀體驗。同時，「圓」這一元素的使用也體現了《數讀》專欄的風格。

（三）注重圖表的藝術性

圖表新聞是資訊視覺展示的成果。傳播者以圖、色、點、線、面、形、留白等視覺傳播元素方式傳遞事實、闡釋進程或比較數據。一幅好的圖表新聞具備較強的視覺衝擊力，畫面清晰精準，構圖條理分明，色彩自由轉換。如果圖表缺乏藝術性，不能在視覺上吸引閱聽人視線，再好的內容與製圖創意也會付之東流。

第三節　串流媒體新聞

網路影片新聞是基於網際網路串流媒體技術的新聞。串流技術就是把連續的影像和聲音資訊經過壓縮處理後放上網頁伺服器，讓使用者一邊下載一邊觀看、收聽，而不需要等整個壓縮文件下載到自己的機器後才可以觀看的網路傳輸技術。這也是目前網路媒體主要的多媒體手段之一。

串流技術在新聞報導上的運用總體上可以歸納為以下兩種。一種是對新聞事件的記錄。如釜山亞運會期間，在發布獲獎快訊時，同時還會有一段記錄比賽「精彩瞬間」的串流文件，這就讓閱聽人在第一時間獲得比賽結果的同時，對比賽過程也會有個基本的瞭解。另一種是網上訪談。把嘉賓請到演播室就共同感興趣的話題進行交流，是廣播電視等媒體加強與閱聽人互動的良好方式。網路媒體也截長補短，逐漸嘗試這種傳播方式，讓新聞人物走進演播室，在網路上與網友交流，並透過串流技術在網上同步轉播。如果說窄頻時期網路使用者還因斷斷續續的影音品質，和緩如蝸行的多媒體文件下載速度而痛苦不已的話，寬頻則無疑是他們的一大救贖。

一、串流媒體技術簡介

所謂串流媒體（Streaming Media），指的是在網路中使用串流式傳輸技術在網際網路播放的媒體格式，即在網際網路上以數據串流的方式實時發

布音樂、影片等多媒體內容的媒體。音頻、影片、動畫或者其他形式的多媒體文件都屬於串流媒體之列。在上網時，我們經常看到的Flash動畫就是串流媒體的一種形式。所謂串流媒體技術（或稱為串流式媒體技術），就是把連續的影像和聲音資訊經過壓縮處理後放到網頁伺服器上，讓瀏覽者一邊下載一邊觀看、收聽，而不需要等到整個多媒體文件下載完成才可以觀看的技術。串流媒體是串流媒體技術的核心和體現。

串流媒體技術起源於窄頻網際網路時期，它的出現使得在窄頻網際網路中傳播多媒體資訊成為可能。自從1995年Progressive Network公司（即後來的Real Network公司）推出第一個串流產品以來，網上的各種串流應用迅速湧現，逐漸成為網路界的一大新星。1995年4月，美國華盛頓州西雅圖市的一個名為Progressive Network的小公司，在美國全國廣播者聯合會上，推出了一種名為Real Audio的軟體。該軟體可以透過一種後來稱之為「串流」的方式，實現音頻在網際網路上的實時傳送。當時市場的需求還停留在新聞資訊實時、迅速、順利地發布上，一切以強調時效性為根本，因而在串流媒體技術發展初期，為了便於在窄帶上傳送資訊，影像品質高度的壓縮。透過網路，網路使用者通常只能大致瞭解節目的內容，而無法清晰地收聽和收看。隨著網路技術的完善和寬頻網路的建設，網路使用者對於網上傳播的多媒體文件的品質提出了更高的要求，對影音文件的使用開始向娛樂、欣賞角度發展。對串流媒體的應用也由單純瞭解資訊上升為感官上的視聽享受，進而對串流媒體節目的內容提出了更高的要求。在之後的幾年中，串流媒體技術發展迅猛，音樂、影片品質大幅改善，擁有CD音質的聲音和接近電視畫面品質的全螢幕影片全新登場。

串流媒體技術之所以可以解決多媒體文件的實時傳輸與播放，有兩項重要技術功不可沒：數據壓縮和緩衝技術。通常音頻和影片文件由於容量巨大，加上寬頻的原因，造成傳輸速度非常緩慢。串流媒體的特殊數據壓縮技術可以使聲音和影片文件變得很小，通常只有傳統音頻文件（.wav）和影片文件（.avi）的3%-5%，很適合在網路上發布較長的音頻和影片文件。數據緩衝則是在串流媒體播放器播放媒體文件前，先在系統緩存中儲存一定量的數據，當數據到達媒體播放器後，首先進入緩存，而媒體播放器播放的數據是從緩

存中提取的。這樣，即使網路傳輸速度偶爾變化，只要緩存中有數據餘量，文件播放品質仍然可以得到維持。打個比方來說，一個底部有一個小洞的杯子，如果在杯中預先積存一定量的水，那麼即使當從杯口倒入的水突然變少或中斷，只要這個存量不被消耗完，從小洞流出的水流總會源源不斷而且保持一定的流速。而串流媒體播放器中儲存在緩存中的數據就相當於杯中預先積存的水。

串流媒體技術一方面使多媒體文件體積大大縮小，對傳輸寬頻的要求不必那麼高，方便了文件的儲存，節約了儲存空間；另一方面這樣的技術特點也使串流媒體在時間上具有高度敏感性，而這正是實現實時傳播的重要保證。它既避免了網路使用者長時間等待文件下載的痛苦，也使網上實時直播和實時點播成為可能，這對傳統多媒體技術而言是很難實現的。隨著串流媒體技術的出現，普通的撥接上網使用者也可以在網上欣賞各種多媒體節目。串流媒體技術的優越性在播放較長的媒體文件時可以得到更充分的體現，而且它還能在各種網路傳輸情況下，保證較為正常的播放效果。由於採取了特殊的傳輸協定，串流媒體服務器與用戶端串流媒體播放器之間始終保持著雙向交流，隨時接收回饋資訊，可以自動調整數據發送以適應用戶端的播放控制請求（如跳躍、快轉、倒退等）。

二、串流媒體新聞策劃及編輯流程

在對串流媒體進行編輯工作之前，有一系列工作需要完成。

1. 瞭解需求。確定為什麼要提供聲音和圖像，提供什麼和提供給誰的問題，即定位。

2. 確定形式。確定以什麼方式表現。對於聲音和圖像來說，形式和內容同樣重要，用什麼樣的形式把內容呈現給使用者，對於製作樣本、資料收集、編輯等各個環節影響很大。

3. 提出草案。明確對象和形式以及如何完成任務的方案。包括：對象是什麼，為誰應用，準備交付什麼，要交付的東西現在是否足夠，交付平台是什麼，將包括哪些多媒體元素，現有資訊、來源是什麼，在什麼地方能找到

幫助，應用的預算是多少，有哪些環境限制，需要哪些多媒體工具、軟硬體，不同工種由誰去做，預計完成目標的時間表等。

4. 做出樣本並評估。該項工作主要在新網站或專欄剛建立時使用，所要做的工作首先是根據草案和已確定的形式，找一個具體例子當作詳細樣本。評估主要分為三個方面：①是否滿足使用者需求；②是否充分發揮了影音的優勢；③審核預算。

5. 採集資料。這是一項非常具體的系統工程，是在草案指導下參照樣本進行的，而又不拘泥於樣本，它包括聲音、圖像、文本、圖片和動畫等的採集。

6. 彙整資料。彙整資料就是將資料分類並放入相應的資料庫中。

7. 進行編輯。根據形式從資料庫中讀取資料組成完整的資訊，亦即資訊組合。該步需考慮一些較細的問題，且技術性很強，如界面如何設計，如何充分利用資源，如何利用多媒體的互動性，如何建立超連結等。

8. 運行經過編輯的作品。對編輯完成的作品進行運行測試，模擬使用者使用過程，從整體層面和具體細節上測試，最重要的是對互動性等特殊功能的測試，找出一切可能發生的頁面錯誤。

9. 除錯與修改。對運行結果進行總結和評價，修改不妥之處。

10. 投入使用。在內部運行完成之後，聲音和圖像資訊就可以正式放在網上。以後的工作就是定期更新和維護。

串流媒體新聞使用串流媒體編輯軟體的影片壓縮功能，能夠生成可以用於網路傳播的新文件格式；建立用於串流媒體新聞傳播的服務器和串流媒體新聞發布網站，並將其連接到 Internet；觀眾透過電腦登錄區域網伺服器，經 Internet 直接登錄到串流媒體新聞發布網站，就可以觀看自己需要的串流媒體新聞了。

第四節　Flash 新聞

所謂的 Flash 新聞是一種運用 Flash 技術把圖片、影片、聲音等多種資訊表現形式有機融合起來的、具有互動功能的網路新聞新形態。隨著網路的普及，Flash 新聞已成為一種被廣泛使用的新聞顯現形態。

一、Flash 技術與 Flash 新聞的特點

Flash 新聞得益於 Flash 技術，而又使 Flash 技術發展得更好，兩者相得益彰。

（一）Flash 技術

Flash 是一種集動畫創作與應用程式開發於一身的創作軟體，到 2013 年 9 月 2 日為止，最新的零售版本為 Adobe Flash Professional CC（2013 年發布）。Adobe Flash Professional CC 為創建數位動畫、互動式 Web 網站、桌面應用程式以及手機應用程式開發提供了功能全面的創作和編輯環境。Flash 廣泛用於創建吸引人的應用程式，其包含豐富的影片、聲音、圖形和動畫。編輯可以在 Flash 中創建原始內容或者從其他 Adobe 應用程式（如 Photoshop 或 Illustrator）導入它們，快速設計簡單的動畫，以及使用 Adobe Action Script3.0 開發高級的互動式項目。設計人員和開發人員可使用它來創建演示文稿、應用程式和其他允許使用者互動的內容。Flash 可以設計製作包含簡單的動畫、影片內容、複雜演示文稿和應用程式以及介於它們之間的任何內容。通常，使用 Flash 創作的各個內容單元稱為應用程式，即使它們可能只是很簡單的動畫。Flash 也可以透過添加圖片、聲音、影片和特殊效果，構建包含豐富媒體的 Flash 應用程式。

這個由美國 Macromedia 公司推出的一款多媒體動畫製作軟體，作為互動式動畫設計工具，可以將音樂、聲效和可動的畫面方便地融合在一起，製作出高品質的動態效果，造就了一種新的動畫形式——Flash 動畫。短短幾年時間，Flash 動畫就從網路迅速發展到影視媒介，其發展速度之快，出乎很多人的意料。

Flash動畫最早透過網路流通，並隨著網路技術的飛速發展，深入人們的日常生活。這一優秀的向量動畫編輯工具給我們帶來了強有力的衝擊，使我們能夠輕易地將豐富的想像力視覺化。

從Flash軟體本身的特性來看，它在動畫製作上較其他軟體有很多優勢和獨到之處。首先，Flash簡單易學，容易上手。很多人不用經過專業訓練，透過自學也能製作出很不錯的Flash動畫作品。其次，用Flash製作出來的動畫是向量的，不管怎樣放大、縮小，都不會影響畫面品質，而且播放文件很小，便於在網際網路上傳輸。它採用了串流技術，只要下載一部分，就能欣賞動畫，而且能一邊播放一邊傳送數據。Flash有很多重要的動畫特徵，能實現較好的動畫效果，其人機互動性可以讓觀眾透過點擊按鈕、選擇選單來控制動畫的播放。最後，操作者還可以建立Flash電影，把動畫輸出為許多不同的文件格式，便於播放。正是因為這些優點，Flash日益成為網路多媒體的主流。

從動畫製作工序和週期上來看，Flash動畫與傳統動畫相比，在工序流程上有一定的簡化，製作週期大為縮短，傳統動畫片雖然有一整套製作體系保障它的製作，但還是有難以克服的缺點。一部10分鐘的普通動畫片，要畫幾千張圖畫，120分鐘的片長需要畫10萬多張圖畫。如此繁重而複雜的繪製任務，需要幾十位動畫作者，花費3年多時間才能最終完成。傳統動畫片在分工上非常複雜，要經過原畫、動畫、繪景、描線、上色、校對、攝影、剪輯、作曲、對白配音、音樂錄音、混合錄音、沖印等十幾道工序，才可以順利完成。目前，Flash動畫主要分為商業用途和個人創作，包括產品廣告、網站、故事短片、MTV等。

（二）Flash新聞的特點

Flash新聞是網路流行的Flash與新聞業的融合，作為一種全新的網路新聞樣式，Flash新聞有如下特點：

1. 易傳性。Flash新聞所依託的Flash技術是一種串流形式的傳播技術，它使用的關鍵格和圖符使得所生成的動畫文件非常小，幾K字節的動畫文件就可以實現許多令人心動的動畫效果。

第四節　Flash 新聞

2. 多媒體性。Flash 可以整合圖形、圖像、影片、動畫、音頻、文字、圖表為一體，讓靜態的畫面在網站上鮮活起來。Flash 新聞透過其多媒體的形式最大限度地調動閱聽人的多感官參與度，從而使閱聽人對所報導的新聞事件有更為全面的認識。

3. 互動性。Flash 的獨特優勢在於它提供了播放控制、選單或者標籤跳轉、URL 連結等「人－動畫－網路」的互動功能，改變了傳統的收視視角，使閱聽人可以與作品進行互動。

4. 娛樂性。透過 Flash 簡單的構圖，網路新聞的娛樂效果更強，閱聽人更願意閱讀此類新聞。

二、Flash 技術在網路新聞中的應用

新聞網站已經從兩個方面開始運用 Flash 技術，一是利用 Flash 動漫講述新聞，二是將 Flash 作為整合新聞內容的手段：

（一）利用 Flash 動漫講述新聞

Flash 動漫新聞可以擺脫對現場新聞素材的依賴，因而是一種便捷的模擬或再現新聞現場的手段。對於突發性新聞報導來說，Flash 動漫新聞可以在很大程度上彌補第一手素材無法獲得的缺憾。在新聞報導中牽涉一些受版權保護的圖片和影片資料時，用 Flash 進行再現，也可以較好地解決新聞素材不足的問題。利用 Flash 動漫報導新聞，可以排除那些無關緊要的因素的影響，從而更好地突出表現主題。另外，Flash 動漫新聞還具有趣味性，因而受到廣大網友歡迎。

好的 Flash 動漫作品，很容易在網上流傳開來，因此，它不僅是傳播新聞的一種手段，也是一種樹立品牌的手段。但是製作 Flash 動漫新聞，存在著很大的人才挑戰。它需要製作者既有深厚的美術功底，可以從容地進行動畫的創作，又有扎實的技術能力，可以自如地進行製作思想的表達，同時，還要求製作者具有良好的新聞敏感度，善於表現新聞中最有價值的要素。

（二）Flash 作為整合新聞內容的手段

Flash 的另一種利用形式是利用短片（或稱幻燈）對現有的文字、圖片、聲音、互動式圖形圖表以及選單等進行有機整合，不僅可以將這些素材連續播放，還可以充分賦予閱聽人互動的能力。

如利用 Flash 技術等整合時間線。時間線的編輯思路是，對於發展中的報導對象，截取其發展進程中的那些重要時間點，以此為線索來組織關於該主題的最有代表性的稿件，形成一個報導單元。與網站不斷滾動的即時新聞相比，時間線不是有聞必錄，也不是將各種來源的消息無序堆積在一起，而是使各種稿件形成一個邏輯的關係，成為一個依時間線索而不斷發展的報導。這種方法操作簡單，但對提高傳播效果卻有顯著作用。

此外，Flash 技術還有助於網友與界面進行互動，並且能透過動畫將複雜的事件梳理清楚。當使用者移動游標到某個節點，就會有相應資訊出現，其好處在於清楚、明白、直觀、簡單。

三、網路新聞利用 Flash 技術的資訊處理

網路新聞對 Flash 技術的利用主要是用於對畫面、聲音、文字資訊及圖表的綜合處理：

（一）畫面處理

圖片比單純的影片資訊採集更方便、傳輸更快捷。新聞照片是現階段 Flash 新聞的基本元素和主要對象。將靜態圖片進行處理，和動畫進行結合產生模擬運動效果，能夠進一步挖掘圖片本身蘊含的張力。運用電視和電影的思維，進行推拉移動等畫面處理和多幅畫面的組接、切換引入 Flash，能使圖片如同電影、電視一樣運動起來。

（二）聲音處理

現在 Flash 新聞中的聲音包括了主持人的播報和背景音樂。主持人與電視、廣播中的播音員一樣，闡明新聞的主要內容，解釋難以用畫面表現的新聞事實。他們的聲音經過特別處理，有別於真人聲音。這種漫畫式聲音會

使新聞播報的客觀性、權威性受到一定程度的影響。一些沒有主持人解說的 Flash 新聞，一般採用背景音樂來烘托氣氛，彌補音響效果的不足。但音樂的使用也可能在一定程度上削弱 Flash 新聞的敘事節奏和畫面衝擊力，這就需要選擇合適的音樂來表現適當的內容。

在現在的 Flash 新聞中，我們很少能看到運用現場音效的，比如災難性事件發生時的現場環境音響等。這主要有兩方面原因，一方面現場採集需要一定的資源支持，現在的網站本身可能還不具備這種能力，另一方面，現在 Flash 新聞報導的內容缺少爆炸性和現場性新聞，也是很少使用現場音效的原因。

(三) 文字資訊與圖表處理

在沒有主持人播報的 Flash 新聞裡，文字可以充分說明畫面中的內容和關鍵資訊。

各種圖表和動畫的使用可以使新聞的某些內容條理化、清晰化，使空洞、缺少圖片資源的新聞更好看。從總體上講，在的 Flash 新聞普遍存在的問題是缺少互動性。圖片以簡單疊加或者其他眼花撩亂的方式出現，附以文字說明或者主持人播報是最常見的 Flash 新聞製作方法，如同幻燈片一樣簡陋和缺少創意及互動的製作，使 Flash 新聞似乎成為人人都能操作而新聞網站又難以放棄的雞肋。相比其他電視新聞、網路文字新聞、網路直播新聞如果 Flash 新聞沒有優勢，那就沒有存在的必要。Flash 工具本來就是具有很強互動性的編輯軟體，缺少了互動性也就失去了 Flash 所製作出的新聞的優勢。現在許多 Flash 賀卡、遊戲、演示的互動性遠在新聞之上，而 Flash 新聞則忽略了對此的重視。Flash 新聞在互動性上的加強，能在很大程度上體現出目前 Flash 新聞的製作水準。種種互動性設計，既可以讓閱聽人在新聞收看過程中獲得更多的控制權，從自己的知識範圍出發選擇感興趣或者不瞭解的資訊點，也可以使閱聽人更好地參與新聞報導，獲得更多的直接體驗。

新聞網站的資訊傳達方式是多元的，文字、影片、音頻、Flash 或者其他動畫都可以在其中發揮重要作用。Flash 新聞不斷發展可能使某種技術過

時，但資訊整合傳播的趨勢不會改變，給閱聽人多樣化的選擇才能在新的環境下保持新聞傳播的效力。

【知識回顧】

多媒體新聞不能理解為是將文字新聞、圖片新聞、廣播新聞、影片新聞等簡單相加而成的「拼盤」新聞，它也區別於網際網路網頁上與文字、圖片、圖表新聞同時並立、互不相干的影片新聞。多媒體新聞應該是多種媒體形式的有機融合，它是一種有自己的內涵、外延、特點和規律的獨立的新型媒體。美國學者羅蘭·德·沃爾克的一句話說得很形象：「多媒體手段不應該是磚塊，而應該是水泥。」多媒體新聞對記者的素養提出了更高的要求，要求他們不僅具備使用多媒體技術的能力，更需要具備綜合運用技術、策劃選題、分析整合資訊等多種能力。

【思考題】

1. 數據視覺化的發展對圖表新聞報導有什麼影響？
2. 如何在網路傳播中有效運用圖片新聞？
3. 如果你要開設一個網路訪談節目，你會如何策劃該專欄？
4. 請你談談對網路圖片專題傳播效果的看法。

第八章 網路新聞評論

【知識目標】

　　1. 網路新聞評論的分類與特點

　　2. 網路新聞評論的功能

【能力目標】

　　1. 網路新聞評論的選題與策劃

　　2. 網路新聞評論的輿論引導

【案例導入】

　　新聞評論是針對現實生活中最近發生的、具有普遍意義的新聞事件和迫切需要解決的問題而發表議論、講述道理、表達意見的文體。它是新聞宣傳的旗幟和靈魂，並與新聞報導一起形成新聞宣傳工作中兩種最基本的形式，是媒介內容不可缺少的部分。

　　網路新聞評論是指在網路媒體上發表的，就當前新聞事件或事態發表的評價性意見。這種新聞評論既包括網路媒體自身在網路上所發出的聲音，也包括網友在網路上對某一新聞事件或現象做出的評價和發表的意見，還包括某些專家、學者針對某一事件或社會現象做出的分析和評論。報紙、廣播、電視三大傳播媒體歷史較悠久，也早已被人們所接受，為了與新興的第四媒體——網路互相區別，在這裡把它們統稱為傳統新聞媒體。由傳統新聞媒體所發表的新聞評論，我們將其稱之為傳統新聞評論。

　　與傳統媒體一樣，網路新聞媒體除了發布新聞、提供資訊服務外，同樣應該即時對重要新聞事件發表意見和看法，發揮引導輿論的作用。

第一節　網路新聞評論概述

近年來，網際網路技術的發展以及網路媒體的興起，催生了網路新聞評論。網路新聞評論是一種新的評論形式，是指在網路上就當前新聞事件或事態發表的評價性意見。作為網路這一新興媒體與新聞評論相結合的產物，網路新聞評論在傳播上已形成了自身的特色，並且越來越受到廣大網友的關注。

一、網路新聞評論的含義

什麼是網路新聞評論，搞清楚這個問題，是我們認識它的第一步。對於網路新聞的含義，我們一般有以下兩方面的認識：

（一）網路新聞評論屬於評論範疇

《現代中文詞典》中「評論」有兩層意思：一是「批評或議論」，也就是人們對某一事情或現象發表意見；二是「批評或議論的文章」，即人們發表意見的一種表達方式。從本質上講，評論來自社會的需要，是人類為了溝通彼此的意見、主張、態度而逐步形成的一種社會交流方式，在文體上屬於議論文範疇。而網路新聞評論是就當前的新聞事件或事態做出的評價，在文體上也屬於議論文範疇。因而，網路新聞評論屬於評論範疇。

從新聞學的角度看，網路新聞評論與傳統新聞評論都屬於新聞體裁，它和消息、通訊等體裁一樣，具有新聞性。這種新聞性首先表現在它具有時效性，它總是就最近發生的新聞事實或現實生活中存在的問題發表議論。

（二）網路新聞評論有自身的特點

網路新聞評論屬於新聞評論的一個分支，它與報紙新聞評論、廣播新聞評論、電視新聞評論等傳統新聞評論既有相通、相似之處，也有很大的不同。它既繼承了新聞評論的一些共同的特點，同時又發展了新聞評論。關於這一點，將在「網路新聞評論的特點」裡再詳細敘述。

二、網路新聞評論的分類

根據發表評論的主體不同，網路新聞評論可分為以下三類：

（一）專家評論

專家評論就是網路媒體邀請專家在網上發表的觀點和看法，這裡的專家既包括網路媒體長期邀請的一些特約評論家，也包括一些針對某一事件或現象所邀請的不固定的專家。

（二）編輯評論

編輯評論就是網路編輯原創或整合的對某一新聞事件或社會現象的意見或看法，在形式上如跟我們上面所講的專題評論。

（三）網友評論

網友評論就是網友在網路媒體上發表對某一新聞事件或社會現象發表的意見或看法。這種評論在網路新聞評論中數量最多。

三、網路新聞評論的特點

網路新聞評論憑藉網路媒體互動、快速、高效、大容量等優勢，使得評論的內容空前廣泛，形式多種多樣，發表十分即時。網路新聞評論既吸收了傳統新聞評論的長處，又運用了先進的網路技術，不斷豐富著新聞評論的內涵和外延。與傳統媒體相比，網路新聞評論的特點主要表現在以下幾個方面：

（一）互動性大大加強

網路是一種雙向交流的媒介，任何一台網路終端設備既是接收工具又是傳播工具，這就使閱聽人不用藉助其他媒介，直接透過網路就能與上網者進行交流。從這個意義上說，閱聽人既是接受者，也是傳播者，從根本上改變了傳統的大眾傳播模式中普通閱聽人只能被動接受而難以發布資訊和意見的狀況。

網路面前人人平等，沒有權威也沒有精英，大家的關係都是平等的。有一則漫畫很好地說明了這種關係：兩條狗在上網，其中一條對另一條說，在網路裡沒人知道你是一條狗。網路技術的發展與民主化程度的提高相結合便產生了傳統媒體從未有過的新聞評論方式——網路媒體論壇，其採用互相探討的互動模式，使媒體與閱聽人之間不再是傳統意義上單向傳遞、被動接受，

而是一種平等的雙向交流的互動關係，即閱聽人兼有資訊的享有者和資訊的提供者雙重身分。由於閱聽人都能接收和發布資訊，他們內部之間也存在著互動，從而使新聞評論由媒介主導型向媒介與閱聽人互動型轉變。在今天的資訊社會裡，個人已不再是新聞或娛樂節目的被動接受者，而是可以透過不斷增多的各類來源選擇自己所需資訊的「資訊搜尋者」。

互動性增強，使得網路新聞評論出現了「百花齊放，百家爭鳴」的局面，各種新穎的觀點令人耳目一新，一些相悖的觀點在同一領域裡交鋒。在互動性上，傳統媒體無論是報紙、廣播或電視都無法和網路相比。傳統媒體近年來也比較注重互動，採取了刊登讀者來信、開設熱線、邀請嘉賓座談、邀請群眾參與等方式，但往往因版面、時空和閱聽人等眾多條條框框限制，還是難以改變傳統新聞評論的整體面貌。

（二）新聞時效性特點得到更好體現

時效性是新聞傳播的原則之一。新鮮是新聞的本質特性，包括內容新、形式新、時間新等。快速報導、快速評論是新聞傳播的第一要件，若將鮮活的新聞評論拖成明日黃花，就不能成為新聞傳播。因此，各個新聞媒體都很注重新聞和新聞評論的時效性。面對突發新聞或重要新聞，由於一條新聞從編寫到見報，需要經過多道工序，儘管通訊技術、印刷技術相對於以前有顯著提高，但報紙的時效性在四大媒體中還是相對較差，而廣播或電視也都有不可缺少的一些程序，如錄製、播放，還有硬體設備等各方面的限制，因而時效性也不如網路。一條新聞評論從寫出到上網，一般來說是相當快的，只需將所寫的文章送到專用的發送系統就可以了，即使一條新聞遠隔千山萬水，只需指尖輕輕一點，就能到達發送系統的一端，大大突破了時空的限制。

（三）評論的廣度和深度明顯增強

一條重要的新聞發布後，媒體一般都會表達對這一問題的看法，而各個媒體發表的評論，就深度、廣度和群眾的參與度來說，則各有不同。報紙、廣播和電視由於受時空的限制，不可能對每條新聞發表評論，同一重要新聞有的是單獨寫一篇評論或兩三篇評論，而大多數是在文章的末尾把作者或媒體的觀點說出來。比如，中央電視台的《焦點訪談》專欄及北京電視台的《第

七日》都是在節目的最後進行評論，一般不會超過 30 秒。因時空及環境所限，平面媒體新聞評論的廣度和時效都會受到一定影響。

然而，對於網路而言，由於其龐大的儲存空間，又不受時間的限制，它既可吸納傳統媒體的所有評論，又可把平面媒體以前的評論集納成評論資料庫，便於讀者查閱。轉載傳統媒體的新聞評論，只是網路新聞評論的冰山一角，網路媒體的重頭戲不是轉載，而是提供平台，讓網友對新聞內容進行深挖廣掘，廣開言路讓眾多的讀者參與其中，發表意見或評論，形成「百花齊放、百家爭鳴」的氛圍。有些網路媒體為了適應不同的網友群體，把所設置的論壇分為「深水區」和「淺水區」以適應不同的網友。

（四）網路新聞評論與消息的配合更加緊密

傳統新聞評論和網路新聞評論都強調新聞性，強調與事理結合，經常採取為新聞報導配發評論的方式，但這種方式一般只適用於較為重要的新聞事件。在多數情況下，由於篇幅的侷限，即使是在獨立成篇的評論中，對事實的敘述也不可能詳細。而網路的超文本方式使閱聽人可以方便地獲得評論所涉及的事實的詳細內容。

（五）行文自由

與發表在部分傳統媒體的言論相比，網路上的群眾言論具有某種非正式性特徵，因而在行文表現上比較自由。只要有興趣，任何人都可以在網上發表自己的看法，沒有太多的知識水準和表達能力的限制。這種自由主要表現在以下三個方面：

1. 文字上較少修飾，口語化痕跡較濃。

2. 篇幅長短不拘一格。有的只是簡單一句，話語雖短，卻一針見血。而有的則長篇論述，字數少則數百、多則數千甚至洋洋萬言，持之有據，論證嚴密。這種行文方式打破了話語權的壟斷，使文化層次不高的網友有了發言權，改變了以往只有教育程度高的人才有話語權的現象。

3. 網路語言和符號，豐富和活躍了網路版面。

（六）論戰色彩明顯

目前，網路言論處在一個相對寬鬆的環境中，網友們經常就某一話題進行討論，各種觀點發生激烈碰撞是常事，這為網路言論增添了強烈的論戰色彩。應該承認，這些爭論激活了人們的思維，給網路媒體營造了一種活躍的言論空間，使民眾的話語權真正得以實現。

四、與傳統新聞評論的聯繫與區別

就文體沿革而言，新聞評論源於古代的論說文，其歷史可以追溯到兩千多年前的先秦散文。隨著科技的進步和社會的發展，產生了報刊新聞評論、廣播新聞評論、電視新聞評論及網路新聞評論，這些新聞評論由於都屬於評論體裁範疇，因而在許多方面具有相同之處；又由於這些媒體各自具備不同的特點，因而所發表的新聞評論也不盡相同。

網路新聞評論與傳統新聞評論都屬於評論和新聞學範疇，作為新聞評論的一部分，網路新聞評論和傳統新聞評論都具備新聞評論的一般特徵。

（一）新聞性

如上所述，網路新聞評論與傳統新聞評論一樣，都屬於新聞體裁，都具有新聞性。它們都是對最近發生的新聞事件或社會現象進行的評論，具有很強的現實針對性，如果對已過時的、群眾已經失去興趣的、沒有現實意義的新聞進行評論，是不會有什麼意義的。

（二）政治性

網路新聞評論與傳統新聞評論都含有或濃或淡的政治色彩。這種政治性主要表現在它所論及的問題常常關係人民的政治生活，它總是要反映黨和國家、某個集團、某個群體或個人的意志和主張，著眼於改變人們的思想和行為。黨報黨刊等國家媒體如此，網路媒體也不例外，即使是某個網友發表的評論，往往也含有強烈的政治色彩。

（三）論理性

從文體的角度看，網路新聞評論與傳統新聞評論都屬於議論文範疇，因此，它們理所當然地具有議論文的共同特徵，即論理性。「以理服人」就是這種論理性的具體表現。這一點，使得新聞評論與其他新聞體裁如消息、通訊等有著明顯區別。

（四）群眾性

從傳播學的角度看，報紙、廣播、電視等新聞傳播工具都是面向廣大群眾的，它們總是希望有更多的讀者、聽眾和觀眾。因此，作為媒體主要聲音的新聞評論，它們也應當具有群眾性；網路媒體的新聞評論雖然有部分是網友為了表達自己的觀點和看法，發泄內心的不滿，但總的來說，還是希望自己的觀點被更多人看見。群眾性首先表現在新聞評論的選題上，它要求選擇那些為大多數人所關心的問題作為自己的題目，能引起更多人注目，能撥動更多人的心弦。把高、大、艱、深，與廣大群眾現實生活、工作毫無關係，或關係不大的問題作為自己評論的選題，往往得不到認可。群眾性是通俗化、大眾化的。這一要求使得我們的評論必須放下架子，用群眾所喜聞樂見的形式，以平等待人的態度，以商量問題的口吻同群眾談話。同時，新聞評論的語言也要通俗，要使群眾看得懂、聽得懂。

（五）社會責任

作為大眾媒體的傳統媒體和網路媒體必須遵循大眾媒體的基本原則，即在對社會產生影響的同時，必須承擔相應的社會責任。它們傳播什麼、不傳播什麼，都有一個主張什麼、反對什麼的問題，都有一個輿論導向的問題，都有一個代表什麼樣的文化發展方向的問題。無論是傳統媒體還是網路媒體，無論是新聞網站還是商業網站，都必須增強社會責任感，用「三個代表」重要思想統領新聞宣傳工作，自覺遵守國家法律法規，自覺遵守社會主義道德規範，堅持正確的輿論導向，宣傳科學理論，傳播先進文化，弘揚社會正氣，批駁歪理邪說，使各媒體真正成為傳播先進文化的重要陣地。

五、網路新聞評論的功能

充分認識網路新聞評論的功能，對於發揮網路新聞評論的積極作用大有益處。

（一）開闢了體現民意的新管道

民意是社會的公共意志或者說是人民的精神，是人民意識、精神、願望和意志的總和，作為社會真理的座標，是判定社會問題真理性的尺度之一。「得民心者得天下」，從古至今，比較開明的統治者大都比較注重瞭解民意、尊重民意。當今社會，許多國家的憲法規定公民享有言論自由的權利，網路的出現則為民意的表達開闢了新的管道。

1. 網路為網友提供了更為自由的言論平台

傳統反映民意的途徑包括傳統媒體的反映、政府渠道報送資料及專門瞭解民意的機構提供調查等。一般而言，目的性較強，涉及面就較窄，時效性較差，群眾的參與性就較小。網路媒體因其互動性、隱蔽性等特點，使其在民意表達過程中隨機性更大、更全面、更即時，群眾參與也更多。網路媒體反映民意比傳統方式反映民意更具有優勢。

全球資訊網發明人柏內茲·李說：「在網上，任何一個人都是一個沒有執照的電視台。」他認為沒有集權的傳媒空間帶來的就是更加廣泛意義上的平等與自由。民意的順利表達是以民主作為基礎的，網路為網友提供了更廣泛的自由和民主，它的匿名發表意見的特性給人們帶來了更多的安全感，從而在一定程度上，使人們能夠以比較自由的方式討論各種問題，而不必顧忌可能導致的後果。在網上，人們更容易敞開心扉，可以進行一些更為真誠的交流。匿名使地位、國籍、外貌等諸多因素不再突出，由此，交流雙方可以更好地去除偏見，關注交流的實質內容和思想。在網路社會裡，只要不發表違法的言論，就可以在網上論談「愛我所愛，言我所言」。

2. 非主流觀點也有了表達的機會

傳統媒介缺乏有效途徑讓持各種意見的人表達自己的意見，在傳統中，「坐而聽」成了很多文人志士的無奈選擇。有不同觀點的人，常因專制統治、

教育程度或輿論壓力等因素成了「沉默的大多數」。而網路閱聽人與媒體間的互動功能將過去主要透過民間渠道傳播的聲音引向了主流渠道,網際網路給現代人提供了「起而言」的絕好渠道,使民意表達更加暢通。對於意見占少數的群體,我們也能在網上聽到他們的聲音。

3. 網路新聞評論縮短了國家管理者和普通大眾的距離

傳統反映民意的途徑在傳遞過程中難免有所折扣,網路媒體的出現則為國家管理者提供了體察民意的新管道。現在越來越多的官員利用網路瞭解民情。

網路新聞評論拉近了普通大眾與領導者的距離,為領導者打開了一扇傾聽與觀察之窗。領導到下面瞭解民情,說是私訪,但往往總是被消息靈通的人士知曉,領導一路所看到的其實多是早就安排好了的,當然看到的都是最好的,假象遮住了許多領導的耳目。而網際網路的出現,不僅能使民情上達,貪官、庸官欺騙上級的現象也將會在群眾的監督中逐漸變少。

(二)聚焦熱門問題發揮輿論監督功能

媒體具有輿論監督功能,網路媒體也不例外。多數事件開始時沒被傳統媒體所關注,有的傳統媒體沒報導,後來之所以被大眾廣泛關注,主要是因為網路上相關發文人持續不斷地在這些文章後面留言。這些留言被轉貼到一定程度後,敏感的傳統媒體開始介入其中,根據網路留言進行採訪與深度報導,很快形成網路媒體與傳統媒體、網友評論相互動的現象。這種作用在現實生活中產生影響後,又進一步提升了網友對網路媒體的重視,從而使網路輿論對普通公民產生了越來越大的影響力。

媒介管理者一直以來所做的努力,就是從中選擇和總結出最能引導輿論導向的評論性文章,並不斷挖掘新聞的深度和新聞事件背後的價值。一些政府機構透過深入研究群眾的思想動向,可以根據輿論做出決策,從而使網路新聞評論造成輿論監督的作用。

輿論的形成與集中,對於媒體、行政部門具有強有力的監督作用。網路新聞評論引導輿論最大的優勢體現在,它可以把以往傳媒的發言權和審判權

部分移交到人民手裡，改變以往傳媒言論一統天下的局面，形成了輿論監督社會、民眾監督輿論的良性循環，從而促進輿論監督權利的社會化、公開化、民主化。

（三）為管理國家提供參考與回饋

網路為網友提供了發表意見、參與國家政權管理的平台。網友在自由寬鬆的網路上發表的意見，可以代表他們的心聲，如果說一個人的意見有些偏頗，那麼多數人的意見往往就能代表民意。因而國家機關及其工作人員在管理國家和社會事務、制定法律政策時，可以到網友那裡傾聽意見。

1. 為人民參與和管理國家社會事務提供平台

隨著網路的發展、網友素養的提高，網路言論也漸趨理性。許多言論表露出網友積極參與國家事務的思想。其實，很多網路新聞評論是網友接觸社會後經過深思熟慮寫出的，也可以說來源於實踐，更能反映事物的本質並具有深度，因而是可以為決策者治理國家提供參考依據的。

2. 為國家政策貫徹執行開闢道路，並及時回饋政策執行情況

一項政策法規在發表前，往往需要媒體做前期宣傳，以保證政策法規的順利貫徹實施。比如，新法正式實施的前幾個月，各個媒體就已開始做起了釋法宣傳的工作，在正式實施時，群眾已經知道了法律內容，就會自覺遵守和運用。網路媒體與傳統媒體一樣，可以為國家政策貫徹執行開闢道路。但它與傳統媒體的不同之處在於它的互動性。網路媒體的互動性，一方面可讓網友及時瞭解新政策、新法規，另一方面，相關部門也可及時瞭解新政策、新法規的貫徹執行情況，有利於職能部門改進工作。

（四）促進國家法制的健全

所謂法制，是指透過政權機關建立起來的法律制度，包括法律的制定、執行和遵守。網路新聞評論促進國家法制的健全主要體現在兩個方面：一是促進執法、司法的公正；二是促進法律法規的健全。眾多網友的參與對完善法律法規起著極其重要的作用，當然，這種重要並不一定能促進法律法規的發表，有時，也會導致正在擬定中的法律法規流產。

（五）發揮道德評判的作用

道德是人們共同生活及其行為的準則和規範，它透過社會或一定階級的輿論對社會生活起著約束作用。因而，道德在維護社會安定團結方面與法律一樣起著重要作用。在日常生活中，對於雖未觸犯法律法規，但有悖公德的行為，可以透過網路新聞評論，對其進行評判、辯論和譴責。

第二節　網路新聞評論寫作

在新媒體時代，網路新聞評論寫作深受其影響。網路新聞評論寫作需要貼近生活，關注新媒體，汲取養分。

一、網路新聞評論寫作的選題與立論

網路新聞評論是新聞評論在新媒介上的表現形式，因此，它也遵循著新聞評論寫作的一般規律。選題就是解決寫什麼的問題。對新聞評論來說，就是選擇所要評價的事物或所要論述的問題，也就是確定一篇評論所要評論的對象和論述的範圍。新聞評論的立論，就是指一篇評論的主要診斷或結論。它是作者對所提出的論題的主要見解，是貫穿全文的中心思想，有著統率全文所有觀點和材料的作用。

（一）網路新聞評論選題來源

新聞評論選題的要求在於，它所評論的對象和範圍應當是選擇當前具有迫切意義的、有著普遍引導作用的、又能配合整體的新聞宣傳部署的問題。為此，在選題時務必首先明確選題的根據，拓寬論題的來源。

其一，選題必須來源於當前的客觀形勢、輿論動向和宣傳任務，以及最近中央發布的重要決定、工作部署和最新的政策精神。這些不僅是選題的重要來源，而且有助於選題和立論體現堅定、正確的政治方向，贏得人們的重視。

其二，選題必須來源於實際生活中層出不窮的新情況、新變革、新矛盾、新風險，以及來自廣大群眾和社會基層的呼聲和要求。這是新聞評論選題取之不盡、用之不竭的源泉。

其三，選題必須來源於重要的新聞事件和新聞典型。這是社會輿論關注的熱點，是結合實際引導輿論、發揮教育功能的好教材。

（二）立論的基本要求

一篇成功的新聞評論作品，立論應具備這樣的基本要求：針對性、新穎性、準確性和前瞻性：

1. 立論的針對性。它指的是立論能夠針砭時弊，針對不良社會風氣和傾向性矛盾，針對偏頗乃至錯誤的思想，運用正面引導或批評論辯的方式對症下藥，以促使矛盾轉化，幫助人們提高思想認識，產生積極的社會效應。增強立論的針對性要注意這樣幾點：

（1）針砭時弊，對症下藥

（2）正視迫切需要解決的實際矛盾

（3）善於觸及社會性的思想問題及其實質

2. 立論的新穎性。就讀者的認識規律和閱讀心理而言，總是喜歡生動活潑、新鮮有力且富有新意的文章；膩於通篇人云亦云、空話套話、誇誇其談、言之無物的文章。要體現立論的新穎性要注意如下幾點：

（1）論題的新穎

（2）見解的獨到

（3）輸入新鮮的事實材料作為由頭或論據

（4）選取新的立論角度

（5）在交鋒中閃現亮點

3. 立論的準確性。立論的新穎性要以準確性為前提，立論違背了準確性，就會失去使人信賴的基礎，甚至產生錯誤的導向，引起人們思想上和行動上的混亂。準確性的具體要求表現在：

(1) 論點準確，包括概念、論斷、提法和分寸把握的準確

(2) 論據和引語的準確

(3) 完整、準確地闡明黨和政府的方針政策和法規

(4) 堅持從實際出發，實事求是，力戒浮誇和武斷

4. 立論的前瞻性。前瞻性指的是能夠即時洞察矛盾和預測將會出現的矛盾，儘早去探尋事物的內在規律及其發展趨勢，進而設想出解決矛盾的辦法和途徑，以便站在時代潮流的前頭引導輿論，推動事物的發展。立論的前瞻性表現在：

(1) 重提示：也就是注重提示式輿論引導

(2) 洞察力：指的是能在政治與經濟結合的方面，能銳利的洞察社會矛盾及趨勢的觀察能力和分析水準

(3) 預見性：指能夠對複雜莫測的矛盾未來縝密的分析論證，進而做出具有科學預見的論斷

（三）選題和立論的前提——調查研究

選題和立論的前提在於從實際出發，腳踏實地地搞好調查研究。這是因為：

1. 選題和立論都需要掌握政策和法律，瞭解實際情況，充分佔有材料，而這些都離不開調查研究；

2. 正確的結論只能產生於調查研究的末尾，唯有實實在在的調查研究，才能形成正確的認識，避免和克服片面性，產生實事求是的科學論斷；

3. 調查研究的過程就是發現問題、分析問題和解決問題的過程，只有這樣去做，才能預防主觀和武斷，提高新聞評論的品質；

4. 寫評論前需要瞭解讀者對象，瞭解對方心裡在想些什麼，有些什麼思想疙瘩，而要掌握這一切，事先不做一番周密有效的調查研究，顯然是不行的。

總之，調查研究是選題和立論的前提，也是選題和立論的途徑，沒有調查研究就沒有評論權。

二、網路新聞評論的寫作特點

網路新聞評論的寫作有五大特點，具體如下。

（一）以網路為載體的超文本寫作方式

無論對於網路編輯還是發表評論的網友，網路新聞評論的工具都是網際網路和面前的電腦，文字資訊始終是透過電腦文字資訊來傳播的。由於網路的超文本和多媒體特徵，網路新聞評論不再只是運用簡單的線性表達方式，更多的是用非線性的連結形式。在新聞的結尾往往都有連結的評論空間，我們還可以從一個問題的評論連結得到與之相關的另一個問題的評論。同時，文字、圖像、聲音、影片等多媒體表達方式使網路新聞評論可以是一段文字、一段 Flash 甚至一段影片，這種超越單一文字表達方式的評論在傳統媒體中是不可想像的。

（二）篇幅簡短、語言簡練

長期以來，傳統新聞評論都以大型為重，人們習慣以篇幅的大小來衡量評論的份量。近年來，隨著社會生活節奏的不斷加快，新聞評論由長到短的趨勢已經十分明顯，不僅社論、評論家文章短了，而且短評、編者按語、編後語在各類新聞載體中也被廣泛使用，贏得了閱聽人的普遍歡迎。因此，在報刊、廣播、電視等數以萬計的新聞媒體相互爭奪閱聽人有限業餘時間的現實情況下，網路新聞評論朝著大中小並舉、以中小為主的方向發展是大勢所趨。同時，隨感、漫筆、雜談、瑣談等小型網路言論也會日漸風行網路。

（三）選題立論貼近生活

新聞評論的選題來源主要有兩個方面：一是中央的決策精神、工作重心和宣傳部署；二是現實生活中的熱門話題。一篇成功的評論作品，其選題、論證都善於在這兩個方面的結合點上順勢切入，寫出言之鑿鑿的文章。網路新聞評論的選題立論如能貼近實際生活，敢於針對社會熱門問題進行激濁揚清、釋疑解惑的論釋，會更受網友青睞。網路新聞評論貼近實際生活的選題立論有諸多好處：一是貼近生活才能有的放矢，言之有物；二是貼近生活才能引導輿論、推動變革；三是貼近生活才能促使作者深入生活，生發新穎獨到之見。

（四）說理平和、語言生動

網路新聞評論的發展趨向，還表現在說理方式更加平和、語言更加生動之上。一個正確的觀點只有先做到吸引人，才有可能影響人，進而使人樂於接受並從中獲益。網路新聞評論要吸引網友在線閱讀並積極參與討論，就必須讓自己有一張「平民的臉」。相比傳統媒體，新聞網站的評論專欄因其所屬媒體的時尚性、大眾性、互動性等特點，更應力避居高臨下、冰冷刻板的面孔和語氣，盡量想方設法將內容嚴肅的新聞評論以更具親和力的形式向閱聽人娓娓道來。

（五）緊跟現場、同步直播

隨著傳播科技的發展和傳媒競爭的加劇，網路對新聞的時效性的要求越來越高，同步直播逐步成為網路重大新聞事件報導的常用形式。同時，隨著新聞報導時效性不斷增強，新聞評論也成為「易碎品」。只有緊隨新聞事件的推進而「新鮮出爐」的觀點才是最受歡迎的。不僅如此，在新聞資訊高速傳播的時代，擁有獨家新聞已經很難實現，媒體間的競爭更多會轉向觀點上的競爭。誰能夠率先搶占閱聽人的思想陣地，向閱聽人提供更新、更快的獨家觀點，誰就能在輿論競爭中贏得先機。因此，充分利用直播手段，把評論帶到新聞現場，時刻讓新聞評論與新聞報導緊密結合，將會成為網路新聞評論發展的必然趨勢。

第三節　網路新聞評論與輿論引導

　　網路新聞評論藉助網路的即時性和互動性，有助於全面認識新聞事件和社會現象。但是在引導輿論的過程中也存在著內容雜亂、難以控制等問題。針對這些問題，我們必須透過多種措施加強網路新聞評論的引導功能，淨化網路環境，使人們能夠全面認識新聞事件，以理性的姿態思考問題。

一、網路新聞評論引導輿論的現實需求

　　網路的優勢有開放性強、發布平台成本低、傳播速度快、傳播範圍廣等，這就使得公民樂於在這樣一個集體狂歡的舞台，讓各種價值觀在包容的網路中得到傾訴。網路成了各種意見相互作用進而生成輿論的理想場所，即一個天然的輿論場。然而，網路輿論是一把雙刃劍，正面輿論能夠釋放出積極巨大的生產能量，而負面輿論則只會製造混亂。近年來，網路輿論的負面影響日益凸顯。網路輿論暴力化傾向和「極化」現象也正在引起社會各界的關注。與傳統媒介時代的輿論相比，網路輿論呈現出許多不同的特徵，在各個環節也表現出了難控性。因此，探討網路輿論的形成機理，據此提出合理的網路輿論引導辦法，是淨化網路環境、加強網路管理的主要議題。

二、網路新聞評論引導的方法

　　網路編輯應該積極、主動擔負起引導網路輿論的重任。加強網路評論的引導功能，主要有以下幾種方法：

（一）加強網路新聞評論的議程設置

　　議程設置是大眾傳播的重要社會功能和效果之一。1970 年代，美國傳播學者麥克姆斯和肖透過實證研究發現，民眾對社會公共事務重要問題的認識和判斷，與傳播媒介的報導活動之間存在著一種高度對應的關係，即傳播媒介作為「大事」加以報導的問題，同樣也作為大事反映在民眾的意識中；傳播媒介給予的強調越多，民眾對該問題的重視程度也就越高。根據這種高度對應的相關關係，麥克姆斯和肖認為大眾傳播具有一種形成社會「議事日程」的功能，傳播媒介以賦予各種議題以不同程度的「顯著性」的方式，影響著

民眾矚目的焦點和對社會環境的認知。隨著網路的發展，網路媒體的議程設置功能對網友的影響越來越大。

1. 優化議題

對於在網路媒體呈現的大量「意見流」中，掺雜著相當數量的論點粗淺、論證乏力甚至毫無意義的言論的情況，網站應採取積極措施在評論中注入理性因素。面對紛至沓來的意見、源源不斷的資訊，網路媒體應該有意識地設計評論話題，引導網友形成積極的輿論氛圍。根據網路新聞評論承載空間的特點不同，議題優化主要依靠「因地制宜」。

在新聞網站上，可以透過重點評論、提供相關新聞連結、嘉賓在線互動以吸引網友眼球等方式來設置議題，確保輿論的主流朝著好的方向發展。網站還可以在首頁上透過對評論的分類和熱門排行來集中議題。排行榜是一種特殊的輿論引導方式，它可以作用於網友的閱讀心理，吸引更多的人閱讀上榜評論，具有使熱門評論熱上加熱的效果。網站將網友的評論提升到首位、論壇將貼文推薦為精華帖，都屬於議題設置的範疇。

2. 整合資源

傳統大眾傳媒往往透過大量原創評論，針對現實生活中典型的新聞事件和群眾普遍關心的重大問題，直接闡明編輯部或作者的立場和態度，反映和引導輿論，從而影響閱聽人的思想和行為。其實，與傳統大眾媒體的評論相比，網站的原創評論更具親和力，更能以正確的輿論導向影響網友。應加強對論壇專欄的組織和管理，精心打造一批主流新聞網站的強勢論壇，讓權威、真實、可靠的聲音占領民眾意見市場。此外，還要注意為各種觀點提供碰撞的平台，以吸引更多本媒體之外的言論，包括其他媒體的評論、專家意見、網友聲音，以及國外媒體的報導等。並且將這些外來評論仔細分類，使閱聽人在資訊的海洋中更容易得到各方的關注。

網路編輯要善於整合資源共享。所謂整合，不是將別的媒體的評論文章拿到自己的網站上「貼上」，而是對各網站上眾多評論作品「去蕪存菁」，篩選出那些有特色、有價值、能為本網站評論專欄增光添彩的好文章，達到

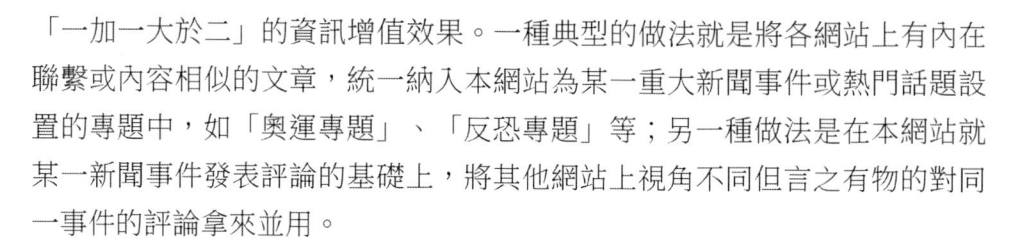

「一加一大於二」的資訊增值效果。一種典型的做法就是將各網站上有內在聯繫或內容相似的文章，統一納入本網站為某一重大新聞事件或熱門話題設置的專題中，如「奧運專題」、「反恐專題」等；另一種做法是在本網站就某一新聞事件發表評論的基礎上，將其他網站上視角不同但言之有物的對同一事件的評論拿來並用。

3. 培養和聚集「意見領袖」

「意見領袖」是一種非正式領導者，指那些在團體中，構成消息和影響的重要來源，並能左右多數人態度傾向的少數人。儘管他們不是社團正式領袖，但他們往往消息靈通、精通時事，或足智多謀、在某個方面有出色的才幹，或有一定的人際關係能力，能夠獲得大家認可並成為群眾或民眾的意見領袖。美籍奧地利社會學家和心理學家拉扎斯菲爾德及其助手在選民調查中發現，許多人在選舉中的態度改變是透過一些「意見領袖」施加影響而形成的。這種理論認為，消息總是首先傳給「意見領袖」，然後再由他們傳給群眾，影響群眾態度。

有「意見領袖」存在的地方，最終能夠以其為中心形成一個結論性議案。利用網路集人際傳播、組織傳播、大眾傳播於一體的優勢，網站更有條件透過「意見領袖」引導輿論。對於網站來說，如何培養和聚集陣容龐大的網路評論家，充分發揮「意見領袖」的作用，以提高言論品質，建立網路新聞評論的權威和公信力是一個新的課題。另外，網路還應當發揮版主或論壇編輯的正面引導功能，充分調動本新聞單位內外的編輯記者參與進來，邀請傳統大眾媒體中活躍的「意見領袖」，諸如報刊評論家、專欄作者、時事評論家來做特約評論家，對新聞進行評論。

網路新聞評論文章主要來自專職、兼職評論家和網友。目前，網路媒體上的評論文章，雖然量大，但總體而言，存在著品質不高的問題。究其原因，主要有：各網站的評論家隊伍參差不齊，有的尚未建立評論隊伍；評論家的專業評論文章數量有限，高格調、高水準的作品相對較少；來自網友的評論文章既多又雜，有毀有譽；重點網站的市場化程度不高，體制、機制尚待完善。因此，提高網路評論品質的當務之急，是加強網站體制建設，盡快培育一批

有影響力和有個人魅力的優秀評論家和優秀網友,即注重對網路「輿論領袖」的培育。

(二) 打造精品網路新聞評論專欄

在資訊化高速發展的時代,網路新聞評論逐步成為各大入口網站尤其是新聞網站的關注點和生長點,許多網站都創建了自己的品牌評論專欄,以吸引更多網友的注意力,提高點擊率。新形勢下,深入探討網路新聞評論的基本特點、角色定位及發展趨勢,對於促進網路媒體開展正確的輿論引導,達到更好的社會傳播效果,具有重要的現實意義。

品牌專欄須彰顯個性。如果說新聞反映了新聞網站的「共性」,評論則展示了新聞網站的「個性」。新聞因事實的唯一性而缺乏特色,評論則能夠以對同一事實的不同看法來吸引閱聽人的眼球。從這個意義上講,新聞網站首先必須創建具有自身特色的品牌評論專欄,為閱聽人提供獨家的、原創的評論產品。

網際網路為人們提供了大量的資訊,很多人迷失在紛繁蕪雜的資訊中。誰能為網友提供高水準的觀點和資訊,誰就擁有獨特的評論性品牌專欄。

(三) 與傳統媒體連動引導輿論

網路新聞評論從誕生那一天起,就始終與傳統媒體新聞評論相互影響、相互作用。網路論壇裡的討論大多圍繞某一主題展開,對於論壇版主來說,選擇一個好的話題組織引導網友展開討論是其重要職責之一。傳統媒體上的大量資訊無疑為論壇主題的選取提供了豐富的資源。除一些新聞事件本身可作為討論對象外,傳統媒體新聞評論所闡述的觀點和反映的思想也可成為網上議論的對象。網路新聞評論善於學習、借鑑傳統媒體新聞評論的長處,也有利於營造良好的社會輿論環境。

傳統媒體因其有一定的創辦歷史在閱聽人當中積攢了一定的公信力、權威性,其帶給閱聽人的閱讀習慣在相當長的時間內不會改變,而新型媒體則是強調現場、快速、多媒體、大量等優勢。「網路媒體爆發輿論──傳統媒體跟上報導──傳統媒體再形成輿論」這樣的模式弱化了傳統媒體的優勢,

並且使傳統媒體失去了議程設置的主動權而只能等著新一輪的網路輿論爆發。要利用各種媒體的優勢，就須按照資訊發生、發展、傳播的傳播規律，構建一個和諧傳播的輿論環境，網路媒體可利用其公開性、發散性的資源為傳統媒體提供新聞細節。另一方面，傳統媒體有一套業已成規的專業新聞報導模式，可靠的消息來源、專業的報導形式、嚴格的審核制度，善於利用專業維護權威。隨著技術的改進，傳統媒體也要進行多媒體、多來源、與網路媒體連動、立體交叉等新理念的培養，這樣才能形成一個良性的輿論環境。

報網聯合是網路與傳媒對接中很重要的組成部分。報紙與網路技術相結合，使得報紙網路版加入了多媒體元素，報導形式得到拓寬，又保持著原有的權威感，在市場份額的競爭中開發了新的閱聽人，重新站在制高點。從傳媒業界的實際操作看，號稱「第五媒體」的行動媒體，其地位被提升到了一個高度，應運而生的行動新媒體大量出現。從媒體融合的視角觀察，行動媒體的加入實際只是報網互動中閱聽人的延伸。

報網聯合的主要表現形式有以下幾類。首先，各大報業集團集體上網，擁有自己的網路平台。報紙新聞上網有兩種形式，一種是紙質報紙的網路電子版，閱聽人可以直接在網上閱讀錯過購買的當期報紙；另一種是重新採編的新聞，這種就避免了報紙因為要編輯、印刷、出版帶來的新聞滯後的劣勢，重新掌握新聞的即時性。其次，報業從業人員利用網路資源開設統一的部落格、微部落格等窗口，以報業從業人員和普通公民的身分發布因為審核、編輯等原因不能見報的消息。最後，利用網路集合多媒體優勢，強化可讀性，透過論壇、評論等網路特有功能實現與受者的溝通。人民日報、南方報業集團等有影響力的報紙均透過與網路的聯合開闢出了一條新的道路。

三、打造出網路新聞評論的多種樣式

網路新聞評論，涉及的問題十分廣泛，大到國際國內重大事件，小到隨地吐痰、小學生學業負擔太重等社會問題，都可以引發議論。而且，切入的角度靈活多樣，文章的風格也力求樸實、平易，充分注意到與普通的傳播對象平等交流的關係。

第三節　網路新聞評論與輿論引導

【知識回顧】

　　網路新聞評論是在網路媒體上就個人關心的重要新聞事件或社會現象、社會問題發表的評價性意見。網路新聞評論具有自身的特點。同時，網路新聞評論也能讓普通閱聽人積極參與其中，極大地調動其參與社會活動、關注人生命運的熱情；有利於實現真正的輿論監督，促進民主社會的形成。網路新聞評論最突出的社會功能是引導社會輿論和進行輿論監督，隨著網際網路的發展和網友的增多，網路新聞評論的影響力漸增。網路新聞評論理應運用網路的特性發揮其本身的優勢，積極發揮其輿論引導的作用。建設評論性新聞網站可以從多方面入手，如建設新聞評論專欄、培養意見領袖等。

【思考題】

1. 網路新聞評論與傳統新聞評論有何異同？
2. 自行選擇一篇重要新聞評論，分析其在選題與立論上的特點。
3. 如何理解意見領袖在網路輿論引導中的作用？

第九章 自媒體與部落格新聞、Podcasting 新聞

【知識目標】

　　1. 自媒體的特點

　　2. 新一代網際網路技術對網路新聞的影響

【能力目標】

　　1. 瞭解部落格、Podcasting 等自媒體的基本要素與運行特點

　　2. 掌握常用自媒體平台的操作技能，並能應用這些工具來改進專業新聞採編業務

【案例導入】

　　新興的自媒體使得原來處於新聞製造邊緣的閱聽人成為新聞資訊傳播的中堅力量。在 Web2.0 時代，網路傳播成為「零門檻」的傳播方式，任何網路使用者都可以成為傳播者。網際網路的特性決定了使用者發布的資訊內容不完全受網站的控制，傳統媒體對資訊的篩選及議程設置的特權將面臨前所未有的挑戰。

　　2006 年 8 月 1 日，CNN iReport 成功推出。iReport 是一個網友自主交流的平台，推出之初，每月即可在這個平台獲得 1.5 萬封稿件，其中 iReport 工作人員自己提供的稿件只占 7%，但他們對所有刊登的稿件都負有審核責任。2011 年 3 月 11 日，日本發生 9.0 級地震，CNN 國際頻道在第一時間以突發新聞形式插播這條新聞，並在電視、CNN.com 首頁和 iReport 平台推出鼓勵觀眾為 CNN 提供日本地震最新進展資訊的通知。幾分鐘後，就有多名在地震現場的人上傳地面裂縫的圖片、房子倒塌的影片和各種文字介紹，據統計，當天網友上傳的影片、照片近 300 條，其中經過核實後註明

「iReport」字幕的在新聞中播出的有 79 條。這些報導都能在 CNN 網站的 iReport 專欄中直接線上觀看。

2011 年 11 月 14 日，CNN 發布了升級版的 iReport，新版 iReport 著眼於那些對熱門話題感興趣的撰稿人，開發出移動設備上的用戶端，以方便撰稿人在事件現場發表評論。當使用者註冊 iReport 後，可以對他們感興趣的話題，如政治、健康、旅行、美食等設置關注，並向其投稿，還可以與關注此項內容的投稿人互動。這個平台更像一個社交網路，突顯出撰稿人的作用，以獲得更優質的稿件並和使用者完美互動。

CNN 透過 Podcasting 途徑和 iReport 網站，將所擁有的廣大閱聽人發展成自己的「通訊員」和「現場記者」，充分調動了使用者的積極性，體現了新媒體提倡的互動、共享理念。CNN 的這一 Podcasting 應用，是傳統媒體對自媒體平台進開發利用的典型例子。

第一節　自媒體概述

自媒體又稱公民媒體，美國新聞學會媒體中心於 2003 年 7 月出版了由謝因·波曼與克里斯·威理斯聯合提出的「We Media（自媒體）」研究報告，裡面對「We Media」下了一個十分嚴謹的定義：WeMedia 是普通大眾經由數位科技強化、與全球知識體系相連之後，一種開始理解普通大眾如何提供與分享他們自身的事實、新聞的途徑。按照美國新聞學會媒體中心給出的「自媒體」定義，自媒體強調個體提供的資訊生產、積累、共享、傳播內容，是一種兼具私密性和公開性的資訊傳播方式。所謂私密性，指發布的內容由個體控制和主導；所謂公開性，指傳播的內容進入公共領域。自媒體包括個人微部落格、個人日誌、個人主頁等，其中最有代表性的託管平台是美國的 Facebook 和 Twitter。目前，在網路傳播技術方面，其寬頻化、行動化、互動性等技術特徵得到進一步強化，在網路內容發展方面呈現出參與性、創造性、影片化等特徵。

一、Web2.0 與自媒體

　　Web2.0 是相對 Web1.0 的新的時代。它指的是一個利用 Web 的平台，由使用者主導而生成內容的網際網路產品模式，為了區別傳統上由網站僱員主導生成的內容而定義為第二代網際網路，即 Web2.0。Web2.0 為我們呈現出新傳播時代的實踐圖景。Web2.0 這種讓全民共同決定傳播的內容與形式，讓每個個體的知識、熱情和智慧都融入其中，讓人們在具有最大個性選擇的聚集空間內實現共享，這恰恰是新傳播時代的價值真諦。Web2.0 必然會用一種新的形式帶給我們一個高效、新鮮而有活力的傳播場域。新的傳播時代即將到來。

　　作為 Web2.0 的核心和載體，社交軟體是部落格、維基使用者、網路大眾分類網站、社會化交友網站以及其他眾多新興網路傳播方式的概括性表達。社交軟體的出現為人們意見的表達、傳播與合作提供了新的便利。社交軟體的內涵可以概括為以下幾點：

　　（1）社交軟體首先是個人軟體，是個人參與網際網路路的工具。個人軟體突出了個體自主性的參與和發揮。

　　（2）社交軟體構建的是社會網路。這種社會網路中包括弱連結，也包括強連結。不同的連結關係在不同的時候所呈現的社會價值是不同的。

　　（3）社交軟體是個人主體性和社會性的統一。在社交軟體構建的社會網路關係鏈上蘊藏著一定的社會價值，而這樣的社會價值通常又被稱為社會資本。社會資本是社會運轉的重要基礎之一，也是個人被納入社會的主要途徑之一。

　　雖然社交軟體概念的提出是近幾年的事情，但使用網路軟體進行交流，都是伴隨著網際網路的出現而出現的。早期的社交軟體包括電子郵件、郵件列表、網路聊天室、BBS 和多人遊戲等。這些早期社交軟體功能比較簡單，主要僅具有通訊交流功能。而近年來，社交軟體正發生著激動人心的變化，出現了包括以下幾個類別的新型軟體：內容管理系統，如部落格；知識和合作管理系統，如維基使用者；人際關係系統，如社會交友網站 Friendster 等；

分布式分類系統,如網路大眾分類網站 Del.icio.us 和 Furl 等;以及 RSS 新聞聚合應用等。這些社交軟體的功能趨於完善,既面向個人又面向群體,功能也從簡單的交流,到內容管理、群體協同、再到社會交往等眾多方面,呈現出百花齊放的景象。社交軟體所包含的理念有很久的歷史,其名詞也經歷了長久的演變。

其他如網路 BT、維基百科、Flash 新聞等的研究,都是在 Web2.0 大的傳播技術背景之下展開的。研究者認為,新一代網際網路,將使網路的能量在成倍增長,而 Web2.0,則更注重資訊互動傳輸,即應用方式的新變革,它可能會對網路中人與電腦、人與資訊、人與人的關係產生重大的變革推動力。進入 2005 年之後,新一代網際網路,作為一種技術性的概念越來越普及,與之對應的是,像 Web2.0 這樣的技術性的字眼被賦予了越來越多的人文含義。

Web2.0 模式下的網際網路應用具有以下顯著特點:

(1) 使用者分享。在 Web2.0 模式下,可以不受時間和地域的限制分享各種觀點。使用者能得到自己需要的資訊,也能發布自己的觀點。

(2) 資訊聚合。

(3) 以興趣為聚合點的社群。在 Web2.0 模式下,聚集的是對某個或某些問題感興趣的群體,可以說在無形中已經產生了細分市場。

(4) 開放的平台,活躍的使用者。平台對於使用者來說是開放的,而且使用者會因為興趣而保持比較高的忠誠度,從而積極參與其中。

二、自媒體的特點

自媒體的發展豐富了媒體形式,它具有平民化、個性化,低門檻、易操作,互動性強、傳播快,良莠不齊,可信度低的特點。具體如下。

(一) 平民化、個性化

2006 年年終,美國《時代》週刊年度人物評選封面上沒有擺放任何名人的照片,而是出現了一個大大的「You」和一台 PC。《時代》週刊對此解釋說,

社會正從機構向個人過渡，個人正在成為「新數位時代社會」的公民。2006年年度人物就是「你」，是網際網路上的所有使用者和創造者。每個平民都可以擁有一份自己的「網路報紙」（部落格）、「網路廣播」或「網路電視」（Podcasting）。人們在自己的「媒體」上「想寫就寫」、「想說就說」，每個「草根」都可以利用網際網路來表達自己的觀點，傳遞自己生活的陰晴圓缺，構建自己的社交網路。

（二）低門檻、易操作

對電視、報紙等傳統媒體而言，媒體運作無疑是一件複雜的事情，它需要花費大量的人力和財力去維繫。同時一個媒介的成立，需要經過國家有關部門的層層核實和檢驗，其測評嚴格，門檻極高，讓人望而生畏，幾乎是「不可能的任務」。但是，在這個網際網路文化高度發展的時代，我們坐在家中就可以看到世界上各地的美麗風景，欣賞到最新的流行視聽，品味到各大名家的激揚文字。網際網路似乎讓「一切皆有可能」，平民大眾成立一個屬於自己的「媒體」也成為可能。

在所有提供自媒體的網站上，使用者只需要透過簡單的註冊申請，根據服務商提供的網路空間和可選的模板，就可以利用版面管理工具，在網路上發布文字、音樂、圖片、影片等資訊，創建屬於自己的「媒體」。其進入門檻低，操作運作簡單，讓自媒體大受歡迎，迅速發展。

（三）互動強、傳播快

自媒體沒有空間和時間的限制，這得益於數位科技的發展。任何時間、任何地點，我們都可以經營自己的「媒體」，資訊能夠迅速地傳播，時效性大大增強。作品從製作到發表，其迅速、高效，是傳統的電視、報紙等傳統媒介所無法企及的。自媒體能夠迅速地將資訊傳播給閱聽人，閱聽人也可以迅速地對資訊傳播的效果進行回饋。自媒體與閱聽人的距離幾乎為零，其互動性的強大是任何傳統媒介所望塵莫及的。

(四) 良莠不齊

個人有千姿百態，從而致使個人的自媒體也良莠不齊。人們可以自主成立「媒體」，當媒介的主人，發布的資訊也完全可以按照自己的意願隨心所欲地編輯。這些資訊有的是對生活瑣事的流水帳記錄，有的是對人生境遇深刻感悟的集錦，有的是對時事政治的觀察評論，有的是對專業學問的探索與思考。

優秀的自媒體可以讓閱聽人得到生活的啟發或者有助於事業的成功，讓人們發現生活的意義與價值。但大部分的自媒體只是一些簡單的「網路移植」，記錄著一些不痛不癢的雞毛蒜皮的內容。

(五) 可信度低

網路自媒體的數量龐大，其擁有者也大多為「草根」平民。網路的隱匿性給了網友「隨心所欲」的空間。在平民話語權得到伸張的今天，「有話要說」的人越來越多。有的自媒體過分追求新聞發布速度或者說為了追求點擊率而忽略了新聞的真實性，從而致使部分民間寫手降低了自身的道德底線。這就導致了自媒體傳播資訊的可信度低的問題。

三、新一代網際網路技術對網路新聞的影響

部落格的快速發展為部落格新聞的發展提供了扎實的基礎。部落格新聞作為新的新聞形式，以其個性化、即時性、共享性和互動性等特點延伸了傳統媒體的傳播影響力，體現了新興媒體獨特的傳播優勢和傳播潛力。如果從新聞傳播的視角來看，新一代網際網路所帶來的則是新聞生產與消費方式的再一次變革，使新聞傳播景觀再次改寫。雖然新景觀是否能完全實現，並非僅僅取決於技術，但是，技術在其中的推動力是不可低估的。那麼正在進行著的網際網路技術創新究竟會給網路新聞帶來怎樣的巨大影響呢？

(一) 非專業人員在新聞生產領域的深層滲透

如果說第一代網際網路，使非專業機構及個體進入新聞資訊的生產領域，那麼新一代網際網路，便是替他們成為新聞傳播中的有生力量提供了一個更

高的平台。如果說在第一代網際網路中，網友更多的是透過無意的行為在進行著新聞的再生產，那麼，在新一代網際網路中，網友則可以透過部落格、維基使用者等手段，更制度化、更專業地參與到原創性的新聞生產。儘管部落格還無法成為網路新聞傳播的中堅力量，但是，它們作為新聞資訊的補充來源、再加工者、整合者以及解讀者，在新聞生產環節中已經逐漸顯現出獨特價值。一些專業領域的部落格，正在逐漸形成「意見領袖」的地位。非專業力量正滲透進新聞生產領域的中心，雖然還沒有到達核心地帶，但是，他們與專業機構的交融已經形成，並且會越來越緊密。

在這樣的局面下，專業新聞機構的逃避或者是消極的牴觸情緒都是不理智的。在一個被改寫的網路新聞傳播格局中，專業新聞機構需要對自己的角色進行重新定位，既要堅守網路新聞傳播的主要陣地，又要尊重和整合部落格等非專業新聞生產者的價值，相互配合、相互促進。

（二）網路新聞內容結構的變革

對於目前仍以文字資訊為主的網路新聞來說，在不久的將來，內容結構有可能發生一次本質性的變革。引領這一變革的，將是 P2P 等新技術。儘管由於 BT 下載帶來的負面影響，P2P 技術一直備受爭議，但是，P2P 不等於 BT。P2P 技術所改變的是網際網路的整體傳輸結構與傳輸模式，它是使網際網路真正成為資訊通路的基礎。如今 P2P 至少提供了讓現有的任何新聞資訊在網際網路上傳播暢通無阻的可能性，也有激發出新聞資訊形式未來更加豐富、更具互動性的潛能。目前一些運用 P2P 串流媒體技術提供資訊與娛樂內容的網站，雖然還不像傳統的入口網站那麼風光，但是，它們的生機與活力不容低估，也許下一代入口網站將在它們中誕生。

技術障礙的打破必然帶來網路新聞內容結構的改變。影片新聞以及具有網路特色的多媒體互動新聞，將成為網路新聞的新增長點。

（三）網路新聞生產層次的進一步清晰

在第一代網際網路中，網路新聞的生產集中在新聞的簡單收集與簡單整合這種「勞動密集型」的層面。隨著機器自動整合新聞技術的發展，網路新

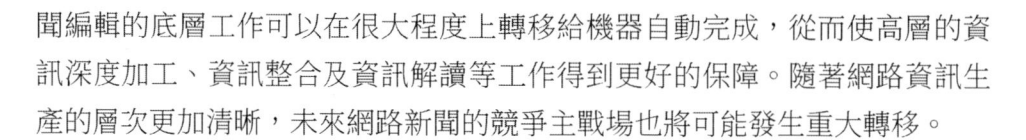

聞編輯的底層工作可以在很大程度上轉移給機器自動完成，從而使高層的資訊深度加工、資訊整合及資訊解讀等工作得到更好的保障。隨著網路資訊生產的層次更加清晰，未來網路新聞的競爭主戰場也將可能發生重大轉移。

（四）網路新聞生產專業分工的細化與合作模式的多樣化

從宏觀上看，技術的發展將促進網路新聞生產更加細化、專業分工更為明顯，同時可能導致在網路新聞發布管道與平台上形成新的力量對比，從而帶動多樣化合作模式的形成。

未來網路新聞形式發展的一條可能軌跡，是在繼承傳統新聞內核的基礎上，加強網路技術的含量，藉助多媒體、互動性等外殼，來增強網路新聞的獨特競爭力。而這種內容的生產，需要越來越多地藉助外力，因此，原來只是由一家媒體承擔的網路新聞生產，也許將分解成許多環節與流程。外部力量，特別是技術力量會越來越多地介入網路新聞的生產。

同樣，由於網路技術發展的特殊軌跡，擁有新的傳輸技術與發布技術，也在一定程度上擁有了發布內容的管道與平台，也就擁有了話語權。與之形成對比的是，傳統媒體包括它們的網站也許會在追趕這些新技術方面力不從心。以目前的發展情形來看，網路新聞內容的生產與新聞內容的發布這兩個環節，也許在未來會更明顯分離，特別是在多媒體內容方面。

（五）網路使用者新聞消費模式的多元化與社會化

以前，人們談到網路新聞的閱讀，總是與瀏覽網頁聯繫在一起，總是會想起那密不透風、堆積著幾百條標題的 WWW 頁面。而在下一代網際網路中，網路新聞消費將會是一種有更多選擇、更具自主性的個性化行為。

除了目前的「拉出」式的新聞網頁外，新一代電子報紙、即時通訊工具新聞發布、PDF 新聞發布、手機新聞發布等「推送」式新聞發布也將會被更廣泛地接受，因為這類方式可以適應生活節奏日益增強、資訊超載不堪重負的網友變化需求。

網路閱聽人也可以利用各種技術工具，組織出一個更個性化的新聞消費網路，將新聞網站、部落格、維基使用者、即時通訊等各種新聞來源與新聞評論體系更有機地組合在一起。

新的技術也將進一步模糊生產與消費的界限，網路閱聽人不僅可以透過轉發、評論等方式參與網路新聞的生產，還可以透過「社交書籤」等方式，為他人提供閱讀資源，更輕鬆地將消費過程變成生產過程。

可見由於部落格、「社會標籤」、SNS等應用方式，網路新聞的個體消費匯聚成了一種群體消費。在新的網際網路時代，個體選擇什麼樣的新聞，如何評價新聞稿件的價值，對新聞發表什麼樣的感想，乃至如何判斷一個社會事件，都已不再是一種簡單的個人行為了，而會成為一種社會行為。

在一定程度上，網路新聞的群體消費能引導個體消費，例如，透過社會標籤功能形成的「天天網摘」這類網站，就是一種閱讀趣味的公共集合與共享。置身於這樣的環境中，很少有人不受集體選擇的影響。它帶來的一種直觀表像是，閱讀低俗內容可以更加理直氣壯。群體性、社會化的內容消費與網路內容的低俗化之間的關係的確是值得注意的。但更值得關注的是，這種社會化消費日積月累將會如何影響社會價值觀的走向。

(六) 媒體融合局面的不斷明朗

隨著網路承載能力的不斷改善，媒體融合將越來越多地付諸實踐。當P2P技術、寬頻技術、串流媒體技術、無線通訊等一系列技術日趨成熟並相互結合時，傳統的廣播、電視等媒體必將越來越多地藉助網際網路發布音頻、影片內容，媒體之間的界限也將越來越模糊。這又將帶動新的資訊接收設備的開發。當各種不同形式資訊的傳播渠道逐漸融合，傳統的資訊接收設備（如目前的收音機、電視機、手機和電腦）受到全面挑戰，新的媒介形態可能就會慢慢顯現了。與網路媒體內部發生的種種變革平行發展的，還有一種趨向，那就是新一代網際網路也將重新定義網路媒體的功能。網路媒體不再僅僅是反映「擬態社會」，它更是直接創造一種社會，一種由虛擬手段形成的現實社會。

第二節　部落格新聞

部落格的本質就是個人的「虛擬主體」。擁有部落格，一個人就有了虛擬和現實的雙重主體。部落格的興起是為滿足個人傳播需求，提供了更為寬容的全新傳播方式。在新資訊傳播技術條件下，原先無法順利實現的許多傳播需求被不斷地激發和滿足，逐漸轉換成產業行為，最後衍生許多大媒體產業的熱點現象。

一、部落格概述

部落格，又譯為網路日誌或部落閣等，是一種通常由個人管理、不定期張貼新文章的網站。部落格上的文章通常根據張貼時間，以倒序方式由新到舊排列。許多部落格專注為特定課題提供評論或新聞，其他則被作為較個人化的日記。一個典型的部落格會結合文字、圖像、其他部落格或網站的連結，及其他相關主題的媒體，能夠讓讀者以互動的方式留下意見。大部分的部落格內容以文字為主，但仍有一些部落格專注於藝術、攝影、影片、音樂、Podcasting 等各種主題。部落格是社會媒體網路的一部分。在網路上發表 Blog 的構想始於 1998 年。

作為 Web2.0 標誌的部落格的個性化的特點在於：

（1）部落格是每個人的心靈和思維的投射

（2）部落格正在集成各種個性化的工具，包括各種社交軟體。因此基於 Web2.0 基礎上的 Blog 的個性化，比以往的一些網路傳播更加突出，並產生新的特點。部落格的出現，很大程度上滿足了使用者由單純的資訊接受者，轉變成資訊提供者的需要，從而得到快速的發展。部落格透過 RSS、博采、Trackback、SNS、TAG 等技術，在個體之間已初步形成了社團氛圍和初步的社團機制。RSS 技術是將有用的資訊來源聚合起來，隨時將來源提供的資訊發送到使用者平台的技術；博采技術為使用者組織了隨時摘取有用內容的有效工具，前提是使用者認知到這個資訊；Trackback 技術則是將部落格團體內其他成員的動向傳遞給使用者，保持成員間的有效溝通；SNS 技術用於凝聚社團的整體意識；TAG 是網友自主分類工具。可以預見，部落格服務提

供商將會提供更多的技術來加強這種社團性聯繫,如 SNS 等。部落格圈子的形成,將在另一層意義上大規模提高內容的品質和數量。

部落格的出現之所以被稱為網路傳播技術的革命,是因為極大降低了架設網站的技術門檻和資金門檻,使每一個網際網路使用者都能方便快速地建立屬於自己的網上空間。隨著配套應用的快速發展,個人部落格將在很短的時間內加速成長為類入口型的微型個人網站。《紐約時報》的大衛·格拉格這樣描述部落格的誕生:「大約五年前,一些程式員嘗試在網上推出超連結形式的日記,在網上張貼他們自己技術層面的思考心得與個人生活方面的休閒內容。在引起人們的廣泛關注後,他們為那些技術門外漢兼網路熱衷者開發了現在廣為使用的部落格網站簡便維護工具,形形色色的部落格網站就此悄悄繁榮起來。」部落格走進千家萬戶和各行各業,從而形成基於個人或小團體內容為導向的群體,而其中的佼佼者將在很大程度上從入口頻道,乃至專業網站手裡奪走部分大部分讀者。這在 IT 界和網際網路行業正在得到驗證。

二、部落格新聞的發展

起初,部落客將其每天瀏覽網站的心得和意見記錄下來,並予以公開,以供其他人參考和借鑑。但隨著部落格的快速擴張,它的目的與最初已相去甚遠。目前網路上數以千計的部落客發表和張貼部落格內容的目的有很大的差異。在部落格的世界裡,什麼類型的文章都有,新聞、娛樂、情感、體育、科技等,應有盡有。

部落格於 2000 年開始興起,但發展速度卻驚人,到 2004 年底,僅美國就有 400 萬部落格,他們每天在網上留言 40 多萬條。短短幾年內,部落格寫作從邊緣逐漸踏入主流。部落格獲得新聞採訪權就是一個標誌。紐約大學新聞學教授羅森認為,這意味著「媒體」的概念再度擴大,它使我們看到未來新聞記者的大眾化趨勢。部落格,將會成為網路新聞媒體下一代記者的主體;他們將和負責過濾、整合資訊的網站編輯們構成一個完整而又新型的網路新聞採寫隊伍。

部落格之於知識和思想，正如 Napster 之於音樂，Linux 之於軟體。「自由、開放、共享」是部落格的精神所在。正因為技術門檻和資金門檻很低，部落格標誌著精英文化向草根文化的過渡，因此它最大的特點是：個人性。個人性的行為、個人性的角度、個人性的思想，正是部落格文體能夠吸引讀者的力量源泉。以「個人大腦」作為網路搜尋引擎和思想發源地，依然是任何技術都無法實現的極致。只要願意，部落格幾乎可以以任何形式抒寫任何內容的資訊，從對其他網站的超級連結和評論，到有關公司、個人資訊，日記、照片、詩歌、散文，甚至科幻小說的發表。在部落格里，寫手們的個性得到了淋漓盡致的發揮，這也是部落格昭示著個體化時代來臨的一個重要原因。

在世界部落格的發展史中，有兩件事是不可不提的。第一件是 1998 年的德拉吉報導，它讓世界第一次真正感受到了部落格的力量。1998 年 1 月 17 日深夜，德拉吉在他的網站上發布了一條令人震驚的消息：「在影印前的最後一分鐘，星期六晚上 6 點，新聞週刊雜誌抽掉了一個重大新聞。這條新聞注定將動搖華盛頓的地基：一個白宮實習生與美國總統有染。」沒有人知道德拉吉的消息來源，但他卻成為世界上第一個報導柯林頓和陸文斯基緋聞的人，並在整整半年時間內，引領了美國的「輿論導向」，使傳統的主流媒體蒙羞。

另一件事就是 2001 年的「911」事件，是部落格發展的分水嶺。正是這場恐怖攻擊，使人們對生命的脆弱、人與人溝通的重要、最即時有效的資訊傳遞方式，有了全新的認識。可以說對「911」事件最真實、最生動的描述不在《紐約時報》，而在那些倖存者的部落格日誌中；對事情最深刻的反思與討論，也不是出自哪一個著名記者手中，而是在諸多部落格當中。部落格架起了人們溝通與傾訴的橋樑。

三、部落格新聞的特點

部落格對於專業新聞從業人員與專業傳媒機構來說，意味著一種新的傳播平台。部落格新聞具有一般網路新聞所沒有的特點，主要表現在如下幾點：

（一）促進本色表達

部落格新聞中的即時交流與評論使得交流活動更加便捷有效，突破了傳統媒體的互動屏障，為傳受互動提供了一個新的交流平台，極大地帶動了傳受的意見討論，營造了良好的意見表達環境，引起了更多網友對兩會報導的關注。

（二）拉近傳受間距

部落格新聞近乎零時差傳遞是其他傳統媒體望塵莫及的。記者透過部落格平台對所關注的對象進行「隨身」報導，注重還原事件每個發展階段的即時情景，既使閱聽人獲得了完整的資訊認知，又拉近了傳受之間的距離，使得新聞報導更具「親和力」。

（三）延伸傳播影響力

如果說電視螢幕是主持人的傳播櫃檯，那麼部落格新聞則是主持人的傳播後台。主持人以電視台強勢的新聞資源為依託，在電視螢幕的櫃檯傳播之後，又在後台進行第二次傳播，即在部落格新聞進行接力傳播，大大強化了新聞主題。主持人把電視媒體的報導彙總形成通俗易懂且富有趣味的部落格文章，增強了新聞的可讀性。又把自己所主持節目的相關內容發布在部落格新聞專題中，進一步延展了新聞事件的時效性，使得更多人知曉了新聞事件，擴大了傳播影響力。透過對電視媒體上未予充分展開的話題進行進一步深入討論，也大大延伸了傳統媒體的傳播影響力。

（四）激發媒體活力

部落格新聞一方面有效傳播了資訊，同時也滿足了人們與他人進行交流的願望。並且給了人們一片自由交流的空間，可以說是一種「自媒體」。部落格的表達方式往往是匿名、即興和散亂的，常表現為一種直觀的思路和想法。部落格新聞一邊記錄傳播者對新聞事件的感悟，也一邊記錄著網友們自己的觀點和見解，並透過文字建立自己「半熟人」的「朋友圈」。在部落格新聞中，傳播者不再遙不可及，而是可以用部落格文字觸摸的網路衝浪者。在這裡，職業傳播者的傳播活動，不再是單純的「點對面」傳播模式，更多

的是「點對點」的傳播模式，具有人際傳播的特點。部落格新聞中傳播者運用非正式語言自由地進行直觀的泛人際傳播活動，使得原來的大眾傳播活動更具活力。

（五）挖掘新聞報導深度

傳統媒體的內容編輯規範嚴格，在媒體上刊播的內容，往往只是其在採訪中獲得的資訊的總量的一小部分，由於傳播時空的限制，很多有用的資訊也只好忍痛割捨。部落格新聞卻能較好地彌補傳統媒體的這種缺憾，從而成為傳播者深化新聞主題的「挖掘機」。在部落格新聞中，傳播者可以透過正式和非正式的方式，對自己所採訪和所獲取的新聞資源進行二次傳播，從廣度和深度上挖掘新聞事件，細緻地呈現新聞背後的新聞。傳播者未能在傳統媒體上刊播的內容也可以在部落格新聞上披露，使得新聞報導更加豐富，更加有質感。

（六）滿足個性化需求

傳統媒體藉助新興媒體為民眾提供良好的資訊服務已引起了人們的強烈關注。在資訊時代，人們對於媒介資訊的需求更加個性化，而傳統媒體的大眾傳播特點，很難滿足當今閱聽人的這一需求。而部落格新聞為民眾提供了一個個性化資訊服務的平台，網友可以自由表達自己的意願和見解，較好地滿足了人們的個性化資訊需求。

部落格新聞作為一種新的新聞形式固然有其獨特的傳播優勢，但任何過分頌揚部落格新聞傳播功能的做法都無益於當前的新聞實踐。我們還應該清醒地看到，由於部落格自身缺陷的限制，其傳播機制還有待完善。

同傳統媒體報導有一定「章法」、「中規中矩」相比，部落格文字可詼諧幽默，可尖酸犀利，其個人化的風格非常有親和力，都受到讀者的歡迎。在伊拉克戰爭中，雖然各個媒體派出了很多記者報導，但是最受歡迎的還是當地人把自己的親身感受寫出來貼在部落格上的報導。

對於專業的新聞從業人員來說，部落格平台則是他們採寫工作的延伸，具體表現為以下幾點：

1. 部落格新聞成為專業媒體的重要資訊來源

部落格相對傳統媒介，弱化責任人，因此有機會爆出轟動性猛料，迫使專業傳媒對其資訊進行跟蹤和追蹤。如柯林頓拉鏈門事件，就是先由部落格爆料出來，隨後傳統媒體再跟進報導的。

2. 部落格網站成為專業記者稿件的回收站

記者部落格群體的出現絕非偶然。通常專業記者能在媒體上刊登的內容，只是其在採訪中獲得的資訊總量的百分之二十，剩下的只能忍痛割捨。更有一些觸及敏感地帶的話題，被無情埋葬。部落格網站卻可以挽救這些資訊，從而成為專業記者稿件的回收站。另外，傳統媒體還可以考慮建立一個部落格網站作為補充出口，將其文字和攝影記者獲得而未能在傳統媒體上刊登的內容，在部落格網站上披露，滿足一部分人的需要。

3. 部落格報導成為專業媒體報導的延續

有些部落格網站專門將各大專業媒體的報導彙總後製成連結群。這是對專業媒體報導的再度整合，在主題延展上自然更進一步。有些在專業媒體上未予充分展開的話題，又在部落格網站上作為專題持續討論。

四、部落格的新聞化

部落格技術的發展使得每個人都可以寫作、編輯、設計和出版自己的新聞產品，並被數以百計的人閱讀和品頭論足。人類歷史上從來沒有如此眾多的（至少數以十萬計）、熱情的局外人向職業新聞界發起如此兇猛的衝擊。這些「業餘新聞工作者」正在做一些讓人興奮的事情。他們中的許多人以各種方式與讀者建立密切接觸，以自己獨特的方式報導各類資訊。他們的產品帶有鮮明的個性，同時注重眼見為實，並帶給讀者大量的新知識。一位研究部落格的學者說：「為什麼部落格如此受歡迎？那是因為他們有話要說，可以把被傳統媒體過濾掉的大量的觀點和生活呈現給人們。」當然，客觀地說，90% 的部落格網站都是很一般的，充滿了文字差錯、偏見和自以為是。但頂尖的 10% 確實向新聞界展示了一些令人激動的新趨勢。專業新聞工作者需要對「部落格現象」予以密切關注。

民眾部落格新聞出現之初，西方著名的傳統媒體大多表現出不屑一顧的姿態，他們認為部落格不夠專業、不夠嚴謹，不可能成為一種新的媒體形態。但新聞部落格們在打過諸如「白宮緋聞」、「克里女人」、「《紐約時報》造假案」等幾個漂亮的大勝仗後，高高在上的傳統媒體就不得不開始重新審視和研究部落格新聞了。

針對傳統媒體對其不嚴謹的指責，部落格們也曾為自己做出辯護。德拉吉就曾經以近來美國主流媒體出現的一長串重大差錯清單為例說明：大型新聞機構也不一定就擁有可信度和真實性。他自己也曾犯過錯誤，但在假新聞報導發表24小時之內，他就撤回了報導，並在《華盛頓郵報》上公開道歉。他說，他的差錯，以及《華爾街日報》、CNN等的類似差錯並不能說明這些權威的新聞機構可信，而他本人發布的新聞不可信。

近年來主流媒體的閱聽人人數呈下降趨勢，公信力也在下滑。美國的報紙、雜誌和網路電視新聞都遭受過醜聞的打擊，部落格成了媒體未來發展方向。許多人認為，部落格是主流媒體最直接、最危險的競爭者——任何個人和群組都可以成為守門人。有些人卻認為，這是新聞業的未來：一大群「市民記者」都可以將他們未經核實的小道消息帶給渴望瞭解內幕的民眾。

部落格有許多優勢：它帶來了專業知識、才能、意見，同時帶來了與主流媒體的平衡。美國也有傳播學者認為，部落格是一群烏合之眾，部落格論壇沒有輿論的關口，是對社會安全的威脅。從美國主流媒體的評論家文章來看，他們對部落格既恐懼又充滿期待。但有一點是可以肯定的，那就是部落格的新聞化。部落格新聞化表現有以下幾點：

（一）傳統媒體網站紛紛建立部落格版塊

隨著新聞部落格異軍突起，西方著名的傳統媒體一改往日對待部落格的態度，不僅開始把部落格當成一種重要的新聞線索來源，而且還試圖把「對手變為朋友」，透過各種方式尋求與部落格的合作，希望這種新型獨特的傳播形態為己所用。目前，西方著名傳統媒體已經紛紛在網站上設立部落格版塊，藉此吸引讀者，建立和讀者交流的平台，傾聽讀者聲音，並藉此發現更

第二節　部落格新聞

多新聞線索。ABC 新聞網、福克斯新聞網、《基督教科學箴言報》、《衛報》等眾多傳統媒體都有了自己的「部落格陣地」。

英國《衛報》是傳統媒體網站中較早開設「部落格陣地」的，在其部落格站點有這樣一段歡迎詞，說明了傳統媒體對部落格的看法：

「歡迎來到《衛報》部落格世界，在這裡，我們的專家將為您帶來不斷更新的新聞、連結和來自網路的評論，記者們也會參與到讀者的討論中來。……我們發現，部落格幫助我們找到了另一種形式的新聞。當然，我們注意保持部落格的一切，從準確性到拼寫的標準，但是編輯的角色重要性已然降低，因為部落格編輯和《衛報》其他部分的編輯不一樣。這點使我們更加確信了部落格最偉大的優勢——個體聲音的力量。更重要的一點是交流，讀者們可以評論所有的新聞，我們也希望那樣。這為您提供了一個把新聞變成平等討論的機會——告訴我們關於您如何看待我們的新聞，及如何看待我們寫新聞的方法」。

打開《衛報》的新聞部落格，可以看到其受歡迎的程度：《衛報》世界各地的記者，隨時把最新的新聞和評論發上部落格網站，並且參與到讀者的討論中，一些熱門新聞的留言數很快上升，有的參與討論者還為記者提供新聞線索。

（二）在重大事件上引入部落格報導

美國有線新聞網（CNN）對部落格態度的轉變，充分說明了傳統媒體已經認識到了部落格新聞報導的重要性。2003 年第一季，CNN 要求戰地特派員凱文·塞茲停止在其部落格上張貼伊拉克戰事的報導，其發言人還曾立誓：CNN 寧願以更結構化的方式報導新聞，我們絕不採用部落格！

但 2004 年 7 月 21 日，CNN 宣布引入部落格的方式，實時報導民主黨全國代表大會的完整過程。該部落格由旗下數位節目主持人、分析評論家、特派員共同執筆，和網友形成平等、互動的平台。同時，CNN 還同知名部落格追蹤服務的網站合作，推出名為《部落格觀察》的專欄。該網站宣稱能夠追蹤超過 320 萬個部落格網頁的內容更新與響應狀況。CNN 希望透過採用

部落格這種新型新聞報導方式，第一時間追蹤掌握最新的選舉議題，並以最快的速度透過網際網路發布出去。

(三) 統一入口網站整合部落格新聞

部落格報導的威力使入口網站也開始整合部落格新聞。2005年10月12日，網際網路巨頭Yahoo宣布在它所有的新聞搜尋結果中加入部落格內容。在Yahoo新聞頁面進行搜尋的電腦使用者，將同時搜尋到主流新聞和部落格內容。Yahoo稱此舉可以使人們能夠更多地接觸草根新聞。Yahoo表示，「透過將全球各地的草根新聞與新聞搜尋結果整合，消費者可以透過普通人士提供的部落格及重大新聞的圖片來分享他們的觀點、分析和評論。」

西方國家傳統媒體對待部落格網路新聞報導的態度，從先前的不屑一顧到如今的青睞有加，經歷的時間並不漫長，甚至可以說非常迅速。短短的時間內，傳統媒體就看到了部落格中蘊含的機會。首先，很多部落格都擁有自己專屬的新聞來源，並且，一條新聞經部落格發布後，可能會得到成千上萬人的回應，其中不乏補充新聞內容者——他們都可以成為傳統新聞媒體的爆料者。在2001年911恐怖攻擊的時候，很多人把自己拍攝的照片和親身感受發到部落格上，成為其他新聞媒體的報導來源。第二，傳統媒體網站上的部落格陣地，提供了記者和閱聽人一個新聞事件平等開放的交流環境，使原本由少數人提供資訊的媒體，能夠體現普通民眾的聲音。部落格不會摧毀傳統媒體，但是會變革傳統媒體。因為有了「個人媒體」的充分參與以後，傳統媒體才會真正擁有群眾基礎。它的這種平等、自由、民主的操作過程會更加完善。

五、部落格新聞網站——以《哈芬登郵報》為例

《哈芬登郵報》(The Huffington Post)是美國著名的新聞部落格網站，創建於2005年，提供原創報導和新聞聚合服務，著重於國內外時政新聞報導，每天的獨立訪問量達到2500萬人次，是美國當前影響力最大的政治類部落格。在2008年初，《哈芬登郵報》的月獨立流量就已經超過了號稱「美國第一部落格」的《德拉吉報告》(Drudge Report)。《哈芬登郵報》早

在 2010 年就實現了盈利，當時的年度盈利額為 3500 萬美元。2011 年，《哈芬登郵報》每月獨立使用者訪問量突破 2500 萬，超過了《紐約時報》網站。根據 comScore 的數據，在過去兩年中，《哈芬登郵報》的每月獨立使用者訪問量已上升至 4500 萬，而 2012 年下半年月增長率都達到 22%。AOL 在首頁上提供了《哈芬登郵報》的許多連結，這給該網站帶來了巨大的訪問流量。《哈芬登郵報》打出了「第一份網際網路報紙」的口號，具有部落格自主性與媒體公共性的特徵，因其「分布式」新聞發掘方式和以 Web2.0 為基礎的社交新聞交流模式而獨樹一幟，以新銳的報導風格而引人注目。其挑選、呈現的資訊類型清晰、主題突出，著重於報導國內外時政新聞，透過過濾分類的方式來為讀者提供有價值的新聞資訊。

《哈芬登郵報》主要以 24 小時新聞聚合發布、部落格新聞評論兩種方式來呈現、解讀新聞。在保持部落格傳統風格的同時，其篩選、傳播資訊的方式具有鮮明的媒體特色。

《哈芬登郵報》既有網站專任記者及眾多自由部落格記者採寫的新聞，也提供其他媒體新聞資訊的連結；其主頁版面簡潔、重點突出；主要有部落格新聞評論、每日新聞以及廣告、娛樂新聞等三個專欄。讀者能迅速瞭解新聞的主要內容，並自主決定是否要深入閱讀。新聞在網頁的排列順序根據網友的點擊率而上下調整，從而形成了全天候「讀者自主頭版」的特徵。

該網站在內容生產與傳播方面有自己的特點：

（一）網站內容：最大限度整合使用者生產內容（UGC）

《哈芬登郵報》代表了一種建立在新的社區基礎上的全新內容生產模式。它只有 150 名帶薪工作人員，但有超過 3000 名投稿者為一個話題貢獻內容。另外它還有 12000 名「公民記者」，充當其「眼睛和耳朵」。它的讀者也生產了網站的許多內容，每個月有多達 200 萬條投稿。《哈芬登郵報》還邀請名人在網站開部落格，如歷史學家、名主播、著名記者等。這種新的、更開放的新聞模式被視為一種「群眾外包模式」，其中群眾就是部落客與公民記者。《哈芬登郵報》的共同創建人喬納·柏瑞蒂認為這種新聞模式再也不是一種新聞傳遞的消極關係，而是「一個在生產者和消費者之間共享的事業」。

部落客們都沒有稿酬，儘管如此，仍阻止不了他們在這個網站上發表文章。他們非常願意與人分享自己的想法，因此《哈芬登郵報》不需要向部落客催稿。

整合是一種雙贏的做法，既有利於原創網站，也有利於整合網站。不過，這種模式也曾受到了強烈的批評。有人說，這種網站的行為就相當於直接把別人寫的文字拿過來，包裝一下放在自己的網站上，並收穫原來屬於原創者的收益。不過事實上，包括《紐約時報》網站在內的幾乎所有在線新聞網站，都會運用這種整合的方式，連結或者轉載其他媒體的報導和資料。《哈芬登郵報》也一直注意標明文章出處，以及引用率小心不超過法定標準，來規避違反法律的風險。它雖然是「新聞整合型」網站，但是也能汲取傳統媒體新聞價值觀的精粹，來樹立自身作為公共媒體的權威性。

如 2008 年，《哈芬登郵報》發現在總統大選期間關注和願意參與到大選活動中的「沉默的大多數」，他們每天在公車上看報紙，關注大選。於是，《哈芬登郵報》發動了「Off the Bus」項目，募集「沉默的大多數」共同參與總統大選的報導。將一個採訪任務，比如跟蹤歐巴馬在十幾個州的拉票過程，分給 50 到 100 名普通人，每人每天花上一個小時，就能完成一個記者兩個月才能完成的工作。這些人只需填寫一張統一的表格，寫上自己的觀察，將素材發給編輯，最後寫出一篇完整的報導就可以了。其過程是完全透明的，訪客在《哈芬登郵報》上能看到全部源素材。這種被稱為「分布式」的新聞報導的優勢在於參與者眾多，能以群體力量完成時間、空間跨度大的事件的追蹤採訪和報導，從中挖掘出內容鮮活、能產生重大影響的新聞，並且能喚起普通民眾對公共事務的興趣。同時這種互動也適用於與部落客們的交流。2009 年 3 月，金融危機影響最嚴重的時候，《哈芬登郵報》突發奇想，在網站上發布資訊，號召廣大博主們訴說危機給自己及其家庭帶來的影響。「災難需要用部落格來訴說。我沒希望你們將自己的經歷告知大家，我們將選擇突出的故事與讀者分享。」這項被稱為「部落文訴苦」的活動引起了熱烈反響。這不僅大大豐富了網站的內容，而且也吸引了大量客戶，獨立訪客的數量明顯增加。

（二）傳播模式：網路社會化

《哈芬登郵報》重視社交網路在新聞傳播中的作用，注重建立新型的網路社交新聞過濾機制並啟動、推動網際網路上理性的公共討論。

從 2009 年 8 月開始，《哈芬登郵報》與著名社交網站 Facebook 合作推出了一個社會化新聞新版塊「Huff Post Social News」。使用者可以在該區域看到自己的 Facebook 好友正在閱讀的內容，也可以將感興趣的內容直接發到自己的 Facebook 帳號上推薦給好友，由此形成一種資訊篩選模式：將大量的新聞過濾成使用者及其好友關注的對象，由使用者自主決定點擊需要瞭解的內容，並形成一定範圍社群傳播。透過社會化新聞服務項目，《哈芬登郵報》網站的訪問量上升了 48%，達到 350 萬次每月；網站個體使用者達到 947 萬人。

同時，《哈芬登郵報》利用網站已發展成熟的部落格圈，透過社群傳播和部落格評論等功能來引導對於公共事件資訊的交流與評論。網站編輯的角色則由傳播內容的「守門人」轉變為網上社區的「調節者」，以活化、引導公共討論為其主要職能，鼓勵網友各抒己見，對各類公共議題進行討論、批評、質疑。例如其名為「BEARING WITNESS 2.0」（見證 2.0）的專題專欄，就曾透過在全國各地方媒體中精選報導、在網友中徵集線索的方式，從民生的角度來觀察報導了金融危機對普通民眾生活的影響，及普通美國人如何度過艱難時期的經歷。

此外，《哈芬登郵報》還透過與推特等社交媒體的融合，利用社交媒體來提高網站訪問量，使其成為一站式的新聞和評論消費場所。部落格的黏性，聚集志同道合的人群社區；網站的參與感，要求頭條和新聞排序根據點擊量排列——「讀者自助頭條」；重視讀者評論⋯⋯這些方式都幫助《哈芬登郵報》建立了很好的使用者活躍度以及形成了「病毒式」的傳播，從而增加了網站的訪問流量，最終產生廣告收入。

第三節　Podcasting新聞

「Podcasting」目前尚沒有統一的中文譯名。Podcasting 的發展在近幾年呈現出突飛猛進的態勢，有人說，Podcasting 可能會像部落格一樣，改變傳統媒體的傳播方式。部落格的出現顛覆了文字資訊被動接收的方式，Podcasting 的出現也對傳統的廣播電視傳播方式產生了競爭威脅。就 Podcasting 當前的應用現狀來看，它已給大眾傳媒帶來了巨大的變革。

一、Podcasting 發展

2004 年 8 月 13 日，「Podcasting 之父」亞當・庫利開通了世界上第一個 Podcasting 網站——「每日原始碼」，這也標誌著 Podcasting 的正式形成。隨後，在短短幾年的時間內，Podcasting 就如風暴般席捲了整個網路。隨後，各類 Podcasting 網站如雨後春筍般建立起來。據媒體搜尋和挖掘網站 Mefeedia 發布的《Podcasting（影片分享）現狀報告》顯示，Podcasting 從 2007 年以來呈現出爆炸增長的態勢。根據 Mefeedia2007 年的報告顯示，當時的 Podcasting 數量約為 2 萬個，但在 2009 年就已經達到了 11 萬個，也就是說，全球 Podcasting 數量在過去三年內增加了 5 倍多，發展之迅速可見一斑。

影片網站重視原創 Podcasting。大部分影片網站的核心還是購買與推廣長影片，基本成為網友觀看劇集、電影的平台。然而由於使用者收看長影片的習慣往往是透過搜尋引擎、追隨劇集選擇平台，雖然一時間能為網站帶來高流量，但無法吸引極具黏性的忠實使用者，而長影片的版權購買的價格又非常昂貴，因而也並非影片網站健康發展的長久之計。面對這一問題，處於行業領先地位的幾家影片網站已開始了各種嘗試，試圖尋找未來長遠發展的出口。經過一兩年的摸索，伴隨著行動硬體設備的快速發展和使用者使用習慣的轉變，Podcasting 還是順利成為這些領軍者看好的登陸點。

從長遠看來，行動網路與設備的發展和 Podcasting 所帶來的忠實使用者，確實是短影片未來實現盈利的根基。許多傳統媒體網路以及入口網站都開設了 Podcasting 頻道。如圖 9-1 所示，為鳳凰網 Podcasting 頻道。

第三節　Podcasting 新聞

圖9-1　鳳凰網播客頻道

二、個人 Podcasting 新聞的內容來源

具體而言，個人 Podcasting 影片新聞的內容主要來源於以下四個方面：

第一，公共領域的突發事件。公共領域的突發事件是個人影片新聞的重要容之一。它主要是人民普遍關注且具有較強新聞價值的突發事件，由於拍者恰恰處於事發現場，所以在第一時間記錄下了事情的始末。因其是對事發現場的真實記錄，故在個人影片新聞中具有很高的傳播價值。

第二，親身經歷的社會事件。個人影片新聞的傳播主體是普通的民眾，他們不像媒體記者一樣去主動尋找線索，拍攝的往往是自身經歷的一些社會事件。這類內容的影片因存在一定的趣味性或社會價值而倍受關注。

第三，社會中的熱門現象。公民意識的覺醒使得越來越多的普通民眾開始關注社會的熱門事件，他們從自己的角度出發去考察新聞事件，從而使事情的全貌得到更好的呈現。因此對熱門現象的主動調查也是個人影片新聞的重要內容。

第四，某些創意性的主題策劃。為了擴大網路上的資訊區，同時充分調動普通民眾積極參與資訊傳播，一些影片網站專門設立了主題向民眾徵集一些原創影片；也有一些攝影者為了在網際網路上竄紅專門策劃一些場景拍攝，上傳到網上，這就形成了個人影片新聞的又一來源——某些創意性主題的策劃。

三、個人 Podcasting 新聞存在的問題

Podcasting 時代的到來對新聞報導方式造成了很大的影響，但是在看到 Podcasting 對新聞報導帶來的有利的轉變的同時也要注意到其負面的影響。個人 Podcasting 新聞存在的問題具體如下：

（一）傳播效力與占據空間的失衡

個人影片新聞是由未受專業新聞理念培訓的普通民眾自主選材、製作，然後上傳到網際網路平台，從而吸引到一部分群體的關注，這實質上構成了一個完整的自媒體傳播鏈。它的傳播主體是普通民眾，內容也缺乏相應的挑選，由於缺少專業的新聞知識指導和技術設備的支撐，個人影片新聞大多製作比較簡單、粗糙，內容也比較淺顯，缺乏新聞應有的深度。在更多人開始關注深度內容的現代，個人影片新聞很難生存發展，而且個人影片新聞除去其第一時間、第一現場的資訊優勢外，其影片片段往往流露出非專業的攝製水準，比如鏡頭搖晃不穩、環境資訊涵蓋不全、拍攝主體不突出等問題，這些都是個人影片新聞發展的侷限性。

此外，雖然個人影片新聞由於種種限制缺少應有的傳播效力，但是目前它卻占據著巨大的網路空間，造成了嚴重的資訊超載，甚至有時一個長達四五分鐘的影片中真正有價值的資訊僅占十幾秒的時間，這樣的影片存在會導致真正優秀、有價值的作品被湮沒在成千上萬計的個人影片片段中。在現

在這個資訊不斷更新的時代，這種雜亂的呈現會使人們逐漸喪失對個人影片新聞的興趣。

(二) 法律意識淡薄，侵犯他人權利

個人影片新聞是一種完全民間化的新聞傳播活動，它的主體是「普通個人」，拍攝主體是民眾，拍攝素材也來自民眾。然而，並不是整個社會都認可拍攝者能隨意舉起手中的鏡頭進行拍攝，把它上傳到網路進行傳播，甚至被拍攝的民眾有時並不願意自己在對方的鏡頭中呈現。尤其是一些未成年人所犯的錯誤需要更加包容，因為一旦公之於眾就可能會對他們造成永久的心理陰影。因此，攝影者如果未經被拍者允許，擅自將相關影片發布到網站，很容易侵犯他人隱私權，尤其是肖像權。

(三) 「守門人」的缺位滋生一系列問題

傳統的新聞傳播一般都要經過層層把關，最終才展現在閱聽人面前，而個人影片新聞是由民眾自發拍攝上傳到網路，從而實現資訊的傳播，在過程中傳播者具有很強的自主權，這就有可能造成假新聞泛濫。2008年10月3日，由於公民新聞網站 iReport 上一條關於「蘋果公司 CEO 賈伯斯心臟病嚴重發作」的假新聞，使得蘋果公司的市值瞬間減少90億美元，這也讓許多人質疑「公民新聞」的真實性。「公民新聞」一般採用的是先出版後篩選的模式，因此，在真實性方面需要有 Podcasting 平台編輯的把關。

從表面上看，網路中的把關弱化似乎賦予了普通民眾更多的話語權，某種意義是為網友提供了一個發表意見與監督批評的場所，保證了大眾參與社會民主進程中的表達權。然而網路強勢發展和迅速滲透的同時，也顯露出了民主觀念本身的侷限性。網路是一個相對開放的空間，當沉默已久的多數人都踴躍在網路空間發出自己的聲音時，網路就成了魚龍混雜的「大雜燴」，這必然會造成網路環境的混亂，使人們真假難辨，真正有價值的意見很難被發覺，「意見領袖」也很難發揮作用，從而不利於網路輿論監督功能的發揮。

四、國外傳統媒體的 Podcasting 新聞實踐

國外傳統媒體很早就已經注意到了來自民眾的影片資訊，並試圖加以整合利用。2003 年伊拉克戰爭開始前，BBC 深知自己無法派出足以報導全世界數百萬反戰示威遊行人群的攝影記者隊伍，於是就轉向民眾尋求幫助，呼籲人們上傳用數位相機或手機拍攝的反戰新聞圖片，BBC 則將上述作品擇優發布在網上。

2005 年 7 月 7 日倫敦地鐵公車連環爆炸案當天，BBC 收到了民眾傳來的 22000 份文本電郵資訊、300 張圖片以及一系列影片素材，這無疑清晰地傳達了普通民眾向傳統主流媒體提供內容的積極意願。而由人們傳給 BBC 並在電視上播出的高品質的文字、圖片和影片報導使得 BBC 第一次意識到了自媒體生成的新聞報導，有時甚至比專業新聞報導更具價值。

2006 年英國發行量最大的《太陽報》在其網站上開闢了「Reader Blogs」專欄，允許該報讀者在主頁開部落格。此外，《太陽報》和《每日電訊報》在其網站上也開闢了「Your Media」版塊，歡迎使用者提供新聞圖片、音頻和影片報導素材。《泰晤士報》和《蘇格蘭人報》在其網站上則開闢了「Your Story」版塊，歡迎使用者提供文字報導素材，使用者上傳的內容經由專業的編輯把關後，最後在網上發布。

2006 年 8 月，CNN 在其網站上，為擁有第一手新聞報導的目擊者開闢了 CNN iReports 主題版塊，提供文字、圖片或音樂影片。CNN 主管承認這一舉措能讓傳統主流媒體充分認知，自媒體在突發新聞報導中的潛能，2007 年 4 月 CNN 對維吉尼亞理工大學校園槍擊案的報導中，很多重要的素材就源於 420 份觀眾提供的影片資料。CNN iReports 的成功實踐在美國電視新聞業產生了很大反響，美國全國廣播公司隨即開闢了「i-caught」版塊，福克斯新聞網也開通了「U-Report」版塊，微軟全國廣播公司 MSNBC 則開闢了「第一人」版塊。

以下以 CNN 的 iReport 為例，來分析傳統媒體對 Podcasting 內容的整合。

第三節　Podcasting 新聞

　　2004 年南亞大海嘯和 2005 年倫敦地鐵公車連環爆炸案震驚了世界，也刺痛了全球媒體人的心。而這兩場「天災人禍」卻促成了 iReport for CNN 專欄的誕生。事件發生後，包括 CNN 在內的全球知名媒體都派出報導團隊赴現場採訪，但是不管這些記者在前方如何拚力衝鋒陷陣，他們還是很難取得即時資訊和封鎖線內的畫面。多虧熱心民眾拿起手機拍下歷史鏡頭提供給媒體，才「如實」報導了現場。在這兩個突發性事件的新聞報導中，CNN 的記者首次遭受了民眾記者的挑戰。

　　2006 年 8 月，CNN 決定推出 iReport for CNN 專欄，全球民眾均可透過網路上傳自己所拍攝記錄的當地發生的突發性事件的圖片和影片，然後經由 iReport for CNN 專欄再對其進行編排選播。隨後，在突發事件內容報導的基礎上，專欄又增加了網友評議和娛樂生活方面的內容，不斷提高節目容量，擴大閱聽人面向。

　　iReport 專欄於 2006 年 8 月開始在 CNN 的 International 頻道推出，每月一次，每期時長 30 分鐘，固定在每月的第三個星期四播出。每期內容構成大致分為三段。

　　第一段是要聞，通常是題材較硬新聞。類似於傳統新聞節目的「新聞熱點」，往往是對近期觀眾甚至是國際社會普遍關注重大事件的深入報導。這些重大新聞素材的提供者都是民眾，他們上傳自己拍到的影片或自己的講述、報導，組成一個完整的新聞故事，再由主持人的話外音串聯起來。在此過程中，民眾記者代替了專業記者。這一段的時間一般在 10 分鐘左右。

　　第二段是新聞評論，同時也是互動新聞。通常是針對近期某一熱點話題，由 iReporters 各抒己見，發表各自的新聞評論。其形式是主持人透過 Facetime 或 Skype 等網路工具，連線公民記者評論家，為其提供對某一事件發表個人看法或評述的機會，時長在 5 至 7 分鐘。

　　第三段是軟性新聞，同時也是趣味新聞。通常是由各地的 iReporters 錄製、上傳的奇聞逸事，或娛樂性很強、格調輕鬆幽默的軟性新聞，時長在 5 分鐘左右。

iReport 的運作方式顛覆了傳統的新聞生產理念，其與眾不同的新聞視角和對新聞價值的深度開掘為突發事件報導拓展了新的維度。

(一) 第一時間

突發事件發生時，閱聽人的認知平衡被打破，出現強烈的資訊饑渴，資訊更新時間越短，資訊的報償度就越高。由於事件突如其來，常規報導有一個反應遲滯期，在這個資訊真空期，新聞當事人第一時間的資訊傳遞就顯得彌足珍貴。這些現場報導幾乎與新聞事件同步發生，並且與事件的發展同步跟進，其時效性堪比現場直播。

(二) 真實現場

新聞的真實性是指新聞報導與所反映的客觀事實的相符程度，真實性是一種終極追求，也是媒體公信力的基礎。貝爾納瓦耶納說過，誰也不能說自己掌握了全部新聞，但是透過每個人所掌握的、分散的、不完整的片段最終卻可以合成一個協調的整體。由當事人各種視角的資訊彙總，將可能在細節真實、局部真實的基礎上最大程度還原事實真相，形成一種「馬賽克」式的真實，並最終組成總體真實。再者，iReport 的報導者往往就是新聞事件的第一當事人或直接目擊者，具有與生俱來的現場感。

(三) 全面報導

新聞傳播的全面性，即要求提供各方面的事實、情況、意見，不片面報導和隱匿事實。

全面報導的基礎是充分的、多面向的新聞來源，這既有賴於多元的資訊渠道，還取決於資訊來源多維的觀察角度。平面視角和草根特徵，組成了新聞事實的多種面向，與專業記者報導和官方的正面渠道資訊相結合，無疑會增添新聞視角的多樣性和內容的豐富性。

(四) 動態跟蹤

隨著突發性事件的發生、發展，新聞報導也須跟進常變常新。有學者將突發事件發生、發展、結束三階段的新聞報導特點總結為資訊傳播的突發性、

資訊傳播的擴張性和資訊傳播的完整性。在後兩個階段的連續報導和深度開發，是 iReport 大有作為的領域。民眾的回饋源源不斷，新聞內容也就不斷更新，保持了豐富的新聞流量。這種對新聞的持續跟蹤能力和民間輿論的動態展示也是其他媒體不可比擬的。

【知識回顧】

在當今的網路世界裡，部落格、微部落格、獨立網站等，這些自媒體儼然已成為了民眾生活的重要部分。面對自媒體的衝擊，傳統媒體利用自己的優勢和自媒體競爭才是正確的選擇。自媒體帶來了傳播方式的革新。作為網路自媒體資訊傳播方式的部落格、Podcasting 等技術平台的開發與應用，使得大眾媒介傳播在時間和空間範圍內作了更加廣泛的延伸。傳統媒體不但可以充分利用自媒體平台，提高擴展傳播渠道，還可以吸納、整合來自民眾的自媒體作品。總體來說，傳統傳播媒體可透過各種自媒體技術平台，實現傳播速度更快、途徑更多、範圍更廣、頻率更高、形式更加多樣化的偉大變革。

【思考題】

1. 如何有效地將部落格平台整合到專業新聞的採寫環節？
2. 《哈芬登郵報》的發展經驗對專業新聞媒體有何借鑑價值？
3. 請談談自媒體對新聞傳播格局帶來的影響。

第十章 行動裝置新聞編輯

【知識目標】

1. 行動使用者閱讀行為特徵

2. 行動短影片新聞的特點

【能力目標】

1. 掌握行動新媒體的圖文選擇及編輯略策

2. 瞭解平板電腦新聞的特點

【案例導入】

行動閱讀是當下獲取資訊的主流形式，受行動載體的影響，及媒介使用習慣於情景化的緣故，行動閱讀變得碎片化、個性化。手機成為使用者最受歡迎的行動媒體。手機正成為使用者碎片化時間段中最重要的觸媒渠道。

越來越多的媒體開始提供手機新聞服務，除了傳統的行動新媒體之外，還為手機以及平板電腦開發的新聞 APP。

第一節　網際網路發展現狀

百年前，人們獲取資訊的方式是透過報紙、雜誌；十年前，人們獲取資訊的方式是透過傳統 PC 網際網路；而如今，在 4G 網路高速發展的浪潮下，伴隨著移動智慧終端的普及，人們獲取資訊的方式已經逐漸轉向了從移動網際網路中獲取。

一、移動網際網路發展

行動網際網路（Mobile Internet，簡稱 MI）是一種透過智慧行動裝置，採用行動無線通訊方式獲取業務和服務的新興媒體，包含終端、軟體和應用三個層面。終端層面包括智慧型手機、平板電腦、電子書、MID 等；軟體層

面包括作業系統、中介軟體、資料庫和安全軟體等；應用層面包括休閒娛樂類、工具媒體類、商務財經類等不同應用與服務。

在行動裝置應用中，使用者使用手機的主要行為是娛樂（音樂、影片）、玩遊戲、社交媒體、日常資訊獲取（搜尋、新聞等）以及購物、本地搜尋與電子郵件辦公等。其中在使用時間上娛樂性質應用最多；其次是玩遊戲；社交媒體；日常資訊獲；剩下購物、電子辦公等占了。玩遊戲本質上也可以歸納到娛樂中，由此可見在行動使用者觸媒行為中，娛樂、社交與資訊獲取是其三大主要版塊。

二、行動使用者閱讀行為特徵

使用者在行動閱讀中擁有三類特徵：

1. 碎片化。碎片化是我們這個時代重要的行為特徵。無論是渠道多樣化還是媒介自身內容的精簡與碎片化生產，抑或是使用者自身碎片化地使用媒介內容、接受碎片化資訊符號，我們都會發現，人的認知行為總是與媒介自身特徵形成聯繫。碎片化閱讀是行動媒體的重要參考形式。

2. 情景化。在廣告行銷中，有種行銷方式叫做情景行銷，即透過喚起使用者以往記憶中的相似體驗而刺激消費者接受品牌價值。這種手段隨著大數據的相關輔助應用，已經變得越來越精細。同樣，行動閱讀也需要考慮各種情景因素，比如我們平時白天的上班過程中或是等待地鐵的途中，必然不會深度集中閱讀，常表現為一種淺閱讀行為，因而在閱讀內容的製作與分發上，必然要做選擇性地推送；而到了晚上睡覺前，可能就會靜下心嘗試著深閱讀。情景化考慮即是我們新聞內容推廣的需求滿足，也是種使用者體驗的優化。

3. 個性化。與情景化相對應的必然是個性化。網際網路的思維主導了未來產業的分工與聚合，個性化就是其中一個重要的思維。在手機閱讀行為中，個性化的體驗源於兩方面的營運設定，一個是櫃檯設置，也就是我們所言的客製化，即透過標籤行為來訂閱相關內容；另一個是後台數據分析，現在透過搜尋以及終端互通技術，大數據已然可以分析出使用者的閱讀偏好，透過大量採集數據，來引導與滿足消費者閱讀的。

▌第二節　行動新媒體及其新聞編輯

　　行動新媒體被稱為繼報刊、廣播、電視、網路之後的「第五媒體」，是將紙質媒體的新聞內容，透過無線行動通訊技術平台發送到使用者的多媒體簡訊手機上，使用者透過手機閱讀報紙內容的一種資訊傳播業務。

一、行動新媒體的特點及其發展現狀

　　行動新媒體是以多媒體資訊形式（內含文本、圖像、音影片等多種媒體文件）將新聞發送到手機終端供使用者離線收看的一種新聞資訊服務，每條多媒體簡訊可容納 7000-10000 字的圖文資訊，內容多為傳統報紙資訊的縮編或者摘要。使用者可根據自己的興趣發送相應代碼到行動網路電信公司的簡訊平台或者直接登錄傳統媒體的自身網站進行客製。行動新媒體傳播要素的特點表現為：傳播內容是新聞、資訊等資訊；表現形式是文字、圖片、Flash、音頻等；傳播渠道是行動通訊平台；傳播對象是行動使用者；傳播終端是手機。與傳統媒體相比，行動新媒體具有資訊傳遞和接收同步、互動性強、多媒體等傳播優勢，但也有螢幕狹小、信號不穩定等傳播弊端。在行動新媒體發展初期，行動新媒體憑其個性化的傳播特色和作為對報紙媒體利潤鏈條的延伸，備受各大報業集團和報紙的青睞，因而數量劇增。

二、發展行動新媒體的現實意義

　　把握行動新媒體的特點，分析其趨勢，對於傳統媒體進入新技術領域，更加即時、正確地引導社會輿論，加速自身既快並準發展，具有重要意義。

　　1.適應網際網路發展新趨勢、新挑戰的需要。網際網路時代，資訊已經實現了「即時」傳播。紙質媒體隔天印刷發行的週期，在時效性上有著天然劣勢。行動新媒體早晚兩報，對重大突發新聞即時推送，省掉了印刷、運輸、發行等許多環節，資訊處理和發布方式更為便捷，契合了時代發展的新趨勢，能夠有效應對時代新挑戰。

　　2.當好「資訊管家」，更好地滿足民眾資訊的需求。網上資訊浩如煙海容易魚目混珠，不但虛假資訊層出不窮，針對性、個性化也都有所不足。行

動新媒體由黨報集團創辦，對各類資訊嚴格把關，即時準確發布公共資訊，並細分閱聽人市場，針對不同人群、不同地域推送個性化資訊服務，能夠很好地擔負起「資訊管家」職能，寓引導於服務之中。

三、行動新媒體的圖文選擇及編輯策略

行動新媒體的編輯工作與傳統平面媒體有很大不同。從版塊設置、文章選擇、內容剪裁、標題製作到圖片排列都有自己的特殊規律。如何讓行動新媒體的內容吸引人，讓其傳播的資訊適應手機閱讀特點，是行動新媒體編輯面臨的課題。

（一）行動新媒體稿件的文字要盡量精練

一般來說，手機每屏只有200字左右的容量，每期行動新媒體能容納的文字量很難超過3000字。行動新媒體的閱讀通常是一種快速瀏覽，稍長一點文章會讓讀者有厭煩感，產生閱讀疲勞。依據這樣的閱讀習慣，行動新媒體文章要盡量少用長句，多用短句，語言平實易懂，言簡意賅，少用形容詞和虛詞，以盡量少的文字，涵蓋最多的資訊，節約讀者的閱讀時間。這就要求編輯不能簡單地將報紙上的文章剪短截說，而是要根據行動新媒體的特點，將文字進行逐字逐句的推敲整理。

具體操作應注意以下幾點：

1. 縮短，精簡

2. 注意角度選擇

3. 善於找亮點

4. 資訊整合

此外，行動新媒體新聞編輯還要求多方選稿，善於綜合。行動新媒體要求在有限的螢幕空間為讀者提供盡可能多的資訊，這就要打破傳統的單稿編輯模式，採用多稿綜合的方法編輯新聞。行動新媒體的單條新聞很多都是由多篇稿件綜合成的合稿。同時還要會利用搜尋，豐富稿件。有的焦點稿件（尤其是財經和娛樂類稿件），往往以單篇新聞的形式出現。但編稿時需要說明

事情的來龍去脈，並交代新聞背景，單篇新聞不能滿足讀者的閱讀需求，這時可以利用網路搜尋工具，搜尋相關新聞，最大限度地豐富稿件。

（二）新聞圖片的選擇和使用

直觀的新聞圖片往往比文字資訊更容易讓讀者關注，行動新媒體如果缺乏圖片搭配，讀者更易產生閱讀疲勞。

1. 新聞圖片的選擇應更加突出細節展示，並強化視覺效果。圖片由於受到螢幕顯示的限制，近景或者特寫的景更能抓住細節，並帶來較強的視覺衝擊力。由於手機的螢幕狹小，只有 2-3 英吋，適合表現細節圖片，不適合表現大場面的全景圖片。如果一張新聞圖片包含的資訊量比較大，經過壓縮以後，細節資訊就會嚴重缺失，圖片的表現力就會黯然失色。因為手機簡訊容量有限，圖片要處理得很小，就需要盡可能選細節圖、近景圖，縮小後也能讓人一眼看清楚圖片傳遞的資訊。而近景或者特寫圖片在手機螢幕上的表現力更細膩、更豐富。一般來說，一份完整的行動新媒體最多只能發 3 張圖片。

2. 應注重圖文結合，增強二者的聯繫，便於讀者理解。受制於手機終端，行動新媒體的圖片與文字往往難以同時編排在同一個版面中，從而導致二者關聯鬆散。因此需要透過後期製作，在圖片中嵌入相應的文字資訊，使二者得以同時呈現。同時，由於行動新媒體的圖片幅面小、解析度不高，讀者在解讀圖片時存在一定難度，甚至不明白圖片的詳細內容，因而在圖片中的文字資訊能夠造成說明作用。另外，新聞插畫和漫畫也能成為行動新媒體的重要內容，並增強資訊的感染力，便於讀者理解。

（三）標題、導讀的製作

新聞標題的製作是行動新媒體編輯過程的一個重要環節。每期行動新媒體的第一屏都是本期內容的導讀，也就是把重大新聞的標題集中羅列出來，讓讀者對本期行動新媒體的內容有一個概括性的瞭解。讀者往往是先看一看首屏導讀上有沒有吸引眼球的內容，再決定是否往後看。因此，標題是否醒目，是否吸引人，是決定讀者閱讀興趣的關鍵。標題既是行動新媒體的眼睛，又能造成導讀作用，其製作應更加精緻、明確。這就要求首先要根據不同的

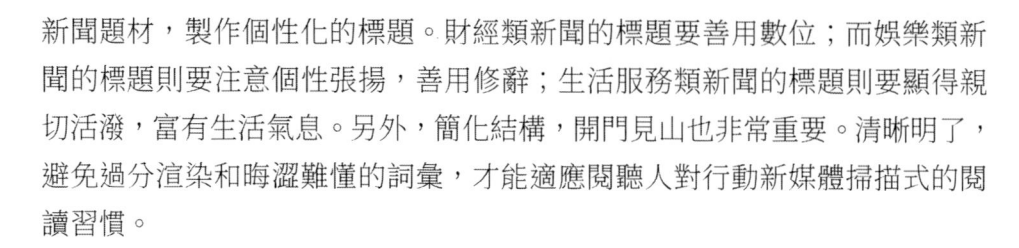

新聞題材，製作個性化的標題。財經類新聞的標題要善用數位；而娛樂類新聞的標題則要注意個性張揚，善用修辭；生活服務類新聞的標題則要顯得親切活潑，富有生活氣息。另外，簡化結構，開門見山也非常重要。清晰明了，避免過分渲染和晦澀難懂的詞彙，才能適應閱聽人對行動新媒體掃描式的閱讀習慣。

（四）版面編排的創新

行動新媒體的版面形式受制於小螢幕閱讀，其編排要輕鬆活潑、突出重點，並以提高讀者閱讀體驗為基本訴求。而對於次要的資訊，則須進行簡短化處理，甚至只是選單式地列舉主要新聞事實。行動新媒體由於其載體的特殊性，使得它與傳統報紙的版面不同。行動新媒體的版面就是幀，一般一份行動新媒體總長不會超過一幀。每幀內容不超過 800 字。此外，為了滿足讀者多元化的閱讀需求，還可以在行動新媒體中提供多媒體簡訊發送、簡訊獲取、WAP 上網點擊連結等功能，以彌補行動新媒體資訊的不足。行動新媒體的圖文選擇及編輯會隨著手機終端以及移動網際網路的發展而不斷變化，但其宗旨始終不會改變，那就是為讀者提供全面而優質的資訊服務，以及不斷提升良好的使用者體驗。

（五）加強行動新媒體內容的管理

為更好地滿足行動新媒體讀者的需求，充分發揮行動新媒體的優勢，在進行行動新媒體編輯時，需要解決好行動新媒體內容的個性化、新聞的時效性和互動性等問題：

1. 內容的個性化

每一個閱聽人都是一個獨立的個體，由於其身分、地位、興趣、愛好等方面的不同，個體閱聽人對於行動新媒體的需求也不同。行動新媒體的內容不可能滿足所有人的要求，綜合性的行動新媒體不適應社會發展的潮流。所以行動新媒體首先要有明確的市場定位，然後才能根據閱聽人群體的需要提供量身定製的內容。目前訂閱行動新媒體的閱聽人多為資訊需求量較大的群體，尤其是在專業化、個性化資訊需求方面。針對行動新媒體的閱聽人群體

特點，行動新媒體的編輯內容需要實現小眾化，有針對性地提供個性化的新聞資訊。

「分眾化」是大勢所趨，即針對不同的閱聽人群體，提供個性化的資訊，例如根據年齡、職業、愛好、信仰等分門別類的行動新媒體。行動新媒體要想達到吸引閱聽人的目的，就必須在內容編輯時做好定位。首先，在一份行動新媒體的誕生之初，編輯就應該對其進行準確定位，確定目標閱聽人。這個定位可以根據內容細分，也可以根據地域細分。不同興趣的讀者會選擇訂閱不同內容的行動新媒體，不同地域的讀者也會對不同地區的新聞投入不同程度的關注。行動新媒體的一大好處就是可以透過手機確認讀者的地理位置，從而幫助媒體有針對性地推出行動新媒體。其次，在以後的內容選取中把握行動新媒體的定位，做好相關資訊的集中工作，使讀者在閱讀到自己感興趣的話題的同時也可以及時補充一些相關資訊。

2. 新聞的時效性

手機的隨身性能使行動新媒體能擺脫傳統報業的時空限制，能對重大事件進行實時跟蹤，搶得播報新聞的先機，使資訊能夠第一時間到達使用者終端，實現閱聽人與新聞事件的零距離。行動新媒體可以傳遞的資訊多種多樣，行動新媒體的編輯要將傳播重大公共突發事件當作行動新媒體的重要功能。在突發事件的傳播過程中，使用者可以透過手機在第一時間實時瞭解事件的最新發展動態。例如，行動新媒體在報導汶川地震的過程中，每天發表各地評論的摘要，報導社會各界對汶川災區的支援和災區情況，使手機使用者得以在第一時間瞭解地震的最新情況。在進行行動新媒體的內容編輯時，一方面需要給使用者以內容更新提示，用簡訊的形式加以展現；另一方面，可以拓展行動新媒體的內容深度，提供內容背景和詳細報導的連結，使滾動發稿和現場發稿與新聞的深度聯繫起來，實現對新聞事實全方位的把控。

3. 內容的互動性

行動新媒體可以採用簡訊回覆的形式與編輯部實現有效互動，這在採寫新聞和實現意見回饋方面做得比較成功。但是如何實現新聞資源最大程度的挖掘，實現去中心化的內容提供方式，仍是行動新媒體需要努力的方向。手

機同時是資訊採集和資訊接收的終端，運用手機完全可以完成新聞資訊的採集和傳播。

第三節　手機新聞用戶端

　　隨著網際網路技術的發展、數位和無線行動通訊技術的進步，以網路、手機等為代表的網際網路媒體發展勢頭強勁，使得傳統媒體的閱聽人和廣告市場得以重新分流。傳統報業在這一過程中遭遇了前所未有的衝擊。

　　手機新聞用戶端（Mobile phone news client）是以手機為物質載體的應用程式（APP），它以手機為接收終端，即時更新和推送新聞消息。在手機新聞逐漸發展的過程中，文字、圖片、動畫、音頻等形式使新聞文本承載的資訊量越來越大，而手機新聞用戶端作為物理伴隨型媒介，可以承載起更多的傳播任務。透過集納專題、新聞推送、話題投票、個性客製、互動分享等功能，實現新聞傳播的個性化與專業化，被認為是手機媒體新的重要傳播形式。

一、手機新聞用戶端發展基礎

　　手機新聞用戶端伴隨著智慧型手機的普及化、行動網路基礎設施的完善，呈現出了繁榮發展的景象。

（一）智慧型手機銷量持續增長

　　新聞用戶端屬於手機 APP，手機 APP 的安裝依賴於作業系統，因此智慧型手機是新聞用戶端的一個必要載體，智慧型手機的發展情況也就直接決定了新聞用戶端的市場狀況。

（二）行動網路建設和 WiFi 建設基礎

　　無線行動通訊技術近些年來發展迅速，4G 技術的正式使用，助推了行動網路迅速發展。相關人員利用專業測算網速的軟體測試出實時網速是 56.4Mb/s，而最高網速的數值則不斷刷新，從 67Mb/s、68Mb/s，最後超過 70Mb/s。與此相對應的 3G 網路的網速卻只有 4Mb/s，3G 行動網路的理論

網速最高也都只能接近 10Mb/s。在運動著的交通工具，如公車、火車、高鐵上，由於地形區域等原因，2G 和 3G 的網路傳輸均會受到比較嚴重的影響，但 4G 網路不受移動速度的影響，具備移動性好的特點。

從以上的資料和數據我們可以看出，行動網路發展越來越好。4G 網路的到來，將使閱聽人能夠更加快速、便捷、智慧化地使用行動裝置，而成倍提升的網速則會讓人們更加方便、流暢地使用新聞用戶端。新聞用戶端的使用者體驗將會得到質的提升。

WiFi 的普及度越來越高，WiFi 家庭總量持續遞增。WiFi 是一種無線上網技術，透過 WiFi，我們可以將筆記型電腦、智慧型手機或平板電腦用無線方式連接到網路。智慧型手機使用者人數越來越多，每個家庭和個人都越來越多地使用這種行動通訊設備。

二、當前行動新聞用戶端的使用現狀以及市場情況

隨著無線網際網路的發展和智慧型手機應用的普及，手機新聞用戶端的發展也逐漸成熟，成為新聞碎片化傳播的最新成果。在移動網際網路市場諮詢公司「第一象限」（Upper Plus）進行的行業調查中，手機閱讀的一大趨勢就是跳過桌面網際網路，透過 APP 窗口接收資訊。龐大的手機使用者群和移動網際網路使用者群為手機媒體的發展奠定了基礎，也使得手機新聞用戶端成為媒介融合的新的增長點，各大入口網站及傳統媒體紛紛開發出自己的品牌產品搶占市場。而在各大第三方手機應用商店中，如蘋果 App Store、Google Play 商店等，能夠同時適用目前手機市場上最主要的系統如 iOS、Android、Windows、Symbian 等的手機新聞用戶端就有數萬個，隨時更新的新聞資訊是眾多電子產品愛好者追捧的熱點，這已經成為一種不容忽視的媒介現象和文化現象。

現在無線產品市場上的新聞 APP 發展程度還遠未滿足閱聽人需求。這一方面說明了新聞 APP 的市場還有很大潛力，產業鏈還需要進一步拓展，另一方面則說明了現有的新聞 APP 產品在使用者體驗和產品品質上還可以進一步提高。

在移動網際網路背景下,手機憑藉其能隨時上網、便攜等優勢快速發展成為重要的大眾傳播媒體,成為媒介融合的新平台。為搶占行動使用者市場,各家傳統紙媒與大型入口網站等紛紛進軍新聞行動用戶端市場。

三、行動新聞用戶端的經營機制

行動新聞用戶端的營運機制主要以內容營運和商業營運為主,具體如下:

(一)內容營運

1. 內容渠道為自身產生的內容

這類行動新聞用戶端的內容均與自身已有平台的新聞資訊相關聯,如傳統媒體推出的各類行動新聞用戶端和傳統網際網路入口網站的行動新聞用戶端。比如一些紙媒開發用戶端,有的紙媒不同時採取搶占智慧行動裝置的方式,即開發閱讀器。行動新聞用戶端的內容資源包含兩類,一類是與紙版內容一致;另一類則透過整合更多資源,一個用戶端可閱讀同一集團下所有報紙資源。傳統網際網路入口網站則憑藉其已有平台的大量資訊內容,透過行動新聞用戶端為使用者提供更多更全面的資訊資訊,同時支持推送功能,能把重大新聞瞬間推送給手機使用者,方便使用者隨時隨地掌握天下事。其行動新聞用戶端也注重與使用者的互動,支持使用者透過多個社交平台分享閱讀新聞資訊。

2. 行動新聞用戶端內容渠道不僅包括自身產生的內容,還整合了更多其他媒體的訂閱資源,即「新聞 + 訂閱」模式。

3. 行動新聞用戶端內容渠道是依據演算法產生的內容

用戶端曾有分派之爭:一個流派被稱為「搜尋引擎流派」,即透過全網抓取新聞之後再用演算法來做個性化推薦;另一個流派被稱為「微部落格通訊軟體流派」,即先允許進駐大量的內容生產方,然後由使用者自主選擇訂閱對象。對於前者以搜尋引擎來做新聞內容推送,這是當下大數據時代的具體應用,是基於搜尋平台的大量搜尋數據、整合網際網路大量新聞資訊之上,為使用者提供全面的新聞內容。使用者可快速瀏覽搜尋自己感興趣的話題,

透過簡單關注即可獲取個性化的資訊內容。也有網站透過整合新聞資訊，防止重複內容出現與混亂內容的重疊。以上分類是從新聞內容的建構來進行的分類。在業界也有人針對內容來源分為以下三種：

UGC：使用者生產內容。用戶端平台提供閱讀集成平台工具，由使用者自己去收集、整合。

PGC：專業人士產生內容，這是由傳統的新聞專業主義生產內容。

AAC：演算法產生內容。這個就是上面內容建構中的第三條。

（二）商業營運

一般而言，針對網際網路閱讀類產品，普遍的商業盈利模式為：

(1) 付費閱讀

(2) 平台方與內容提供者平分廣告費。行動新聞用戶端本質上作為內容生產商，商業營運可以延續傳統 PC 端的模式，也可以根據自身平台性質加以創新。

1. 平台廣告收益

傳統的廣告模式也可以在這裡受益。同時作為行動端的策略結合點，新聞用戶端還可以作為線上以及傳統媒體整合行銷的一個重要支持點，因而廣告的平台分發自然也會流入行動端。

2. 服務即內容，內容即廣告

原生廣告是未來行銷市場的一塊蛋糕。除了社交媒體外，新聞用戶端是個絕佳的實驗場所。原生內容行銷不是一般的植入性廣告，其要求的是與植入的內容和情境相互融合成統一的內容生態圈。因為未來的服務就是內容服務，而內容也是廣告。這種服務模式，在微信行銷建構圈中已經實現，新聞用戶端想要吸取其商業性內容，又要確保閱讀體驗，就必須做得更為隱祕。

3. 自媒體圈子行銷

現在用戶端，都邀請了一些知名的自媒體加入內容創作。一方面自媒體透過自身獨特的品牌資源與內容資源，加強了新聞用戶端的整體品質；另一方面，新聞用戶端透過與自媒體的融合，形成全媒體統一策略，建構閱讀類平台架構，形成了「新聞資訊＋訂閱內容」的生態閉環。

4. 使用者協同分成

網易新聞用戶端已開放訂閱平台，使用者透過訂閱專欄、分享文章獲得積分。網易利用「打賞」這類創新的分發，完全可以實現讓使用者更好參與廣告消費的目的。這種協同行為與眾籌一樣，都是一種利益分發模式，因此在新聞用戶端上，我們也可以利用這些協同效果來調動使用者參與互動，在互動的口碑中調節這些商業價值。

四、紙媒的行動端發展

隨著網際網路技術的發展、數位和無線行動通訊技術的進步，以網路、手機等為代表的網際網路媒體發展勢頭強勁，傳統媒體的閱聽人和廣告市場得以重新分流。傳統報業在這一過程中遭遇了前所未有的衝擊。為迎戰傳播業的激烈競爭和全媒體時代的洪流，將挑戰轉化為機遇，報業集團紛紛實行跨媒體、跨平台、跨行業的改革，邁出全媒體轉型的步伐，由報紙生產商向內容提供商、綜合資訊服務商轉變，以全面提升報業綜合營運能力。

網際網路媒體領域的新概念「So Lo Mo」（Social，Local，Mobile 的縮寫），認為新技術的價值應以社會化、本地化和行動化為三個重要的衡量指標。「行動化」在報業向全媒體轉型的過程中，給傳統新聞業帶來的巨大的機遇和挑戰不可忽視。而「本地化」和「社會化」則是都市報的天然優勢。

（一）紙媒移動化的必要性與可行性

網際網路技術的強勢發展帶來的是新興媒體的崛起，而以報紙為首的傳統媒體營運狀況不堪入目。隨著使用者閱讀行為的移動化以及都市報自身「本地化」、「社會化」的優勢，紙媒實行移動化勢在必行。

第三節　手機新聞用戶端

1. 必要性

傳統的紙質都市報正面臨著來自網際網路媒體的巨大挑戰。

從閱聽人數量來看，網際網路媒體閱聽人群正在增大，而紙媒生存空間則正在萎縮。隨著網際網路媒體接收資訊的人數迅速增加，人們每天透過手機、電腦上網的時間越來越多，而傳統紙媒的閱聽人群則不斷下降，人們用於看報的時間逐年遞減，從而致使紙媒的生存空間日益受到擠壓。閱聽人逐漸傾向於從入口網站獲取新聞資訊，並習慣接受互動參與、意見表達等個性服務，還透過 Google 等輕易搜尋到所需要的各類資訊。特別是社交媒體的出現，以及起源於行動平台的新聞用戶端的普及，使網際網路媒體進一步蠶食著傳統紙媒市場，並利用自身超強的內容整合力和傳播力迅速地搶奪市場占比，瓜分閱聽人。

從廣告收入來看，網際網路媒體收入劇增，而傳統紙媒的廣告收入則迅速下滑。目前，網際網路媒體的傳播影響力已經迅速轉化為市場優勢，強大的廣告聚合能力和精準的廣告投放技術，使廣告主越來越傾向於選擇投資回報率較高的網際網路媒體廣告。網際網路媒體的經營收入迅猛增加，傳統報業的價值鏈被割裂，利潤被分流。

從內容生產來看，網際網路媒體利用技術和使用者開闢了獨特的內容生產方式和風格，對傳統報媒依附減弱。網際網路媒體在發展的初期，由於沒有獨立的內容採編權，不得不依靠傳統媒體的內容資源充實自身。而對報業而言，之所以願意將內容資訊分享給網媒，也正是因為看中了網際網路媒體龐大的閱聽人群，並希望藉此拓寬自身的內容傳播渠道。如今，以不斷創新為主的網際網路媒體又以技術和渠道為依託，利用龐大的使用者群的積極參與，開始擁有了市場化模式下的互動資訊生成能力，進而發展成為製作、發布各類資訊的強大的開放式資訊平台，因而對傳統報媒的依賴性逐漸減弱。

由此看來，傳統報業必須積極擁抱網際網路媒體才能在競爭激烈的媒體市場中維護自身影響力。而行動端作為目前網際網路使用者量第一終端，則更是傳統報業轉型的必要陣地。

2. 可行性

首先，「行動化」成為使用者獲取新聞行為的趨勢。行動媒體可以讓人們隨時隨地獲取資訊，時效追求無止境。行動技術在時空上解放了閱讀者，人們獲取資訊的時機變得零散且隨機。人們既可以自主地向內容提供方訂製資訊，也可以在內容提供商瞭解其偏好的基礎上，坐享個性化的內容。

其次，都市報具有「本地化」、「社會化」的先天條件，其所提供的內容資源地域性強，且多集中於與使用者日常生活密切相關的領域，如本地要聞、商品價格、生活貼士等。這使得都市報資訊服務的角色性質濃厚，向移動化轉型，與定位服務等技術結合後更能發揮都市報已有的這些本地生活資源。

（二）傳統報業移動化的方式選擇

傳統報業移動化有兩種方式：

1. 由傳統報業推出的新聞用戶端，此又能再分為兩種形式：

（1）基於完整的新聞內容的用戶端

比如，《紐約時報》在安卓、iOS 以及 Google Glass 等終端平台發布的與網頁版內容基本一致的付費新聞應用「NY Times」，主要提供時事新聞和評論；以及紐約時報於 2014 年在 iOS 平台發布的名為「NYT Now」的付費新聞應用。NY Times、NYT Now 的特點在於：提供簡短的內容要點以方便讀者在未閱讀原文的情況下，瞭解報導內容；在早間和晚間推送獨有的新聞簡報，為讀者提供當天熱門新聞的內容總結；在名為「Our Pick」（我們的選擇）的專欄中推送編輯精選來自其他媒體的文章。

（2）基於使用者興趣的新聞用戶端

這類用戶端的資訊組織方式更為靈活。如，紐約時報的應用程式「時報瀏覽」（Times Skimmer），讀者可根據喜好客製屬於個人的資訊版面。它可以用一句話為你說出美國最精彩的新聞，也可以組織起你關注的話題的所有新聞導言。隨著其資訊組織方式更加靈活，它也影響著新聞機構的運作

模式，改變著行動社會成員接收資訊的方式。「路透長廊」應用（Reuters Gallaries application），彙集了路透社所有獲獎的新聞照片和新聞影片，並按照主題進行分類和連結，按照話題、類型、使用者興趣等編織成相互連接的資料庫，使用者對同一條新聞的閱讀可深可淺。另外，路透社還將每天編輯推薦的優質新聞圖片整合為幻燈片形式。

2. 開放 API

API（Application Programming Interface，應用程式介面）指的是一些預先定義的函數，目的是提供應用程式與開發人員基於某軟體或硬體的訪問一組例程的能力，而又無須訪問原始碼，或理解內部工作機制的細節。網站的服務商將自己的網站服務封裝成一系列 API，應用程式介面開放出去，供第三方使用。這種行為就叫做開放網站的 API，所開放的 API 就被稱作 Open API。

開放 API 後，網站的所有內容將實現「可編程化」，獲得 API 使用權限的第三方不僅可以訪問網站的全部內容，還可以對內容進行修改、整合、使用、再創作，最終形成新的應用，並將這些「已編程」內容在第三方平台上向閱聽人推送。Open API 作為網際網路在線服務的發展基礎，已經成為越來越多的網際網路企業發展服務的必然之選。而這一策略模式的發展也正令傳統報業悄然發生著重大變革。

2009 年 2 月 20 日，《紐約時報》發布了一個叫做時報新聞社（Times Newswire）的新 API。在此之前，時報新聞社 API 創造性地開始關注即時性，原因是它可以使該 API 的使用者只要登錄《紐約時報》網站，就可即時獲得《紐約時報》的頭條新聞。該 API 還提供文章中所涉及的地理位置、公司和人物的資訊，以及編輯團隊提供的分類和標籤，並且每分鐘都在更新。有了這款新的 Open API，《紐約時報》不必開發更多新聞行動端應用，透過借力於其他類型的應用就可實現已有的資訊資源的價值。

(三）中外報紙 APP 實踐案例

中外報紙新聞用戶端呈現出不同的特點，以下以《南方都市報》和《紐約時報》的新聞 APP 為例來進行闡釋。

1.《南方都市報》：品牌主導下的移動應用產品創新

新媒體競爭亦是閱讀終端的爭奪戰。南方都市報透過電腦、手機、手持閱讀器、電視機、戶外影片等平台對其數位內容進行營運。

2009 年 6 月，南都組建移動產品項目小組，搭建移動平台，著手研發針對智慧型手機的閱讀器產品。2010 年 1 月 4 日「南都報系」閱讀器正式上線，可以應用於 iPhone 和 Android 兩大手機作業系統平台。

行動裝置的競爭才剛剛開始。終端改變了使用者的閱讀習慣和行為模式，對傳統媒體、網路媒體、社交網路和應用開發者等眾多市場參與者都產生了重大影響。

目前，南都移動應用主要專注以下五點創新：

（1）加強內容整合和資訊檢索能力，從產品層面上來構建全新的內容分享和閱讀模式，使使用者可以在應用中獲得更好的閱讀體驗，獲取有用的資訊，同時避免資訊噪聲。

（2）深化和創新「社會化閱讀」模式，實現社交網路的所有應用，如提供位置服務及使用者所在區域附近的相關資訊，更新狀態報告，與朋友保持互動交流。

（3）完善使用者的激勵機制，增加使用者活躍度和黏性，增強個人使用者和企業使用者之間的互動性，提高廣告行銷價值，促使產品的商業生態系統正向循環。

（4）拓展行動媒體應用類型，結合自身特點，開發熱門應用領域，同時關聯應用的網際網路網站，提供位置分享、多媒體服務、搜尋和交友互動等多種應用服務。

（5）終端產品適用於各類終端，實現媒介載體之間的平滑延伸，同時與其他網際網路平台建立廣泛而緊密地合作關係，將自身的應用服務集成到其他媒體平台。

2.《紐約時報》APP

美國68%的發行量在25000份以上的日報都推出了新聞APP。所謂新聞APP是指一種軟體程式，即允許移動設備使用者在玩遊戲時，進入網頁內容獲取媒介或者數據。報紙APP是典型技術與媒介結合的產物，首先是iPhone提供了這種技術服務，然後是Blackberry，不久是Google與Android。現在63%的APP都由iPhone提供。2008年4月，美國報刊協會（Associate Press）發布APP行動新聞網，當時有100多家報紙報名參加，截至2012年，共有1000多家報紙主動貢獻他們的故事給行動APP。

作為一種技術端口的渠道延伸，報紙新聞APP具有以下幾個主要功能模組：

（1）新聞預警。APP有能力推出新聞預告，當讀者正在閱讀或者手機空閒時，螢幕上圖示震動就是新聞預告的提示。

（2）多媒體。大部分報紙APP提供影片圖片，《紐約時報》和《華盛頓郵報》擁有專門的圖片畫廊，《華爾街日報》在故事頁也注入了影片和圖片。

（3）線下內容。大部分APP都允許使用者進入線下內容，《華爾街日報》有可能是為使用者提供最廣泛線下入口的報紙，而且使用者可以對某一特殊文章貼上標籤，以便以後閱讀。

（4）內容整合。《華爾街日報》在相關故事中導入了多媒體影片和影像，從而讓內容整合變得非常有效。因此，使用者可以不離開故事，在線或全頻接受新的內容。

（5）廣告。在新聞APP上，廣告格式不同於螢幕上的旗幟廣告、嵌入廣告或者是出現在頁面之間的過渡廣告。當前新聞APP中搭載的廣告還不多，其主要出現在開機頁中。

(6) 付費。《華爾街日報》APP 提供免費新聞故事，但是使用者每月必須訂購全部內容；《華盛頓郵報》和《紐約時報》的 APP 是免費的、全時段的接受資訊，但是兩者都表示將對訂閱者採取限制。

(7) 導航和排列。所有 APP 都有節或者分類的概念，這使得媒介使用者能輕易從一個版塊轉移到另一版塊。《華爾街日報》和《華盛頓郵報》的截面水準導航可以清晰地在每頁上出現，但是假如使用者正在看一個版塊的節目，他就很容易更換到另一版塊上。而某些報紙的 APP 使用者必須退出故事才能作繼續訪問，最流行的方式就是垂直滾動，水準掃描再移至下一個故事。《華爾街日報》和《華盛頓郵報》做得非常好的一方面是給使用者提供了一些有關「如何做 FAG」的科普知識。

(8) 時間表。新聞 APP 一個令人振奮的點在於其沒有普通網頁的雜亂無章的感覺，它給人的感覺是設計清晰，並易於操控。《紐約時報》的 APP 是唯一一個把時間郵戳設置在個人故事前頁上，以及 APP 節段前面的。《華爾街日報》提供刷新選擇，要麼是有關報紙最近的編輯內容，或者是稱為「最新」的頁面，但通常都是已出版的內容。

(四) 媒體 APP 營運

在微觀層面，媒體 APP 要想獲得成功，還必須考慮到內容、形式、使用者、推廣、營利等多個層面：

1. 內容：多元、即時與不可替代。目前大多數傳統媒體 APP，並未整合 UGC 及其他來源，只是將自己的母體資源照搬到行動端；而實際上，新聞 APP 來源多元，主要的來源有三方面：UGC 內容（使用者貢獻內容）；PGC 內容（專業人士產生內容）；AAC（演算法產生內容）。

2. 形式：簡潔奪目與穩定親和。不同的內容產品形態，只有匹配了合適的「呈現」方式，才符合其「媒介性格」。媒體 APP 形式呈現方面應注重簡潔、奪目、穩定、親和。

3. 收費：內容限免與小額打賞。內容限免：一些媒體採取針對熱門與冷門文章不同收費的模式，或者是使用者只能免費獲取一些特定文章一部分的

內容，需要付費才能閱讀完整版的模式等。小額打賞：媒體 APP 還可採取「小額打賞」的方式來實現長尾收費。

4. 使用者：強化互動與鼓勵分享。強化互動：媒體做 APP 要想成功，就必須要重視服務與使用者體驗，APP 在某種程度上就是一個「使用者管理平台」，可以透過它建立起與使用者的情感連結。鼓勵分享：還可在使用者每次更新 APP 時獎勵豐富的禮品或者是勳章等精神嘉獎，這可以提升使用者的好感度與對品牌的忠誠度。

5. 推廣：增加多觸點外鏈與新舊媒體互推。增加多觸點外鏈：就是指將新聞 APP 與產品 APP 捆綁互推。新舊媒體互推：新舊媒體互推是一個互相借力的有效方式，比如在銷售傳統媒體的過程中，捆綁連動銷售其 APP，可能會行之有效。

以上是媒體 APP 的生存法則，當然，對於傳統媒體的移動化生存，不一定非要開設自己的獨立 APP，也可以透過藉助其他平台，發動自媒體來實現自己的傳播力與影響力。

第四節　行動短影片新聞

短影片是行動模式的天然產物，而使用者是否願意在行動端看影片往往要取決於手機的螢幕夠不夠大、網速夠不夠快、流量資費夠不夠低。近幾年，在手機硬體的不斷升級中，大螢幕早已是手機的標配，使用者用手機看影片的體驗問題早已解決。另外，隨著 2013 年 4G 牌照的發放，網路環境得到保障，這是引爆行動短影片的最後一根導火線。受 4G 網路所帶來的寬頻紅利的影響，日益爆發的行動短影片正在成為各路兵家的必爭之地。

一、行動短影片

行動短影片指的是基於移動智慧終端的、內容時長較短（一般以秒計算）的一種影片類型。它一般由使用者直接利用行動裝置拍攝，並在快速處理後，無縫對接到各種社交平台上。

行動短片的鼻祖是2011年於美國發布的行動短片社交應用Viddy，這一應用旨在透過30秒的短影片來幫助使用者及時地獲得、生產、分享生活的細節。它與Facebook、Twitter、Youtube等社交媒體平台實時對接，使用者可以透過這些平台進行實時互動。此後便湧現了大量的行動短影片應用。Twitter於2013年1月發布了旗下短影片分享軟體Vine，透過該應用，使用者可以拍攝並實時同步分享時長為6秒的短影片。該應用不到五個月的時間就積累了近1300萬使用者。圖片社交應用平台Instagram也於同年6月推出了短影片分享功能，支持使用者拍攝分享3－15秒的短影片，利用一項名為Cinema的防抖技術來保證影片的穩定性，同時，相比Vine沒有提供任何的影片美化和編輯工具來說，Instagram將其引以為豪的濾鏡效果加入影片後期的處理中。另外，還有Yahoo收購的短影片製作軟體Qwiki、社交應用Line推出的「微片」、加拿大估值近9億美元的短影片分享平台Keek等國外短影片類應用。

二、行動短影片新聞

新聞消費中的行動裝置發出樂觀信號，2012年始，全美23%的人至少可以透過兩種行動裝置獲取新聞，人們將獲取新聞視作行動裝置最重要的功能。在傳統新聞消費方式的基礎上，行動裝置拓寬並延伸了人們的新聞消費行為，同時擁有兩種以上移動設備的人傾向於利用一切可以利用的行動設備。

短影片的興起，不僅為人們表達自我、溝通交流提供了一種更加豐富全面的新方式，也為新聞傳播方面帶來了一種新的可能。雖然目前仍處在探索階段，但已經有一些專業新聞機構開始嘗試行動短影片來豐富自己的資料採集、報導手段以及傳播渠道：Now This News是一家專門生產6秒、15秒和30秒短影片的新聞網站，該網站每天在Vine、Instagram等平台上提供超過50條的短影片新聞，這些新聞既包括傳統影片新聞的簡單截取，也包括利用短影片應用實時拍攝的影片片段。BBC則推出了基於Instagram的Instafax項目，每天在其Instagram官方帳號上發布幾條新聞影片。

2004年，英國廣播公司（簡稱「BBC」）試水行動手機中的新聞影片，但當時的行動手機技術模式僅適合分享和轉發，而不便進行串流處理，

第四節　行動短影片新聞

影響實時瀏覽。在 BBC 網站的月移動流量首次超過月桌面流量之後，2014年 2 月，BBC 藉助 Instagram 作為平台，以停止營運的文字電視資訊服務 Ceefax 為基礎，正式推出了影片新聞服務 Instafax。BBC 推翻了以往不同風格的內容混合物，代之以更為正式的影片新聞，每日透過帳號 bbcnews 上傳 2-3 個被壓縮至 15 秒的影片新聞，為使用者提供重要新聞的摘要，如果使用者想要瞭解新聞詳細內容，可以轉到 BBC 官網進一步瞭解。

　　Instagram 是一款支持 iOS、Windows Phone、Android 等平台的移動應用，允許使用者在任何環境下抓拍下自己的生活記憶。使用者可以透過選擇圖片的濾鏡樣式（Lomo/Nashville/Apollo/Poprocket 等 10 多種膠片效果），一鍵分享至 Instagram、Facebook、Twitter、Flickr、Tumblr、Foursquare 等平台上。不僅僅能拍照，作為一款輕量級但十分有趣的 APP，Instagram 在行動端還融入了很多社會化元素，包括好友關係的建立、回覆、分享和收藏等。這是 Instagram 作為服務存在而非應用存在的最大價值。Instafax 的成功推出標誌著 BBC 已擺脫以往偏向電視化的新聞服務，正在朝著移動化、社交化方向進行革新。

　　Instafax 影片數量的最初設定為每日三條，經過一個月的試運行後現在已發展到三條以上，且每日數量不等。影片內容則是每日重要新聞摘要，想要獲得完整新聞資訊則須登錄 BBC 的官方網站。每條新聞影片具有完整的片頭和片尾，約用 3-5 個鏡頭來敘事，每個鏡頭會有一句醒目的大字進行解說，以此代替不太合適出現的畫外音。除環境聲音外，有些影片會添加相應的背景音樂以把握節奏。整體來說，Instafax 有著完整的節目形式。

　　總的來說，Instafax 主要具有以下幾個特點：

　　1. 它用最容易理解的方式，將複雜的新聞內容呈現給使用者，使使用者能在較短時間內獲得大量新聞資訊，並在其中篩選感興趣的內容，最終將使用者導向 BBC 網站。這一服務成功為 BBC 吸引到了那些注意力被新媒體掠奪走的、相對年輕的閱聽人。

2. 主題鮮明。西方將這種報導方式稱為「headline reporting」，即內容提要報導。由於時間限制，每條新聞只包含重要資訊，圍繞一個點來進行傳播。因此主題十分明確，閱聽人在第一時間就能準確把握主要內容。

3. 符合使用者碎片化閱讀習慣。15 秒的長度使得閱聽人可以隨時利用碎片化的時間來觀看影片內容。

4. 即時拍攝、分享與互動。這一點在突發事件的報導上尤為重要，記者透過 Instafax 可以迅速將拍攝的報導分享出來，並能第一時間跟閱聽人互動。這有利於提高報導的即時性。

Instafax 屬於傳統媒體機構基於行動短影片所做的新的報導方式的嘗試，除此之外，新的媒體公司與個人也可以製作此類短影片新聞。

第五節　平板電腦新聞編輯

平板電腦帶來的新聞閱讀體驗和行動傳播效果對傳統媒體產生了顛覆性的影響。2010 年 1 月，美國蘋果公司推出 iPad，作為一種全新的新聞傳播工具，它帶來了全新的新聞閱讀體驗和移動傳播效果，對傳統媒體產生了顛覆性的影響，帶來了一種基於數位技術的新興編輯模式。

一、平板電板發展

平板電腦是一種小型、攜帶方便的個人電腦，以觸控作為基本輸入設備，並允許使用者透過觸控筆或數位筆進行操作，而不是傳統的鍵盤或游標。早在 2002 年微軟就提出了平板電腦的概念。平板電腦除了具有筆記本的功能外還有語音識別和手寫功能。當時平板電腦的主要生產商有 Acer、HP、Fujitus 等，多採用 Windows XP Tablet PC Edition 作業系統，並都以觸控筆作為輸入設備。那時很多軟體是專為平板電腦設計的，不能運行在其他設備上。由於技術和價格等原因，平板電腦不能實現普及，當時主要應用於一些垂直行業，如醫療、運輸和物流等。直到 2010 年蘋果公司的賈伯斯對平板電腦概念進行了重新思考定位：以超薄、輕便的外觀，高精度的電容多

點觸控螢幕，更低的價格，更強的娛樂性能等特點區別於傳統平板電腦。目前平板電腦生產商有蘋果、三星、Dell、HP、聯想、漢王、愛國者等。

平板電腦作為 PC 的一個衍生品，相比於筆記型電腦有很明顯的優點：小巧便攜、支持手寫輸入和語音輸入，可提供一個相對完整的 PC 功能，應用領域廣泛，如，外出旅行、實地考察、戶外數據採集等，又很方便於工作地接入無線網路，使得平板電腦相比於其他 PC 設備有明顯優勢。它與智慧型手機相比，其螢幕更大、功能更多、處理能力更強。

蘋果公司推出的 iPad 立刻在業內掀起了一股平板電腦熱潮，隨後 Motorola、三星、LG、索尼、東芝、聯想、華碩等一線品牌，以及台電、昂達、愛國者等品牌了紛紛推出了自己的平板產品。在廠商的大力推廣和消費者的熱捧下，平板電腦市場呈現出爆發式增長的態勢，2011 年的市場銷量已經突破 6000 萬台，當時預計 2015 年的銷量會超過 1.6 億台。

二、平板電腦的應用

平板電腦可按用途分為通用平板電腦和專用平板電腦。當前市場上的平板電腦主要面向娛樂、遊戲和商務應用，屬於通用平板電腦。而專用平板電腦是專門為某一特定領域生產定製的具有特定功能的平板電腦。通用平板電腦是在電子閱讀器市場被催生後推出的。像平板電腦 iPad App 於閱讀電子書、看影片、玩遊戲、發電子郵件等，其應用軟體存放在 App Store 中，有將近 30 萬款軟體供使用者下載使用，例如 iBooks、辦公 Office2011 等，但大多數軟體是收費的。另外，蘋果還推出了 iWork 等 12 項創新應用程式以及 SDK 下載。基於 GoogleAndroid 系統的三星 GalaxyTab 平板電腦，主要應用於閱讀報紙、玩遊戲、導航等。其應用軟體存放於 Android 應用商店，例如辦公軟體 Office、電子書、導航等應用軟體。Google 在官方網站也發布了 SDK。另外，Verizon、亞馬遜等廠商推出的 Android 應用商店，也有近 10 萬款的應用收費軟體供使用者下載使用。基於 Chromeos 的平板電腦的應用軟體存放在 Chrome Web Store 中，而基於 Meego 和 Webos 的應用軟體還在研發中。

通用平板電腦有著較強的娛樂功能和商務功能，因此應用軟體的品質和數量成為使用者評價通用平板電腦的標準。iPad 作為通用平板電腦成功的典範，不僅實現了內容和服務的無縫化結合，更重要的是其成熟穩固的商業營運模式「設備＋內容＋營運商服務」，這種完整的體驗吸引著大批使用者。通用平板電腦若把自有平台優勢和應用與營運商服務相結合，將在行動裝置設備的競爭中凸顯出優勢。

專用平板電腦將平板電腦應用於專業領域，要求具有性能穩定、適合複雜環境的能力。它不能像通用平板電腦一樣透過安裝兼容性軟體進行應用，因為安裝兼容性軟體很可能會出現兼容問題，這樣不利於實現平板電腦的性能穩定和最佳化。隨著平板電腦技術的不斷發展，在商務方面和特定領域的應用也將越來越多，如應用於電子商務、城市規劃測量、農業資訊採集等。比如淘寶定製的淘 pad，它就給使用者提供了包括「隨身購」、「淘掌櫃」、「數位商城」、「移動支付寶」等用戶端應用，賣家可以透過用戶端在線管理店鋪，買家則可以隨時隨地進行上網搜尋、購物等活動。當然專用平板電腦對工作環境的適應能力和穩定性都有一定的要求，如在 -20℃的環境中採集數據等。面向專業領域的專用平板電腦也將成為未來平板電腦發展的重要方向。

綜上所述，平板電腦可採用「設備＋內容＋營運商服務」三者相結合的方式，將其優勢發揮到極致。娛樂和商務應用可作為通用平板電腦的主要發展方向，增強通用平板電腦的娛樂和商務功能，其最重要的是保證軟體品質、提高應用軟體的數量。而專用平板電腦主要針對專業特定領域，則需要在客製時提高平板電腦的穩定性和適應複雜環境的能力。

美國麻省理工學院媒體實驗室的創始人尼葛洛龐帝將 iPad 等平板電腦視為「新的圖書、新的報紙、新的雜誌和新的電視螢幕」。尤其對紙媒形態而言，世界著名的新聞集團總裁梅鐸認為將來可能越來越多地由傳統紙媒向 iPad 等平板電腦過渡。而密蘇里大學雷諾新聞學院的調查顯示：在美國平板電腦使用者中，用 iPad 閱讀新聞的比例最高，有 75% 的人每天花 30 分鐘用 iPad 閱讀新聞，而週一至週五透過報紙閱讀新聞的只有 21%，用電視

第五節　平板電腦新聞編輯

的為 53.8%，用電腦的為 55.1%。美國 Harris Interactive 公布的民意調查結果顯示：15% 的美國人使用 iPad 或 Kindle 電子閱讀器來閱讀報刊書籍。2010 年美國 Reynolds Journalism Institute（簡稱 RJI）調查顯示：與紙質媒體和智慧型手機比，近四分之三的受訪者認為在 iPad 上的閱讀體驗超過紙質報紙的閱讀體驗。2011 年 RJI 調查表明：84% 的受訪者認為最受歡迎的 iPad 用途是「追蹤突發新聞和時事新聞」，其次受歡迎的是「在閒暇時間閱讀圖書、報紙和雜誌」（82%）。另據美國科技部落格 Business insider 和調查公司 NPD 統計，大約 75% 的 iPad 使用者願意用 iPad 代替紙質書閱讀。

　　在所有的傳統媒體當中，報紙的轉型是最為迫切的，iPad 的誕生給予了報紙一個新的轉型契機。自從 iPad 誕生以來，世界各地的報紙媒體紛紛打造 iPad 新聞應用用戶端，以盡快搶占 iPad 使用者這一消費群體空間，尤其希望進入 iPad 媒體的第一梯隊，成就自己的未來發展。諸如美國的《紐約時報》、《今日美國》、《華爾街日報》，英國的《泰晤士報》、《每日電訊報》等報紙領銜，均打造了世界上第一批報紙類 iPad App 用戶端。

　　與傳統報刊媒體相同，全球的廣播電視媒體都在尋求和拓展新的發展空間，如美國的 NBC（全國廣播公司）、ABC（美國廣播公司）、CBS（哥倫比亞廣播公司）、CNN（美國有線電視新聞網）以及英國的 BBC（英國廣播公司）、SkyTV（天空電視台）等廣播或電視機構都紛紛進軍 iPad 平板電腦，發布了自己的 iPad App 用戶端。

　　此外，傳統網際網路的市場格局目前已大致飽和且漸趨穩定；移動網際網路則剛剛興起，但由智慧型手機、平板電腦等終端卻帶動了移動網際網路的新一輪發展浪潮。iPad 在移動網際網路發展中功不可沒，諸多網路媒體正是看中了 iPad 終端的良好平台，紛紛推出 iPad App 用戶端，以求自身的網路得到進一步延伸。傳統網站類的 iPad App，多是傳統網際網路站朝向 iPad 終端的延伸產品，既包括那些傳統的主流入口網站，也包括報刊等傳統媒體所創辦的網站。這些傳統網站在傳統網際網路世界中佔有非常重要的地位，傳統網際網路下的網友登錄網際網路之後的第一落點就是這些網站，網

頁式的使用模式已經構成了網友們普遍的網路接觸習慣。然而，當移動網際網路時代飛速而來的時候，這些傳統網站營運商們紛紛意識到這是一次良好的發展機遇，而且將迎來新一輪的網路爭奪戰。於是，這些傳統網站依託自身強大的網路技術和軟體開發優勢，爭先恐後地推出網站的各種 iPad App，包括入口類應用、新聞類應用等。其中數量較多、影響力較大的是新聞類應用。這些網站的新聞類應用既區別於它們傳統網站的新聞模式，也區別於報刊、廣電等傳統媒體的 iPad App，集中體現了它們的網路技術優勢和資訊密集優勢，如網站新聞應用中的資訊即時更新、重要資訊推送方式等。這是報刊、廣電等傳統媒體的 iPad App 所無法相比的。

三、平板電腦與紙媒融合

隨著數位技術的發展，傳統紙媒營運狀況呈現出下滑趨勢，其考慮與平板電腦融合，打造全媒體平台，有利於紙媒擺脫困境，實現涅槃重生。

（一）平板電腦作為報紙載體的優勢

內容呈現方式：建立全媒體符號語言

1. 回歸傳統閱讀體驗。在傳統報刊的數位化衍變過程中，最基本的衍變層次是內容的呈現方式，即在傳播符號系統、頁面編排方式、資訊獲取路徑等方面對傳統方式進行深刻改變。基於平板電腦的傳統報刊數位化內容，並非簡單地將傳統報刊文字與圖片報導按傳統編排方式平移至平板電腦，而應是以全媒體符號為語言系統、契合平板電腦傳播特性、發揮傳統報刊採編優勢的全新內容呈現方式。

符號的意義，在於其具有將客觀世界與人類精神活動進行聯結的特徵。其包含兩個方面的內容，一是人類對對象事物（自然事物或社會事物）的認識而賦予的含義，二是人類以語言轉寫形式傳遞和交流的精神內容。符號的傳播活動，實質上也就是意義活動。

大眾媒介以符號為載體向閱聽人傳遞資訊。從報刊、廣播、電視等傳統媒介到手機、平板電腦等新媒介，在技術進步推動媒介形態變革的過程中，人類也一直在探索如何以多樣化的手段來契合表意行為的闡釋需要，比符合

閱聽人接收的理解規律。相對於傳統報刊完全依賴於文字與圖片、圖形符號表達意義來說，平板電腦上的數位化報刊更能集文字、圖片、音頻、影片等符號於一體加以綜合運用與表現，從而為閱聽人提供更為豐富的閱讀體驗。

平板電腦取消了傳統電腦的物理鍵盤與游標，以觸摸螢幕作為絕大多數指令的輸入端得益於多點觸控技術，使用者可透過手勢語言對數位化報刊進行操作，選擇期目、翻頁、滾動文字、放大或縮小圖片等均能以直觀且符合傳統閱讀習慣的方式輕鬆完成。因此，在螢幕大小適中、便攜性高的平板電腦上，數位化報刊的內容排版也往往模擬傳統報刊的版面編輯形態，而非新聞網站基於HTML語言的標題超連結、單屏顯示、多層分級的呈現結構。在新聞類網站上瀏覽新聞時，閱聽人可透過點擊某標題進入相應新聞文本。若該文本的篇幅較長，以單頁面方式呈現就會增加閱聽人閱讀的疲倦感；以多頁面方式呈現又需閱聽人多次透過游標點擊頁面特定位置的翻頁按鈕，增加操作的複雜度。回歸傳統報刊的版面編輯形態，可讓閱聽人透過排版差異更直觀地區別資訊的重要程度，也能使文字符號與圖片等其他符號更好地在同一頁面上融合呈現。簡單的手勢語言克服了鍵盤與游標的操作門檻，更符合人的自然習慣與特徵。

平板電腦的數位報刊往往採用APP（流動應用程式）的方式來運行。這一應用簡化了資訊獲取的過程，打開一個應用就到達了特定目標。且每一個應用的功能相對單一，層次也較少，這有助於提高人們閱讀的效率。以應用程式方式呈現的很多數位報刊還加入了離線閱讀功能，即使用者在有網路服務的情況下透過短時間下載，即可實現無網路時的長時間閱讀。這就有效豐富了資訊的接收場域與情境，克服了網頁瀏覽的在線情境侷限，滿足了無網路行動閱讀的需要。

2. 產業盈利模式：重建「雙重銷售」渠道，開發個性增值服務

傳統報刊業的基本盈利途徑是其雙重出售模式，即透過向閱聽人出售報刊與向廣告商銷售廣告版面，共同實現成本回收與利潤獲得。其中廣告是其最重要的利潤來源。但近幾年來，傳統報刊業在新媒體的衝擊下廣告收入不斷下降。傳統報刊業開發是基於新媒體介質的內容的多渠道傳播方式，是其

奪回廣告份額的重要手段。建立新聞網站是早期傳統報刊數位化的主要方式，但新聞網站上的內容最終只能成為報刊的附屬品。所以大量提供給新聞入口網站的內容轉載收入長期處於較低的價格標準。Google 等搜尋引擎更是透過提供相關資訊的搜尋結果，從而從這些數位化內容的廣告收入中分得一杯羹。

從 2010 年 8 月 2 日開始，新聞集團正式對旗下的《泰晤士報》和《星期日泰晤士報》網路版進行收費。據最新數據顯示，與同年 2 月份相比，《泰晤士報》網站收費後已經喪失了近 90% 的使用者。2014 年 6 月，英國《金融時報》12 日刊登署名羅伯特·庫克森的報導稱，一項新研究發現，儘管嘗試了新的內容收費方法，媒體行業 2013 年仍未能說服更多客戶為在線新聞服務付費。

由牛津大學（University of Oxford）和路透新聞學研究所（Reuters Institute for the Study of Journalism）聯合展開的一項調查稱，在針對 10 個國家 1.9 萬人的調查中，2013 年只有十分之一的網際網路使用者願意為數位新聞付費，與 2012 年持平。在這項調查展開之際，包括新聞集團（News Corp）和 Axel Springer 在內的傳統媒體集團正繼續改革業務模式，以賺取更多在線收入，抵銷印刷產品收入快速下滑的影響。這項調查背後的研究人員稱，對於很多媒體公司而言，這仍是一場生存之戰。報導指出，2012 年時，付費使用者數量迅速增加，因為很多出版商開始首次對在線新聞內容收費。但調查發現，2013 年增速陷入停滯。

研究發現，大多數網際網路使用者仍繼續透過免費服務獲取在線新聞。這些免費服務包括英國廣播公司新聞網站（BBC News）、每日郵報信託集團（Daily Mail and General Trust）的 Mail Online，以及 Buzz Feed 和 Upworthy 等創立時間更短的網站。

與此形成鮮明對比的是，蘋果公司從一開始就積累了廣泛的付費使用者。從最初的 iTunes Store（音樂商店）上對數位音樂的銷售到 App Store（應用程式商店）中的應用程式銷售，蘋果公司已搭建出了一個完整、成熟的數位內容收費模式，形成了免費與收費內容相結合、應用程式開發者與蘋果公司雙方收入分成的雙贏商業模式。數據顯示，截至 2011 年 6 月 6 日，

AppStore 中的應用程式下載次數已經突破 140 億次，且其中多數為收費程式。這一數據充分說明了使用者對這一商業模式的認可。

基於 iPad 的報刊數位化內容在應用程式內呈現的方式，避免了其內容被非法轉載或被搜尋引擎「盜取」的風險，也使使用者有了方便的付費渠道與購買流程，數位化內容的銷售進一步節省了印刷、物流等成本。2010 年 4 月，iPad 在美國上市後的短短一個月內，《華爾街日報》的 iPad App 程式使用者就達到了 6.4 萬。同時，以應用程式呈現的數位報刊還可採取靈活的收費方式。目前 App Store 中的數位報刊應用程式多採用了免費供使用者下載的形式。下載運行相應數位報刊應用程式後，可透過 IAP（In APP Purchase，程式內購買）功能實現對期刊的分期購買。另外也可選擇以相對優惠的價格長期訂閱。新聞集團的《日報》、《泰晤士報》是提供一定時長的免費閱讀期，到期後所有內容均需付費（按周、按月、按年）訂閱。《紐約時報》等報紙則採取了部分內容（頭條新聞、影片新聞）免費閱讀、多數內容（時政、財經、科技、文化、世界新聞等）付費訂閱的方式。

無論是 iPad 版數位報刊的廣告還是零售、訂閱，都延續、重建了傳統報刊「雙重銷售」的商業模式。真正具有深度開發前景的，還是契合平板電腦物理特性與使用者特徵的個性化增值服務。基於移動網際網路的 iPad 等移動資訊終端，可透過 GPS、無線資訊網路等的定位功能獲取使用者位置資訊，並實現 LBS 服務（Location Based Service，行動定位服務）。LBS 服務中的周邊生活資訊提供、團購及優惠資訊推送等功能均是資訊個性化、分眾化的有效路徑。透過應用程式使用者的訂閱資料中反映的人口統計學指標（年齡、性別、學歷、收入等）與資訊獲取習慣的數據挖掘，也可為個性化資訊服務提供依據。

當然，在實踐過程中，出版商與蘋果公司之間在營收分成比例、使用者數據的分享上仍存在博弈的過程。

3. 行業屬性：鞏固新聞生產網路，強化內容專業品質

網際網路、智慧型手機、平板電腦等新媒體對傳統報刊業的衝擊，與當初廣播、電視出現時給傳統報刊業所帶來的挑戰截然不同。發生變化的不僅

表現在內容的呈現方式、表現符號、使用者體驗、盈利模式上，從更廣闊的視域觀察，還應觀照生產者身分、守門人角色、內容采制方式甚至行業屬性上的一系列深刻變革。

近年來在新媒體的衝擊下，西方傳統報刊業的工作崗位持續縮減。據《哥倫比亞新聞學評論》稱，2007年1月至2009年2月間，美國報業被停職或被解僱的記者約有11250人。2009年，美國報業的工作崗位與1990年相比減少了25%以上。2000年至2008年間，美國報業的工作崗位減少了20多萬個。

Web2.0傳播模式對個人話語空間的拓展，讓我們開始重新審視新聞業是否應是一個專業性職業與行業的觀點。這讓我們再次回想起1920年代初沃爾特·李普曼與約翰·杜威之間關於民主與媒體的辯論。李普曼認為，民主理論要求公民對身處的世界有清晰的認知，但事實是，絕大部分公民並不瞭解也不關心這個世界發生了什麼，所以不如直接將瞭解世界的任務交給一群社會精英，讓他們接觸所有的資訊，代替大眾來判斷和監督政府的行為。他由此建議將新聞業提升為一種更受尊敬、由專業精英組成的職業。但約翰·杜威則認為民主的基礎不在資訊，而在對話，他認為傳播是民主的中心，它不僅扮演著連接公民的角色，而且扮演著解答個人與社會利益的矛盾的角色，要發現、聆聽並服從民眾的利益需要。他批評李普曼對精英的過分信任。李普曼與杜威的爭論呈現了現實主義民主觀和傳統民主觀的衝突。這種衝突並不僅侷限於他們所處的年代，還是一種永恆的衝突。

Twitter等自媒體的繁榮讓我們看到了當今資訊傳播現實情境中杜威對李普曼觀點的反擊。但傳統新聞業的優勢並未因此消逝。網路自媒體在其開放理念下動員最廣泛的民眾參與文化傳播、協作進行資訊傳播的同時，也因參與傳播的群體在知識結構、傳播技巧甚至道德水準上的差異造成了資訊產品品質的不穩定性。自媒體傳播中資訊品質與真實性的辨識的高成本為傳統新聞業留下了空間。美國學者蓋伊·塔奇曼將傳統媒體的內容生產模式概括為「新聞生產網路」：「這一生產方式下形成的三個特徵：地理邊界化、組織集中化、主題專門化，具有其不可取代性……如果失去了傳統媒體涵蓋廣泛、

品質保證、分類明確的內容提供，網路新聞媒體僅靠其圈子化交流、手工化生產，很難真正保證閱聽人的內容需求。」因此，面對自媒體的挑戰，傳統報刊業、新聞業只要牢牢把握其不可替代的新聞生產網路，保證其新聞產品品質，同時對高品質的新聞內容進行適應全新傳播介質特徵的形式調整與全面涵蓋，傳統媒體及其代表的新聞業最終仍能奪回閱聽人的青睞。

（二）平板電腦新聞的特點

iPad問世三年多來，一直是傳統紙媒向新媒體轉型嘗試的重要方向。iPad及其代表的行動裝置正日益密切地滲透進人們的生活。iPad新聞產品的設計原理、傳播規律與盈利模式問題，同樣迫切需要解答。

基於技術對新聞活動的根本性支持，對於技術視角的研究不可缺少。這裡分析平板電腦新聞的新特徵。

1. 形態：觸摸式、可分享。這樣的外在形態，既不同於報紙，也不同於PC終端電子報的版面圖片和稿件連結形式。它以觸摸為操作方式，具備初步的內容管理和分享功能，給使用者帶來不同的體驗。

2. 內容：精簡、動態化、公共性強，地域色彩淡化。

3. 介質：圖片傳播效果突出，嘗試影片。

4. 表達：視覺傳達簡約友好。

（三）當前平板電腦新聞存在的問題

iPad承接賈伯斯的「技術與人文的互動」信條，將蘋果產品一貫的極簡、易用、重互動、富有藝術性等理念延續其中，且細分形成獨特的技術特徵，為新聞傳播帶來多種新可能。但從目前的《南都Daily》來看，至少在以下三方面，iPad技術尚未被充分運用：

1. 多媒體介質緊密融合

中型螢幕是iPad最突出的特徵之一。蘋果在iPhone之後又推出iPad，決策依據就是在小螢幕的手機和大螢幕的筆記型電腦之間，應該存在中間產品，將上網、發電郵、照相、影片、音樂、遊戲和電子書等多種功能

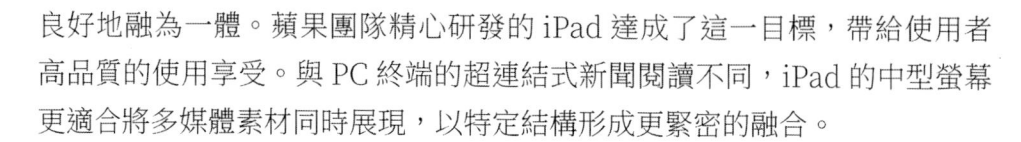

良好地融為一體。蘋果團隊精心研發的 iPad 達成了這一目標，帶給使用者高品質的使用享受。與 PC 終端的超連結式新聞閱讀不同，iPad 的中型螢幕更適合將多媒體素材同時展現，以特定結構形成更緊密的融合。

2. 豐富的感官參與體驗

多點觸控是 iPad 的另一大技術特徵。從 iPhone 到 iPad，賈伯斯都拒絕使用光感尖筆、游標、鍵盤等任何輔助設備，堅持讓使用者直接用手觸摸螢幕。多點觸控使使用者可以透過點擊、劃撥、擴展、抓放等多種手勢完成指令，在人手（及其背後的思維活動）和閱讀終端之間實現直接便捷的互動。「憤怒鳥」這樣簡單的遊戲廣受歡迎，重要原因之一就是彈射小鳥的動作讓人手充分介入。國外一些重要的出版軟體已將觸控手勢納入功能設計中，幫助新聞產品實現更多互動操作，如拖動文字塊進行滾動閱讀，彈出或隱藏某些特定內容，撥動對象成 360 度旋轉，等等。這使產品頁面形成新的空間結構方式，大大增強了使用者的選擇能動性。使用者與 iPad 之間的感官接觸還不限於手，麥克風、攝影頭、重力感應等設計也各自帶來豐富、新鮮的感官體驗。

3. 移動互聯情境下的傳受互動

iPad 不僅僅是用來展示內容的光鮮亮麗、充滿吸引力的裝置，也是一個能讓使用者在移動中接入網際網路的終端。「使用者的參與是新媒體的本質特徵之一」，過去以專業媒體為中心的「點對面」的大眾傳播模式，正在被以社會關係網路為渠道、以個人為中心的傳播模式所衝擊。iPad 以 APP 方式進行資訊推送，雖然帶有一定封閉性，但在技術上完全可以讓使用者參與進來，將移動的空間特性與傳受主體互動結合起來。例如電子郵件、網路問卷、設置評論、轉發、實時上傳、使用者訂製等功能，都能讓使用者更多地參與到新聞生產中。目前，

（四）新聞與 iPad 技術怎樣實現深度融合

1. 新聞與技術深度融合：發揮品牌影響力的必經環節

技術是現代大眾傳播的載體基礎，在新聞傳播中具有符號性的標誌作用。特定技術匹配著特定的新聞再現方式，產生特定的資訊內容（麥克魯漢所說的「媒介即資訊」），建構出特定的傳播主體、接受主體及新聞傳受關係。就 iPad 來說，其獨特的技術能夠帶來密切融合的多媒體內容、更專業的傳播者和更具能動性的閱聽人，形成移動時空中的傳受關係。但實現這些建構的前提，是新聞邏輯與技術邏輯的深度融合。在占據渠道與有效發揮品牌影響力之間，這是必經的中間環節。技術與內容呈現的匹配程度越高，越符合傳播的內在規律。

以美國前副總統戈爾團隊製作的電子書「Our Choice：A Plan to Solve the Climate Crisis」為例，該書曾獲 2011 年度「蘋果最佳應用設計獎」，是 iPad 產品設計的一個成功個案。該書宣傳環保理念，以深入的文字描述為主軸，穿插 250 多張精彩圖片，均可透過手勢擴展至全螢幕，或由互動地圖確定地理位置。大量動畫和動態圖可透過觸摸、點擊、滑動展現更多細節。講至風力發電時，使用者可用摩擦螢幕或從麥克風插孔吹氣，使螢幕上的風車轉動，能量亮點隨電線輸入夜色中的小屋，點亮電燈，多餘能量輸入地下電池加以儲存。這種知識講述方式非常直觀生動，而且具有強烈的互動性。不同介質之間的配合也很適宜：錄音由戈爾本人配音，影片總時長超過 1 小時，每段均短小生動、剪輯精當，與文字形成互補。雖然新聞與書籍有別，但是內容與技術融合的原理是相同的。

2. 機制支持：以多元產品模式取代單一日報模式

在《南都 Daily》的原初思路中，強調針對平板的觸控閱讀體驗設計、多媒體展現和 UI 設計，以及基於 AppStore 渠道的各種內容封裝方式，對 iPad 的技術特長其實已有相當把握。這些思路為何沒能在產品中充分實現，成因複雜，但目前的採編能力無法支持日報模式的產品無疑是個關鍵因素。iPad 的多重技術特徵，暗示了其新聞產品應該是功能多元、類型細分的。比如，時效性和外出便攜性並非 iPad 最突出的特長，它反而更適合於安靜情

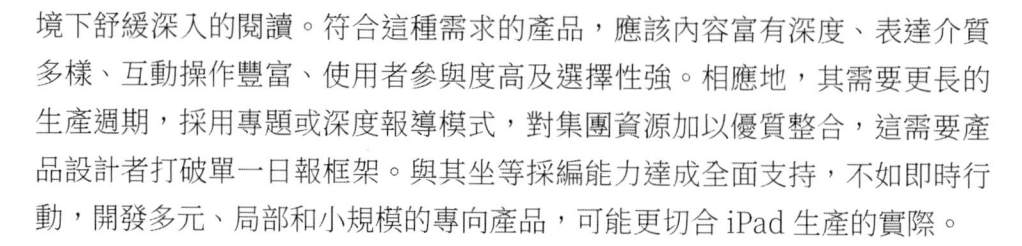

境下舒緩深入的閱讀。符合這種需求的產品，應該內容富有深度、表達介質多樣、互動操作豐富、使用者參與度高及選擇性強。相應地，其需要更長的生產週期，採用專題或深度報導模式，對集團資源加以優質整合，這需要產品設計者打破單一日報框架。與其坐等採編能力達成全面支持，不如即時行動，開發多元、局部和小規模的專向產品，可能更切合 iPad 生產的實際。

3. 思維轉換：養成全媒體思維方式

在個體層面上，傳播者還需養成全媒體思維方式。「從全媒體記者的工作狀態來看，技術的熟練相對容易，思維的轉型則要困難得多。」這並非要求個體具備所有的符號敘事能力，而是需要其深刻理解文字、圖像、音頻、影片、動畫等各種介質的獨特作用，以及相互之間的配置原則。以此為基礎，個體才能更好地發揮自己擅長的敘事符號。如文字記者長期養成的思維方式用於文字表達現場，但在 iPad 螢幕上同時出現影片與文字時，他的文字描述既不能與影片場景重複，又需要對影片有所補充、深化。編輯更需要諳熟不同介質之間的配合規律，才能對多種符號進行整合。

強調深度融合，並不等於由技術控制傳播。技術往往是雙刃劍，影響可能是正，也可能是負。如在強化圖片的同時，文字卻有所消退；如高畫質屏上一幅幅絢彩逼真的畫面，缺少深度文字資訊的輔助，會不會讓閱讀者將認知世界簡化為視覺欣賞？又如在為數不多的影片中，娛樂影片卻占了不小的比例。傳播者需要把握好主動權，「技術在形式上決定著新聞資訊的呈現方式，但運用一定的技術到底要呈現什麼樣的具體內容，並不是技術唯一決定的」。

iPad 新聞生產還涉及盈利模式、商業控制等多重問題，並非內容與技術達成良好融合，新聞產品就一定能夠成功。但既然是以技術為根基發生的傳播變革，這種融合就應是題中之意。從當下媒介形態快速更替的態勢來看，iPad 未必能長久占據市場，但它所體現的技術思維——適中螢幕、互動、易用、多功能、高品質、人性化等，都代表著新媒體發展的重要方向。把握這些思維特徵，積極將新聞內容與新技術深度融合，是傳統媒體轉型的著力點。

四、平板電腦新聞的編輯——以報紙媒體 iPad App 為例

報紙媒體的平板電腦新聞以 iPad 的應用發展最為成熟，以下將從 iPad 的內容構成、內容設置、形式設置三個方面分別闡述：

（一）報紙媒體 iPad App 的內容構成

從報紙媒體的 iPad App 用戶端內容上來看，其內容構成大體分為兩種類型：一種是移植原版報紙內容，一種是精選精編內容。其中第二種類型是主流模式。首先看原版移植類型，這種類型是將傳統報紙的電子版內容全部移植到 iPad App 中去，僅少數報紙才採用這種類型，因此它並非報紙 iPad App 的典型模式。這一類型的 iPad App，內容沒有任何精選精編，只需要將原報紙內容版面放進應用裡去就可以了，使用者要麼是直接透過放大原版版面進行相關內容的閱讀，要麼是透過點擊版面內容的相應位置彈出具體內容進行閱讀。它的優點是再現了報紙的原版形態，給予 iPad 使用者如同讀紙質報紙一樣的閱讀體驗。

第二種類型是對原版報紙的內容進行重新編輯加工，使其更加符合 iPad 使用者的閱讀習慣，與此同時還增加了大量能夠為 iPad 使用者帶來更好閱讀體驗的內容，最典型的就是大量增加清晰圖片、影片以及互動內容，從而將 iPad App 打造成多媒體化的新型報紙，如《今日美國》iPad 版。這種類型是報紙 iPad App 中最典型的內容構成模式。大部分報紙的 iPad App 皆採用這種模式進行內容生產，尤其是在市場化生存的報紙中最為常見。

網路媒體相對於傳統媒體，其 iPad App 用戶端充分發揮了自身的大量內容優勢，更重要的是能將這些大量的資訊資源進行重新整理，使得內容雜而不亂，從而非常便捷地滿足 iPad 使用者的資訊需求。在內容構成上，網路媒體 iPad App 用戶端整合了自身的優勢內容資源，它主要集合了幾個方面的來源：第一個方面，是網路媒體獨立製作的內容，如新民網就擁有幾十位全媒體記者專門負責采制影片和文字新聞，其入口網站也擁有強大且獨立的內容製作團隊；第二個方面，是透過購買或合作方式從其他媒體獲得大量新聞資訊，如從報紙、電視等傳統媒體以及其他的網路媒體中選擇資訊並加

以編輯改造；第三個方面，是聚合各種微部落格、部落格等社交媒體的內容。此外，網路媒體也非常重視互動性的內容，如諸多網路媒體iPad用戶端充分重視使用者對新聞內容的評論和留言，它們也成為iPad使用者獲取資訊的重要組成部分。透過這些互動性內容可以讓iPad使用者的視野更為廣闊，從中獲得對新聞資訊的多角度解讀和評判。

網路媒體iPad App用戶端為了將大量的內容進行有效聚合，同時以最便捷的方式呈現給iPad使用者，往往將這些內容進行了種類繁多的專欄詳細劃分。這些專欄與傳統網站上的專欄呈現方式完全不同，傳統網站上的專欄一般靠「導航欄陳列專欄名稱」或「版塊內專欄名稱加文章標題列表」的專欄模式，而在iPad App中則充分利用iPad的高畫質顯示器和多點觸控的優勢，將專欄內容進行視覺化處理，使得專欄內容能夠更便捷地為使用者選擇和閱讀。專欄內容種類幾近齊全，一般包括頭條、時政、國內、國際、財經、社會、科技、娛樂、體育等，很多應用更是將圖片新聞、影片新聞列為單獨專欄，以凸顯多媒體化的新聞特徵。

（二）報紙媒體iPad App的內容設置

一個高品質的報紙iPad App，一定會根據iPad終端特性與功能進行一種新的內容版塊設置。主要進行如下方面的內容設置：

1. 新聞專欄設置：不同的報紙iPad App會基於自身的特點和優勢進行不同的專欄設置，一般情況下包括系列新聞專欄、評論專欄、圖片專欄、影片專欄等，在不同的專欄下集納不同性質的內容，以方便iPad使用者閱讀。

2. 生活服務內容：為iPad使用者提供即時性的生活服務資訊，如天氣預報、生活指數、時尚資訊、健康服務等內容。這些內容雖然不是報紙iPad App的主體內容，但是它在新聞內容之外提供這些即時性的動態生活服務資訊，顯然滿足了iPad使用者多方面的資訊需求，不僅作為新聞資訊的最佳展示平台，而且還是iPad使用者生活上的貼心助手。

3. 互動內容版塊：通常設置為評論、收藏、分享、爆料、投票、調查等項目。透過這個版塊，iPad使用者可以針對有關新聞自由發表評論，可以對

感興趣的內容進行收藏，可以對特定新聞內容透過微部落格、郵件等方式進行分享，可以向報紙媒體提供新聞線索，同時可以為報紙的表現進行投票，還可以參與報紙開展的民意調查等活動。這些互動內容項目為 iPad 使用者開拓了一個新的空間，它充分調動了 iPad 使用者的主觀能動性，也充分體現了對 iPad 使用者主體價值的尊重。

4. 報紙電子版閱讀：主要提供最近幾日的報紙電子版內容在線閱讀或下載。尤其是電子版報紙下載功能是一項非常人性化的設置，因為在很多地方沒有無線網路的情況下，透過 iPad 即時獲取資訊就十分不方便，而電子版報紙下載後就可以隨時進行離線閱讀。因此原版報紙內容的設置滿足了 iPad 使用者特殊情況下的資訊需求。

（三）報紙媒體 iPad App 的形式設置

從報紙 iPad App 的形式來看，其與傳統紙媒形態相差甚遠，比同為數位化的電子版報紙形式更加人性化。報紙的 iPad App 則是專門針對 iPad 終端特性精心打造的多媒體資訊產品，它帶給 iPad 使用者的新聞閱讀體驗是前所未有的。

1. 全新的版面設計。在報紙 iPad App 用戶端是否遵循傳統印刷報紙的版面問題上，存在著不同的看法。一種意見認為版面作為報刊的重要形式在網路中卻遭到肢解，因此實踐方嚮應該是保留報紙版面。另一方則認為傳統報紙的版式已經不符合網路時代閱聽人的閱讀習慣，應予摒棄。

從主流的報紙類 iPad App 的版面來看，它既吸收了印刷報紙「專欄」的編排方式，又結合了傳統網頁「分欄」的編排特徵——「橫三豎二」的版面形態成為報紙應用典型的編排模式。橫版為三欄式，左欄和右欄較窄，中間欄較寬；縱版則為二欄式，左欄較窄，右欄較寬。欄中則以小圖、標題和摘要混排，透過滑動螢幕實現個性化選擇。因此，報紙的 iPad App 經過人性化、精細化的專欄設置，使用者可以更精確地自由選擇資訊，從被動接收資訊轉向主動尋求資訊，從群體化資訊接收轉向個性化資訊接收。這種全新的視覺版面設計與 iPad 高解析度螢幕相得益彰，既最大限度地滿足了人的感官審美，又給予了使用者更人性化的閱讀體驗。

2. 新聞報導的多媒體形式。報紙 iPad App 的開發商緊緊抓住 iPad 強大的媒體展現功能，紛紛採用多媒體化的新聞報導形態，以求透過這種立體化的傳播帶給 iPad 使用者超越以往閱讀情形的新體驗。傳統報紙的新聞報導曾經從「文字」時代轉向「圖片」時代，如今又從「圖片」時代迅速轉變為「影片」時代，影片新聞成為報紙 iPad App 中的重要元素。這樣，iPad 使用者就實現了讀報（圖文）、聽報（音頻）、看報（影片），以及說報（互動）、查報（連結）和錄報（下載）等功能的一體化，這對於印刷報紙和電子版報紙而言是不可想像的。透過報紙 iPad App 用戶端，使用者只需在螢幕上輕觸或滑動，就能打開閱讀和快速翻頁，還可以調節文字顯示尺寸，更可隨意放大高畫質圖片和影片從而得以完美視覺體驗。

3. 豐富的互動功能設計。報紙 iPad App 用戶端的互動性，使其大大拉近了報紙與讀者的距離，這也是它立足於移動網際網路形成的一個重要形式特徵。諸多報紙的 iPad App 都紛紛採用評論、微部落格、回饋、投票等各種互動模式，以實現移動情境下的互動式資訊傳播。

4. 獨特的雜誌化版面設計。網路媒體 iPad App 多採用雜誌化的編排模式，其每個版面均以雜誌式的頁面全螢幕顯示，這樣就使得頁面看起來更加整潔、美觀，與傳統網際網路站比較已經有了天壤之別。傳統網際網路站的版面比較雜亂，包含了諸多專欄、文章列表、大小圖片、彈出式廣告、橫幅廣告、影片廣告等各種複雜的資訊，以「碎片化」的方式呈現給網際網路使用者。網路媒體 iPad App 則打破了「碎片化」的資訊呈現方式，將新聞聚合為十分簡潔的雜誌化版面形態，使得傳統網路媒體的閱讀界面更加優化，從而為使用者打造了一種「沉浸式」的閱讀體驗，這無疑是對傳統網際網路中「速食式閱讀」的反撥和糾偏，成為一種更關注人本身也更人性化的網路媒體形態。

5. 全媒體化的報導方式。傳統網際網路站以大量的多媒體資訊資源優勢著稱，這一優勢繼續在移動網際網路得以彰顯和強化，iPad 作為當前最高端的移動網際網路終端媒介，正成為網路媒體全力推進全媒體報導的良好平台。

在諸多網路媒體的 iPad App 用戶端裡，單獨使用文字的報導資訊已經比較鮮見，更多的新聞資訊傾向於使用全媒體的呈現方式。

【知識回顧】

行動網際網路發展已進入全民時代。新聞用戶端發展至今僅短短三四年時間，但憑藉其便捷、實時、易得的新聞閱讀方式，被越來越多的使用者使用。行動新聞閱讀正如網際網路開局之初的入口網站資訊一樣，正在成為一種基礎性服務。行動新媒體雖然是一種傳統的手機閱讀形式，但依然有其存在的必要性，尤其是在相關政策發表後，行動新媒體將成為輿論引導的重要平台。

【思考題】

1. 選擇一種媒體，比較其手機用戶端與 iPad 用戶端內容和專欄安排的差異。
2. 分析當前行動新媒體的發展前景。
3. 隨著技術的發展，行動端新聞將會呈現怎樣的發展趨勢？

後記

　　新媒體發展日新月異，媒介融合已是大勢所趨。新媒體內容，尤其是新聞內容的生產與編輯，是新媒體實務工作中的重要組成部分。本書編寫的指導思想有兩點，一是突出重點，有取有捨。例如一般相關教材會涉及網頁設計、串流媒體製作技術等技術層面的內容，本書則將其略去，關注內容層面的生產與編輯。這樣的安排基於如下考量：新媒體環境下，內容的生產與編輯離不開技術層面的支持，學生及從業人員也需熟練掌握基本的新媒體傳播技術，但高中新媒體相關專業，多數都開設了相關技術課程，因此本書對技術內容不再進行大篇幅探討，僅有所提及。二是注重時效，易於操作。本書力求選取最新鮮的案例，同時力求文字簡潔，內容高度濃縮，使讀者一目瞭然，易於理解與操作。本書內容尚不完備，有些新媒體內容形態還在發展中，希望今後能與同行們共同努力，補苴罅漏，使這一研究領域體系更為明晰、充實。

　　本書是在吸收了大量學者和同行研究成果的基礎上編寫的，有的則因融合各家成果，難以一一註明，特別在此聲明。

　　本人自2003年開始從事網路新聞實務領域的教學與研究，至今已有十餘年，出版該教材的想法已有多年。在這本書付梓之際，需要感謝的人很多。在書稿編寫過程中始終得到周茂君教授的支持，謹此致謝。出版社慨允出版，一併在此致謝。業界同行王俊飛女士提供了新鮮的第一手資料，也表謝忱於此。此外，還要感謝孟薇、黃振洲等同學所做的工作。

楊嫚

國家圖書館出版品預行編目（CIP）資料

新媒體內容生產與編輯 / 楊嫚 主編 . -- 第一版 .
-- 臺北市：崧燁文化，2019.09
　　面； 公分
POD 版

ISBN 978-957-681-941-4(平裝)

1. 網路新聞 2. 新聞媒體

897.6　　　　　　　　　　　　　　　108015034

書　　名：新媒體內容生產與編輯
作　　者：楊嫚 主編
發 行 人：黃振庭
出 版 者：崧燁文化事業有限公司
發 行 者：崧燁文化事業有限公司
E - m a i l：sonbookservice@gmail.com
粉 絲 頁：　　　　　網　址：
地　　址：台北市中正區重慶南路一段六十一號八樓 815 室
8F.-815, No.61, Sec. 1, Chongqing S. Rd., Zhongzheng
Dist., Taipei City 100, Taiwan (R.O.C.)
電　　話：(02)2370-3310　傳　真：(02) 2370-3210
總 經 銷：紅螞蟻圖書有限公司
地　　址：台北市內湖區舊宗路二段 121 巷 19 號
電　　話:02-2795-3656　傳真:02-2795-4100　　網址：
印　　刷：京峯彩色印刷有限公司（京峰數位）
　本書版權為西南師範大學出版社所有授權崧博出版事業股份有限公司獨家發行
　電子書及繁體書繁體字版。若有其他相關權利及授權需求請與本公司聯繫。
定　　價：500 元
發行日期：2019 年 09 月第一版
◎ 本書以 POD 印製發行